ANTONIA FEHRENBACH

Windige Hunde

SCHWINDELERREGEND Karo liebt die Vögel und sie liebt ihr Zuhause, einen Aussiedlerhof in der Holsteinischen Schweiz. Doch mit der Idylle wird es bald vorbei sein, denn hinter ihrem Hof ist ein großer Windpark geplant. Gemeinsam mit Charlotte, einer Frau aus dem Dorf, widersetzt sie sich dem Bauvorhaben, um die Vögel zu schützen. Ihre Bemühungen scheitern. Der Windpark wird gebaut. Eines Morgens steht Karo gemeinsam mit Schutzpolizistin Franziska Wilde am Fenster. Sie blicken auf den rotierenden Flügel der nächsten Windkraftanlage. Dort »klebt« Bürgermeister Henning Pahl. Drei weitere Männer, die in anderen Windparks des Landes ebenfalls an Rotorblätter gefesselt wurden, können befreit werden. Nur der Bürgermeister nicht, denn der Bremsmechanismus des Rotors ist außer Funktion. Wer hat ihn manipuliert? Die Polizei sucht nach Jan, Karos Sohn, und einer Bande, die sich Azawakh nennt. Die Zeit drängt. Ein Orkan ist im Anzug. Wird Henning Pahl überleben?

Es ist der schwärzeste Tag ihres Lebens, und Karo erinnert sich, wie es dazu kam.

Die Diplom-Biologin Antonia Fehrenbach studierte, promovierte und forschte in Freiburg, Göttingen und Marburg, bis sie im Jahr 2005 zu einer alten Leidenschaft zurückfand: der Lust am Schreiben. Inzwischen lebt sie in Schleswig-Holstein, schreibt Romane, Drehbücher, veranstaltet Erzählabende, verfasst Biografien und begleitet autobiografische Vorhaben. Die Schönheit des Nordens, seine weiten Landschaften und sein einzigartiges Licht inspirieren ihre Geschichten, in denen auch die Schattenseiten ihren Raum bekommen. Mit »Windige Hunde«, ihrem dritten Roman, widmet sich die Autorin dem aktuell sehr umstrittenen Thema »Windkraft« und zieht den Leser mit in einen Strudel menschlicher Verirrungen. Es geht um die Verortung des Glücks und andere Träume.

Bisherige Veröffentlichungen im Gmeiner-Verlag:
Klärschlamm (2014)

ANTONIA FEHRENBACH

Windige Hunde

Franziskas zweiter Fall

GMEINER SPANNUNG

Personen und Handlung sind frei erfunden.
Ähnlichkeiten mit lebenden oder toten Personen
sind rein zufällig und nicht beabsichtigt.

Besuchen Sie uns im Internet:
www.gmeiner-verlag.de

Im Ehnried 5, 88605 Meßkirch
Telefon 07575/2095-0
info@gmeiner-verlag.de

1. Auflage 2017

Lektorat: Claudia Senghaas, Kirchardt
Herstellung: Julia Franze
Umschlaggestaltung: U.O.R.G. Lutz Eberle, Stuttgart
unter Verwendung eines Fotos von: © jala / photocase.de
Druck: CPI books GmbH, Leck
Printed in Germany
ISBN 978-3-8392-2112-9

Für Juma

Sie sind wieder da!
Sie sind wieder zurück!
Komm mit mir auf das freie Feld!
Klaus Hoffmann, Sehnsucht

PROLOG

Ich war vielleicht 14 Jahre alt, als mich meine Kunstlehrerin auf den Druck eines Gemäldes aufmerksam machte. Ich erinnere mich noch an die zarten, hellen Linien, die sich wie eingraviert über den dunklen Grund zogen. Damals interessierten mich nur die Tiermotive, die darauf zu sehen waren. Kunstvoll gestaltet wirkten sie dennoch naturgetreu, obwohl etwas an ihnen befremdete. Meistens war es nur eine Winzigkeit, wie der Insektenflügel, der die Aderung eines Blattes trug, oder der Fuchs, der wie ein Dachs da stand, und dem Fuchs gar nicht wohl dabei war. Auch ein großer Vogel war darauf zu sehen, der dem Betrachter den Rücken zuwandte.

»Deine Zeichnungen erinnern mich an ihre Bilder«, sagte meine Lehrerin und schenkte mir den Druck. Auf der Rückseite las ich ›Letter to Dana von Leonora Carrington‹. Ich wollte mehr davon sehen, und eines Tages gab mir die Lehrerin einen ganzen Katalog über diese Malerin mit nach Hause. Die Bilder waren verstörend und düster und doch faszinierend und atemberaubend schön. Die Zwitterwesen aus Mensch und Tier hatten es mir angetan, und ich sah sie mir oft vor dem Einschlafen an, um von ihnen zu träumen.

Bald stieß ich auf Leonoras Erzählungen. Zuerst las ich ›The Debutante‹, dann ›La Maison de la Peur‹, später ›The Oval Lady‹ und jede ihrer bizarren Geschichten, die ich ergattern konnte. Ich las sie auf Englisch und Französisch, vermutlich weil es noch keine Übersetzungen gab. Diese entdeckte ich erst vor wenigen Jahren, gebunden in ein kleines Buch. Damals, jedenfalls, stürzte ich mich in die fantastischen Welten der Leonora Carrington wie in ein neues Leben. Es war wie Heimkommen. Das Mädchen, von dem sie erzählte, war genauso verrückt wie ich. Sie blickte in die Seele der Tiere wie in ihr eigenes Spiegelbild, und sie verwandelte sich nach Belieben in sie. Es gab keine Grenzen. So kam es, dass ich meine eigenen kleinen Geschichten erfand. Das stillte für einen Moment meinen Lebenshunger. Ich schrieb gegen die Langeweile, die Enge und manchmal auch gegen die Wut und die Verzweiflung wie in der folgenden Geschichte über jenen Tag, als das mit dem Seeadler geschah.

Seit ein paar Tagen ist der Rote Milan zurück. Das Fenster steht offen, und ich atme die Kühle der ersten Stunden des Tages. Dunst rollt sich schlaftrunken über die Wiesen. Das Frühjahr lässt auf sich warten.

Ich rufe in die Stille des Morgens hinein. Da blitzt sie schon auf – die schlanke Silhouette meines Ritters der Lüfte, stürzt aus dem Nichts auf mich zu. Die Krallen voraus greifen den Rahmen meines Fensters, suchen nach Halt. Viel zu lang die Zehen, um das schmale Holz zu fassen. Seine Brust leuchtet dunkelorange. Im Sitzen ist er kein Riese.

»Zieh dich aus!«, raunt der Vogel mir zu und schlägt mit den Schwingen. Es klingt wie das Hissen von Segeln. Ein Duft nach Staub und Gras hängt in der Luft.

Mein Nachthemd gleitet zu Boden. Ich werfe den Kopf in den Nacken, blicke herausfordernd. »Dieses Mal will ich alles!«

Das Gelb seiner Iris tastet mich ab, erkundet die sanften Rundungen meiner Jugend. Ich glühe, greife in mein offenes Haar und ziehe den lichten Vorhang aus Strähnen vor mein Gesicht. »Das bekommst du«, hauche ich.

Er hechelt, dann stößt er hervor: »Ich bin Loplop, der Vogelobere.«

Ich schüttle den Kopf. »Das war ein anderer. Du bist viel zu zart, zu verletzlich.« Mein Haar fällt zur Seite, gleitet über die Schulter nach hinten. Ein Kitzeln im Rücken. Warum auch nicht?, denke ich. Dann bin ich Aëlla, die Schnellste, die Windsbraut.

Da breitet der Milan die Flügel aus, spreizt den Fächer seiner Handschwingen in fünf schlanke schwarze Federfinger, dazwischen, wie fein gepinselt, Striche von Frühlingshimmel. Im weißen Licht seines Flügelspiegels zwei dunkle Flecken, die mich beäugen, lassen mich zögern. Weshalb bin ich unruhig? Ich lausche. Im Haus ist es still. Ein Sonntag. Die Eltern schlafen noch. Was würden sie sagen, wenn sie mich so sähen, schamlos entblößt? Weshalb fürchte ich mich? Ich sehe in die leblosen Flügelaugen, fühle mich durchschaut, kalt und unverschämt. Ich habe Angst und spüre doch maßlose Neugier.

Da lässt sich der Vogel hinter den Vorhang gleiten, kopfüber taucht er hinab. Der schwere Stoff bäumt sich auf, umhüllt seine Zuckungen, hält sie gefangen wie der Sack des Wilderers, der sich um seine Beute zuzieht.

Ich hatte gesehen, wie Henning den Seeadler schoss.

Aus dem Schutz eines Knicks ragte der Lauf seines Gewehrs, wies in den offenen Himmel hinauf. Mein Blick suchte das Ziel seiner Büchse. Weit oben kreiste ein Greif im Sinkflug.

Noch hielt ich es für ein Versehen. Ich lief. Ich rief. Ich wedelte mit den Armen. Als hätte ich seine Aufmerksamkeit erregt, ließ sich der Vogel weiter hinuntergleiten, ein Riese mit mächtigen Flügeln. Still und ruhig segelte er durch die Luft, friedlich ohne jeglichen Argwohn, als kennte er keine Feinde.

»Henning«, schrie ich. »Tu es nicht!« Aber er nahm mich nicht wahr, verharrte in der Pose des Lauernden, reglos, den Greif fest im Visier.

Während ich rannte, ließ ich den Adler nicht aus den Augen, als könnte mein Blick das Unheil abwenden. Ich stolperte. Ich stürzte. Im selben Moment fiel der Schuss. Ich lag am Boden und sah doch den Ruck, der den Körper des Riesen durchfuhr. Oder spürte ich ihn? Ich sah Federn in einer dunklen Wolke zerstäuben, und mittendrin stand der edle Aar am fahlblauen Himmel … Die Flügel gespreizt schaukelte er wie ein einziges Staunen. War es möglich, dass …? Da krachte es wieder. Der Kopf des Vogels zerplatzte, und ein feiner Strahl schoss hervor, fiel in die Tiefe, verlor sich. Die mächtigen Arme schlugen wild. Dann kippte der Rumpf vornüber, trudelte mit willenlos schlenkernden Schwingen hinab. Ich rannte los, blind vor Tränen und doch zielstrebig zu der Stelle der Koppel, wo ich ihn hatte niedergehen sehen. Atemlos fiel ich vor ihm auf die Knie. Meine Finger zitterten, als sie das braune Gefieder berührten. Der Stoß trug noch nicht das Weiß des Erwachsenen. Sein Kopf …? Ich schaute mich um. Meine Augen streiften die Stelle im nicht mehr fernen Gebüsch, wo Henning gestanden hatte. Er war nicht mehr da.

Ein silbrig schimmerndes Haupt reckt sich hinter dem Vorhang hervor. »Jetzt du!« Loplop erwartet mich schon.

»Deinen Schopf will ich auch«, sage ich, »… und Vergeltung.« Ich gleite zu ihm hinter das blickdichte Tuch.

1

4. November

8.30 Uhr. Das Fenster zeigt nach Südosten. Davor ein Tisch und zwei kleine Sessel. ›Vista splendida‹, hatte Tom diesen Platz genannt, bevor die Windräder kamen. Hier hatten wir immer gefrühstückt.

Ich blicke hinaus in die Landschaft. Der dunkle Fleck auf einem der Rotorflügel der Windkraftanlage gleich hinter dem Knick springt mir sofort ins Auge. Scharf hebt er sich vom silbrigen Weiß des Rotorblattes ab, genau dort, wo der Flügel ansetzt, mit dem er sich gemächlich im Kreis herumdreht. Ich spüre einen Alarmstoß in mir, und doch wandert mein Blick zum Buchenwäldchen auf der anderen Seite hinüber. Der Eigentümer hatte es vor etlichen Jahren aufforsten lassen. Inzwischen steht dort ein dichter Busch. Ich habe die Bäumchen wachsen sehen. Sie sind jetzt so alt wie mein Jan. Wo er nur steckt? Schon habe ich seine Stimme im Ohr: »Mama, ich bin erwachsen.« Ich werde mich nie daran gewöhnen. Den Buchenbestand werden sie irgendwann lichten müssen. Aber noch ist es zu früh, müssen sich die jungen Bäume im Wetteifer ums Licht hinaufstrecken, sich gegenseitig in die Höhe schieben. Eigentlich ist es kein Boden für einen Laubbaumbestand. Mischwald würde auf dem sandigen Grund besser gedeihen. Aber Buche lag damals im Trend. Auch forstwirtschaftliche Pflanzungen sind nicht frei von modischen Einflüssen. Wie eine trostlose Insel verliert sich das Wäldchen in der offenen Landschaft. Der letzte Sturm hatte das dünne Astwerk kahl gefegt. Darüber am Himmel schwebt eine seltsam verschleierte Sonne. Die Rotorblätter des nächstgelegenen Windkraftwerks drehen sich vor dieser Kulisse, als seien sie eigens dafür installiert, die Unschärfe von dieser frühen Ansicht des Tages zu fegen. Die Ruhe ist trügerisch.

Vor mir auf der Fensterbank liegt das Swarovski. Ich hatte es vor Toms Auszug sicher versteckt. Ich wollte keine Diskussionen über das wertvolle Fernglas. Ich empfand mich im Recht. Er ist der Jäger, ich bin die Wildhüterin.

Auf der Matte im Flur stehen die Stiefel. Ich schlüpfe hinein, werfe den Parka über und trete hinaus in den Hof. Ein Windstoß reißt mir die Kapuze vom Kopf. Es riecht nach Sturm. Der Puls der Maschine drängt sich mir auf: wusch, wusch … Ich nehme den dunklen Fleck ins Visier, aus der Entfernung ein Fliegenschiss, der hoch oben am Himmel Riesenrad fährt. Der Blick durch mein ›Adlerauge‹ lässt keinen Zweifel daran: Es ist *er*. Ich will nicht lügen. Ich bin nicht schockiert über das, was ich sehe, empfinde nicht einmal Mitleid. Das Schweigen in mir ist befremdlich. Es ist, wie es ist. Was hält ihn dort fest? Ich sinniere über diesen absonderlichen Klebstoff, der für gewöhnlich gierigen Leibern entströmt. Ja, so wird es wohl sein, gebe ich mir selbst die Antwort. Er hängt dort aus eigener Kraft wie ein Magnet … und kotzt … auf sein eigenes Land. Ich wende mich ab, will diesen Zorn nicht wieder spüren. Das war, bevor die Windräder kamen. Eine andere Geschichte …

2

Ich hatte wieder den Traum. Ich fahre durch eine Allee, gleite unter einem Gewölbe aus Blättern wie Buntglas. Das Licht ist weich und verspielt, wärmt schon das Auge. Weit hinten ein Leuchten, das mich erwartet … Es begann vor vier Jahren. Aber, wenn ich ehrlich bin, fing alles viel früher an. Diese, meine persönliche Geschichte nahm vor mehr als 40 Jahren ihren Anfang. Sie mündete in einer Katastrophe, für die allein *ich* die Verantwortung trage. Ich blicke zurück, um zu begreifen, wie es zu diesem 4. November gekommen war, dem schwärzesten Tag meines Lebens. Ich versuche, es aufzuschreiben, um mich von einer Last zu befreien, und werde sie doch nicht los. Immerhin hilft es, die Ohnmacht zu ertragen. Die Geschehnisse, über die ich berichten will, trafen mich mit der Wucht einer Ohrfeige. Zuerst fühlte ich Scham, dann Schmerz und danach nur noch Wut. Es heißt, das größte Problem des Berufsschreibers sei der erste Satz. Aber ich bin keine Schriftstellerin. Ich bin Übersetzerin, war es, bis ich damit aufhörte. Auch für mich sind Wörter das Rohmaterial meines Handwerks. Am Anfang bin ich Spinnerin und verdrille die Fasern zu Fäden für die Weberin, die daraus etwas Tragfähiges macht. Erst dann kommt die Malerin zum Zug. Manchmal sind Wörter auch Nägel, Kanthölzer oder schlichte Leisten. Greifbar sollten sie sein, damit ich sie anfassen, sie benutzen oder als nutzlos erachten und einfach wegschleudern kann. In meinem Beruf gibt es Grenzen. Ich muss den Stoff verwenden, den mir der Redner anvertraut. Dennoch nehme ich mir das Recht auf Modulationen, so wie es Singvögel tun. Die Windräder bliesen neue Wörter in meinen Mund, wohlklingende und gemeine, technisch sachliche Wörter und

Lügenbegriffe. Ich übersetze sie in alter Gewohnheit, erlaube mir, mit ihnen zu spielen. Als Schriftstellerin bin ich freier.

Ich erfuhr es von Charlotte. Vor vier Jahren tauchte sie an einem warmen Spätsommertag vor meinem Gartentor auf. Ich kannte sie nicht. Sie jedoch rief mich beim Namen und wedelte mit etwas, das wie ein Klemmbrett aussah. Sportverein? Landfrauen? Ab und an kam jemand vorbei und bat um eine Spende. Die vom Vogelschießen konnten es nicht sein, die waren schon da gewesen. Ich streifte die erdigen Handschuhe ab und ging langsam zum Tor hinüber. Ich hatte richtig gesehen. Sie hielt eine Schreibunterlage in der Hand. Eine Namensliste klemmte darauf. Der Hinweis auf meine Vereinsneurose entlockte der Frau ein einsichtiges Lächeln und entblößte eine hübsche kleine Zahnlücke. Nur deswegen schickte ich sie nicht fort. Gebannt starrte ich auf ihre schmalen Lippen, wartete, dass er sich endlich wieder zeigte, dieser winzige Spalt zwischen diesen niedlichen Schneidezähnen, die so viel kleiner waren als meine, irgendwie kindlich. Ich hatte Glück, denn die Frau redete langsam mit Pausen, in denen sie lächelte, lang und breit und mit offenem Mund. Ihr Hochdeutsch tönte gefällig in Moll, was das Nordlicht verriet. Sie formulierte holsteinisch knapp. Nein, kein Geld, nur informieren wollte sie. Sie reichte mir ein blaues Blatt Papier mit schwarzen Buchstaben. Dann streckte sie den Arm aus, und ihr stattlicher Rumpf schmiegte sich in einen weiten Bogen, den sie schwungvoll über die Landschaft zog.

»Windräder!« Mehr sagte sie nicht.

Die Vision eines neuen, befremdlichen Raumes drängte sich mir auf. Er endete vor meinem Gartentor. Windräder hier? Was für ein Quatsch! Energisch schüttelte ich den Kopf. Vielleicht war es diese heftige Bewegung, die einen Bodensatz verkrusteter Erinnerungen in mir löste. Ich weiß noch, ich fühlte mich von verstörenden Bildern bestürmt, und die Dichte der Ahas, die ich in jenem Moment durchlief, war hoch konzentriert wie Salzsäure, ätzend, nicht auszuhalten.

Jetzt, wo ich es aufschreibe, erkenne ich die Logik hinter den Ereignissen. Geahnt hatte ich schon immer, dass mich irgendwann die alten Geschichten einholten. Alte Geschichten in neuem Gewand. Es gibt kein Entrinnen.

Blond und blauäugig stand die Frau vor meinem Gartentor, wie geschaffen für eine frohe Botschaft. Zu gern hätte ich an eine Erscheinung geglaubt. Ich starrte auf den verheißungsvollen Zettel in meiner Hand. Die Frau konnte nichts dafür. Ich bat sie ins Haus.

Der Zug war abgefahren. Das erfuhr ich von Charlotte, während wir bei Tee und Gebäck an meinem Lieblingsplatz im Wohnzimmer saßen und aus dem Fenster schauten. Die Zeitungen hätten ausführlich und früh über die Absichten der Gemeinde berichtet. Ich las die Zeitung nicht regelmäßig und wenn, dann überflog ich die Seiten nur kurz. Tom nahm sie für gewöhnlich mit in die Werkstatt. Laut Charlotte wurden die entscheidenden Beschlüsse für einen Windpark zu Beginn der Sommerferien gefasst. So hatte es kaum jemand mitbekommen. Charlotte erklärte mir auch, dass die Frist für einen Einspruch gegen den Gemeindebeschluss verstrichen war. Sechs Wochen hätten wir dafür Zeit gehabt, so lang wie die Ferien. Vor kaum mehr als einer Stunde war sie vor meinem Gartentor aufgetaucht, gefühlt hätte ich sie jedoch ins Klassenzimmer meiner alten Schule gesteckt, in die vorletzte Reihe, wo all diejenigen gesessen hatten, die ich immer für ihren Mut bewundert hatte, weil sie kein Blatt vor den Mund nahmen, sich mit den Lehrern stritten, auch für andere, wenn ein Unrecht im Gang war. Ich hatte hinter ihnen in der letzten Reihe gekauert, hatte es vorgezogen, mich still zu verhalten, hatte Wechselbäder aus Bangen und Hoffen durchlebt so wie in jenem Moment. Was Charlotte mir schilderte, während sie meinen Chai schlürfte und Mariannes Kokoskekse verputzte, machte mir Angst. Doch solange sie blieb, erhielt ich Antworten, und Antworten boten Auswege, Möglichkeiten, Lösungen. Zumindest empfand ich es so. Ich löcherte sie mit Fragen, suchte nach einer Schwachstelle, einem Ansatzpunkt, der es mir erlaubte, in die Ereignisse einzugreifen, sie zurückzuspulen, um all das einzufangen, was ich verpasst hatte. Wo war die Taste für das Reset? Ich spendierte noch mehr Tee und Kekse und ermunterte sie, mir von der Einwohnerversammlung zu berichten, obwohl sie es bereits, ich weiß nicht wie oft schon, getan hatte. Ich suchte nach einer Fehlstelle in ihrem Bericht. Ich wollte sie des Widerspruchs überführen. Ich hörte, ich weiß nicht zum wievielten Male, dass unser Bürgermeister selbst Besitzer einer Fläche im Plangebiet wäre. Nur wenige Bürger waren zur Versammlung gekommen. Ich ärgerte mich über mich selbst. Seit Jahren hielt auch ich mich vom Dorfhaus fern. Genau genommen war ich nicht mehr hingegangen, nachdem sie Henning zum Bürgermeister bestellt hatten. *Ich* hatte ihn nicht gewählt. Trotzdem hätte ich hingehen müssen. Ich hatte einen Fehler gemacht. Ich hatte Henning Pahl unterschätzt.

Ich schaute aus dem Fenster, versuchte, mir 16 Windkraftanlagen hinter meinem Haus vorzustellen. Ich sah die Pferde, die Einsteller, die mir ein kleines eigenes Zubrot verschafften, seitdem ich nicht mehr arbeitete. Jeden Morgen ging ich zu ihnen, nur um mir, wie eine Süchtige, ihren würzig weichen Duft in die Nase zu ziehen. Ein haushoher Knickstreifen trennte unsere Hauskoppel vom Ackerland dahinter. Wenn ich Charlotte richtig verstanden hatte, begann jenseits dieses Knicks das Planungsgebiet für Windenergie. Sie streckte die Hand nach dem Kokoskeksteller, schaute mich fragend an. Ich ermunterte sie zuzugreifen und sah versonnen auf das platte Land hinaus. Ich hatte nichts gegen Windkraftanlagen. Eigentlich hatte ich überhaupt keine Meinung dazu. Aber inmitten dieser Landschaft und so dicht hinter meinem Haus waren sie mir unvorstellbar. Weiter hinten reihten sich im Frühjahr und Sommer die Felder, ein bunter Flickenteppich aus Mais, Rüben, Raps, Gerste und Triticale, dieser Wunderkreuzung aus Weizen und Roggen. Vereinzelt dazwischen dehnten sich Grünflächen. Die Ernte war eingefahren, nur der Mais stand noch. Tom hatte im letzten Winter die Wallhecke zwischen unserem Hof und der Hauskoppel auf den Stock gesetzt. So hatten wir die Pferde besser im Blick. Der hohe Knickstreifen, der den Pahlschen Maisacker von unserer Koppel trennte, würde uns Schutz bieten, beruhigte ich mich. Außerdem war es weit genug weg. Plötzlich hörte ich Charlotte prusten. Sie rang nach Luft. Ihr Gesicht war knallrot, und aus ihrem Blick sprang das blanke Entsetzen. Dann ging ein Platzregen aus Kokoskekskrümeln auf dem Biedermeiertischchen zwischen uns nieder. Sie hustete, bis sich der letzte Krümel aus ihrer Kehle befreit hatte. Hastig tupfte sie sich die Tränen aus den Augen. Sie wollte sprechen, aber brachte nur ein Krächzen hervor, eine holsteinische Krähe, blond und blauäugig mit Zahnlücke. Was sie dann sagte, kam mir vor wie das Echo meiner eigenen Gedanken. Es verhöhnte mich. Hatte ich etwa laut gedacht? War es denn *nicht* weit genug weg? Charlotte erklärte mir, was Schattenschlag ist, und dass es mit der Vista splendida hier bald vorbei wäre.

Richtig wütend wurde ich später, da war Charlotte schon fort. Wer war diese Frau überhaupt? Was erlaubte sie sich, in mein beschauliches Leben zu platzen? Ich wollte nicht, dass es so war, wie sie sagte. Aber etwas in mir gab ihr recht, und ich konnte nicht umhin, mir auszumalen, wie just in dem Moment, in dem all diese widerstrebenden Gedanken meinen Kopf durchquerten, Henning Pahl in seiner Scheune den Hammer schwang und die bösen Geister, die ich zu vertreiben versuchte, wieder herbeirief.

3

Henning Pahl richtete sich auf, den Hammer fest im Griff der rechten Hand. Ein paar Schweißtropfen kullerten seine Schläfen hinab. Er rang mit sich selbst und dem Grollen in seiner Brust, das ihn antrieb, den Hammer zu heben, wie schon so oft versäumt, und … wie schon so oft hielt er inne und nutzte den Schwung für einen gezielten Wurf. Der Hammer polterte in den Werkzeugkasten. Das Handy, das Henning vorsorglich darauf abgelegt hatte, tat einen Hüpfer. Glück gehabt!, dachte er und sog die Luft scharf ein. Das Gefühl der Erleichterung besänftigte seinen Unmut. Seit einer Stunde bemühte er sich vergeblich, die Radmuttern an dem alten Opel zu lösen. Die Vorderräder hatte er geschafft. An den beiden hinteren war kein Weiterkommen. Er hatte es mit Kriechöl versucht, dabei eine Ratsche gehimmelt. Die lag nun irgendwo hinten unter dem Gerümpel in einem dunklen Winkel der Scheune. Wütend hatte er sie in die Weite des Raumes gepfeffert. Die Hammerschläge auf die Radbolzenköpfe waren sein letzter Versuch gewesen. Nichts hatte sich bewegt. Henning stieß einen verzweifelten Laut aus. So war sein Leben. Nichts bewegte sich mehr.

Er zog den ölverschmierten Lappen aus der Brusttasche seines Overalls und wischte sich den Schweiß aus dem Gesicht. Angewidert rümpfte er die Nase und pfefferte den klebrigen Stofffetzen in eine Ecke. Ein Rascheln im Hof weckte seine Aufmerksamkeit. Er ging zum Fenster hinüber und schaute hinaus. Mitten im Hof spielte die Katze mit einer Maus. Das Opfer versuchte zu fliehen, aber es war zu geschwächt, um dem tödlichen Spiel zu entkommen. Seine Hand fuhr durch die Staubschicht auf dem Glas, die alles an diesem verlorenen Ort mit einem zarten Pelz überzog. Er benutzte die alte Scheune nur noch als Lager für Unbrauchbares und als Garage für Ausgedientes wie den Opel Kadett. Sein Blick glitt an den hohen Linden vorbei durch die Hofeinfahrt hinaus und trug ihn in ein anderes Leben. Er hatte nicht gezählt, wie oft er mit dem alten Opel dort hinausgefahren war, um alles hinter sich zu lassen. Er hatte den betagten Wagen nie abgemeldet. Wenn ihm der Stillstand unerträglich wurde, hatte er sich hineingesetzt und war losgefahren. Auf seinen Spritztouren durch die Feldmark war er wieder dieser junge Mann gewesen, ambitionierter Absolvent der Landwirtschaftsschule und voller Ideen für den Betrieb der Familie, den er einmal übernehmen sollte. Nach einer Weile hatte er diese kleinen Fluchten jedoch aufgegeben, weil er fürchtete, es irgendwann zu tun – abzuhauen, alles zurückzulassen. Allein der Gedanke an Anne-Rose und die Kinder hielt ihn davon ab. Mittlerweile hatte er sich damit abgefunden. Er hatte sich in die Bahnen gefügt, die sein Großvater für ihn vorgesehen hatte, nachdem sein Vater, noch jung, bei einem Jagdunfall tödlich verunglückt war. Henning war damals ein Kind gewesen und erinnerte sich nur schemenhaft an das tragische Ereignis, das ihn, den einzigen Sprössling der Familie, für den Großvater in die Rolle des verlorenen Sohnes versetzte. Nach dem Tod seines Vaters musste er sich beeilen, erwachsen zu werden. Es war ein erhebendes Gefühl, so kindlich noch und doch wie ein Großer behandelt zu werden. Damals war er zu jung gewesen, den Fehler zu durchschauen. Äußerlich passte er sich an, aber tief in seinem Innern empfand er sich schwach, ein Verlierer, der sich ständig nach der Decke streckte, um den Ansprüchen des alten Hinnerk zu genügen. Die Landwirtschaft machte Henning schon lange keinen Spaß mehr. Die Zeiten hatten sich geändert. Es hatte mehr mit Wirtschaft und weniger mit Land zu tun. Man musste ›von hinten‹ denken, gewinnorientiert. Aber Hinnerk ließ ihm nicht wirklich freie Hand. Es war ein ständiges Ringen. Auch redete der Alte ihm gerne ins politische Geschäft, an dem Henning zunehmend Gefallen fand. Da war er jemand. Dem Bürgermeister im Ehrenamt zollten die Menschen Respekt. Er hätte nie gedacht, dass er Behördengänge einmal genießen würde. Da ließ sich noch etwas bewegen. Auch für sich selbst. Lucas wollte studieren, Andy demnächst für ein halbes Jahr in die USA. Das Altenteil für seine Mutter und Hinnerk musste aufgebracht werden und, und, und … Die Hypothek, gut eine halbe Million, die er vor vier Jahren für den neuen Kuhstall aufgenommen hatte, lag ihm am schwersten im Magen. Er hatte Lucas zum Geburtstag ein Auto versprochen. Er hätte ihm gerne ein neues gekauft. Aber das ließ die Betriebskasse nicht zu. So blieb ihm nichts anderes übrig, als den alten Kadett flottzumachen. Sein Sohn sollte an seinem Geburtstag wenigstens ein paar Runden drehen können.

Henning grinste. Er würde den Rost schon lösen, den vom Kadett und seinen eigenen. Es war nur eine Frage der Zeit –

und des Geldes. Das Leben bot ihm eine zweite Chance. Vielleicht seine letzte. Er hatte die 50er Marke bereits überschritten, danach kam nicht mehr viel. Alle setzten jetzt auf erneuerbare Energien. Kein Glücksspiel, sondern Gesetz. Die da oben hatten den Ausbau der Windenergie über alle anderen Interessen gestellt. Sie nannten es ›privilegiert‹. In der Gemeinde gab es genügend Flächen dafür, und der liebe Gott schickte den Wind. Er, Henning, wäre doch blöd, wenn er da nicht mitziehen würde. Er wollte diesen Windpark. Es war ein dreifaches Win-win-win. Ein Segen für alle Seiten. Klimaschutz, Wohlstand für die Gemeinde, was ihm die Wiederwahl in Aussicht stellte, außerdem entschädigte es ihn selbst für den Verzicht auf ein eigenes Leben. Vielleicht war es sogar das Tor zu einem neuen. Wer wusste das schon? Henning fand, dass ihm das zustand. Als Bürgermeister im Ehrenamt hatte er sich für das Dorf über viele Jahre für nichts und wieder nichts den Arsch aufgerissen. Niemand sonst wollte diesen Job machen. Mag sein, dass dies seine zweite und letzte Chance war, wegzugehen und ganz neu anzufangen, irgendwo, so wie Frank Lunau. Der machte jetzt groß in Windenergie, verwaltete Windparks und investierte in neue. Bei ihrem letzten Treffen hatte Lunau angedeutet, dass es im Dorf Widerstand geben könnte. Aber damit würde man schon fertig werden. Das Vorhaben besser nicht an die große Glocke hängen, um keine schlafenden Hunde zu wecken. Nur so viel Öffentlichkeit, wie es die Bürokratie erforderte. Am besten weniger, hatte ihr künftiger Investor erklärt und grinsend den Finger gehoben. »Aber keine Formfehler machen!« Als Bürgermeister stünde er doch in einem guten Verhältnis zu seinem Amtsvorsteher. Diese Leute wären Spezialisten für die Grauzonen des Verwaltungsapparates. Außerdem wären er und seine Hess & Co stets für ihn da, um zu helfen. Henning hatte dazu geschwiegen. Er brauchte keine Hilfe. Er war Jäger und kannte die richtigen Leute. Er würde Lunau mal zum Hubertusfest mitnehmen.

Henning wandte sich vom Fenster ab. Wehmütig und ein wenig stolz betrachtete er den Kadett. Baujahr 1985. Für sein Alter sah der Wagen echt klasse aus. Nach der Ausbildung, er war gerade 25 geworden, hatte er sich das Auto selbst zum Geschenk gemacht. Fast zu schade für einen Fahranfänger, aber er hatte es Lucas versprochen. Das einzige Problem waren die Reifen und die schsch…eiß Radmuttern. Sie hatten sich verdammt festgefressen. Er schaute auf die Uhr. Kurz nach fünf. Feierabend, zumindest für Autowerkstätten. Wie sollte er das bis morgen schaffen? Er überlegte, dann nahm er das Handy aus dem Werkzeugkasten und drückte die Nummer von Tom.

4

4. November

9 Uhr. Seit ein paar Minuten sitzt sie hier an dem Biedermeiertischchen, schaut aus dem Fenster, sagt kein Wort. Ein wenig betreten hatte sie vor der Haustür gestanden und die Dienstmütze zwischen den blassen Fingern gedreht. Der Wind spielte mit ihrem roten Haar. Ich schickte sie ins Wohnzimmer.

Dort sitzt sie nun, blickt hinaus auf das Windradkarussell mit seinem unfreiwilligen Fahrgast. Ich muss an Charlotte denken, an die Kokoskekskrümel, die sie damals angesichts meiner Dummheit über dieses Tischchen gehustet hatte. Sie hatte recht behalten. Irgendwann kamen die Bagger und rissen den Knick auseinander. Bautechnisch erforderlich, hieß es. Dafür gäbe es Ausgleichsmaßnahmen, meinte der Sachbearbeiter auf dem Amt. Nicht hier, sondern irgendwo in Nordfriesland. Wir fühlten uns nackt, unseres Schutzes beraubt. Dabei hätte uns die hohe Wallhecke nicht wirklich geschützt. Der Trend ging zu noch höheren Windkraftanlagen, dafür sollten es dann ein paar weniger sein. Innerhalb weniger Monate schossen zehn 120 Meter hohe Türme aus dem Boden, überragt von rund 70 Metern Propellerradius. Zuerst bauten sie zwei, sozusagen zum Eingewöhnen. Bald danach kamen weitere acht Anlagen dazu. Vor dieser surrealen Kulisse duckten sich die Überhälter, die hohen Bäume in der Wallhecke, wie gestutzte Buchsbaumkugeln in die flache Landschaft. Rollos mussten wir so oder so anbringen lassen, wegen der 30 Schattenschlagminuten, die uns per Gesetz am Tag zuzumuten sind. Diesen Sommer wurde die Belastungsgrenze oft überschritten. Aber das zählt nicht. Die Werte würden über das Jahr gemittelt, so unser Amtsvorsteher, als ich ihm meine Beschwerde vortrug. Der viele Regen im Frühjahr hatte die Schattenschlagstatistik verdünnt. Selbstgerechte Menschen machen mich hilflos, und es verschlägt mir jedes Mal die Sprache, mit welcher Selbstverständlichkeit mir dieser Mann seine Bären aufbindet.

Nach meinem Notruf heute früh traf als Erstes die Feuerwehr ein. Steifbeinig und mit verrenkten Hälsen staksen die Männer um den Betonfuß der riesigen Anlage herum. Die neue Technologie ist weit über die Reichweite ihrer Leitern hinaus gewachsen. So muss es sich anfühlen, wenn unsereins nach Liliput kommt. Sie tun mir leid. Wie kann man Menschen, die diesen Job freiwillig im Ehrenamt ausführen, derart verschaukeln? Ein Feuerwehrmann schüttelt sich, fährt sich umständlich übers Gesicht. Hastig klappt er das Visier herunter. Ich schaue prüfend zum Himmel. Ein zerschlissener Wolkenteppich fliegt, von Norden her kommend, übers Land, viel zu hoch für Regen. Ratlos blicken die Männer von der mächtigen Säule aus Stahl und Beton zu ihrem roten Gefährt hinüber, ein Spielzeugmodell vor dieser Megakulisse.

Auch sie schaut hinaus auf diese unwirklich anmutende Szene. Der Notarztwagen ist eingetroffen, steckt fest. Der Sportsmann am Steuer hatte die Vorderräder im Eifer seines Einsatzes in einer Traktorfurche versenkt. Die Feuerwehrleute machen sich daran, ihn aus dem Acker zu ziehen. Eine Polizeistreife rollt ins Blickfeld, das uns dieser Logenplatz am Fenster eröffnet. Ich nehme an, ihre Kollegen, mit denen sie zu mir gekommen ist.

Aufmerksam beobachtet sie das Geschehen. Über ihren Rücken schlängelt sich der rote Zopf. Ein krauslockiger Flaum umspielt seine Schlingen. Hier hat nicht Wella, sondern Aphrodite die Hand im Spiel. In einem tiefen Auberginerot schimmern goldene Lichter wie feines Lurex. Ich stelle fest: Blau steht ihr nicht. Das altbewährte Grün hätte ihrer hellen Haut eher geschmeichelt. Ein sanftes Beben der Nasenflügel verrät ihre Anspannung.

»Magst du Krimis?«, frage ich.

Eine zarte Röte steigt ihr in die Wangen, und das verhaltene Schmunzeln der Ertappten leuchtet in ihren Augen. »Ich brauche keine Kriminalgeschichten«, entgegnet sie trotzig. »Schon gar keine Regionalkrimis. Ich lebe in einem Krimi.«

»Dann haben wir etwas gemeinsam«, erwidere ich. »Tee oder Kaffee?«

»Was trinkst du?«

»Tee ist schon aufgebrüht.«

Genüsslich lässt sie sich zurück in den Sessel sinken. »Ich nehme Kaffee.« Ihre Augen funkeln mich an.

»Mit viel Milch, wie immer«, füge ich wissend hinzu.

Sie nickt, und auf ihren Wangen schimmert wieder die Porzellanblässe der Rothaarigen.

Auf dem Weg in die Küche werfe ich einen Blick auf das Handy. Es hatte bei ihrem Eintreffen leise gehupt. Ich hatte den Signalton bewusst überhört, wollte mich nicht ablenken lassen, keinen Fehler machen. Eine Nachricht von Jan. Ich spüre ihren Blick im Rücken. Später, denke ich und lasse das Mobiltelefon liegen.

Das Teegeschirr meiner Mutter, das ostfriesische mit der roten Rose, ist eine gute Wahl. Zum Glück hat Jan die Keksdose nicht vollends geplündert. Die Kuhmilch platscht in seinen Kakaobecher, auf dem ein Karatekämpfer einem anderen die Nase einschlägt. Jan hätte es anders ausgedrückt, aber ich weigere mich, trotz meines Sprachtalents, auch noch Japanisch zu lernen. Der Duft des frisch aufgebrühten Kaffees kitzelt meinen Geruchssinn. Ich mag ihn nicht trinken, aber ich rieche ihn gern. Als ich mit dem Tablett ins Zimmer zurückkehre, sehe ich, wie sie auf das Abschleppmanöver draußen im Feld starrt.

»So funktioniert Lobbyismus«, rutscht es mir heraus. »Die Protagonisten ziehen sich gegenseitig aus dem Dreck.«

Ihr Blick tadelt mich kurz. Dann wendet sie sich ab, schaut wieder hinaus. Ich ärgere mich über meine bitteren Worte, will sie mir nicht zur Feindin machen.

»Weshalb …?«, frage ich zögerlich.

»Weshalb sie ausgerechnet mich zu dir schicken?« Sie schaut noch immer hinaus. »Muss ich dir das wirklich erklären?«

Ein Ruck, und der Notarztwagen ist wieder frei. Da wendet sie den Kopf, sieht mich an. »Die Kollegen aus Kiel haben für diesen Sondereinsatz Unterstützung bei meiner Dienststelle angefordert.« Sie hebt den Kaffeebecher und lächelt entschuldigend. »Personalmangel.«

Ich glaube ihr nicht. Ich schiebe meine Lippen über den Rand des zarten Porzellans. Ein heißer Dunst streift meine Haut. Vorsichtig nippe ich an meinem Tee und sehe, wie ihr Daumen sachte über das Abbild auf Jans Tasse streicht.

»*Uraken-uchi* ist ein Konter aus dem Shotokan-Karate«, sagt sie und hebt die Augenbrauen. »Das ist schon Hohe Schule.«

»Davon verstehe ich nichts. Jan …« Ich beiße mir auf die Lippen. Wie dumm von mir, ihn zu erwähnen!

Sie reagiert unmittelbar. »Was ist mit ihm?«, fragt sie. Im selben Moment zuckt sie zurück, als hätte sie etwas Unbedachtes getan. Wie beiläufig wandert ihr Blick zur Fensterbank. »Wow«, entfährt es ihr, und sie zeigt auf das Fernglas. »Ein Juwel! Darf ich?« Sie sieht mich genauso neugierig und entschlossen an wie in dem Sommer, als sie zu uns kam, um uns zu helfen. Eine Verbündete im Kampf gegen das Unrecht.

Ich beuge mich vor und suche ihren Blick, will ihn festhalten, will nicht, dass sie sich mir wieder entzieht. »Franziska, weshalb bist du hier?«, frage ich.

5

Am Morgen nach Charlottes Besuch erwachte ich aus einem Traum. Der Vorhang bewegte sich leicht, und ich hatte wieder diese vollen Lippen vor Augen. Es war nur ein Bild, aber die Intensität des Gefühls war die gleiche wie damals, als ich sie live erlebt hatte. Sie war zu einer Lesung aus ihrem neuen Buch nach Deutschland gekommen. Ihre dunklen Augen hatten mich angesehen. »Mögen Sie rohe Zwiebeln?«, hatte die junge Schriftstellerin aus Algier gefragt und eine Antwort nicht abgewartet. »Sie müssen Sie nicht mögen. Aber Sie sollten sich mit ihnen auseinandersetzen. Man lebt und überlebt nur, wenn man die Fähigkeit hat, bittere und widerwärtige Dinge zu schlucken und zu verdauen.« Sie hatte Französisch gesprochen. Ich hatte sie verstanden.

Ich weiß nicht, weshalb mir diese Szene in jenem Moment frühmorgens im Bett durch den Kopf ging. Vielleicht war es eine Vorahnung, vielleicht war es Charlottes Botschaft gewesen und die vielen Ahas, die nun im Raum standen und sich nicht mehr verscheuchen ließen. Die Zeit war reif für eine Konfrontation.

Gleich nach dem Aufstehen ging ich zu Henning Pahl, unserem Bürgermeister. Die Sache mit dem Windpark ließ mir keine Ruhe. Es war Sonntag, und Henning war Landwirt, also hatte ich gute Chancen, ihn zu Hause anzutreffen. Er schleuste mich schnell an der Küche vorbei ins Wohnzimmer, als wäre mein Besuch ihm unangenehm.

Es war ein Fehler, mir keinen Stuhl anzubieten. So überragte ich ihn, diesen Hänfling, diesen klöterigen Kerl, um gut einen halben Kopf. Mein Blick glitt über ihn hinweg durch eine Tür in ein hinteres Zimmer. Dort stand ein Waffenschrank offen. Die Jagdgewehre weckten in mir ein Grollen, das ich geflissentlich unterdrückte. Ich hatte ihn wohl beim Putzen der Flinten gestört. Ich trug ihm meine Bedenken vor, untermalt vom Ticken der alten Wanduhr, dem Puls seiner Vorfahren, einer unendlichen Reihe von verbürgten Land- und Leibeigentümern, Bürgermeistern ... und Jägern. Die Pahls hatten schon immer das Sagen im Dorf gehabt. Während ich redete, starrte Henning mir Löcher ins Brustbein. Dann hob er hilflos die Schultern. Sein Blick wurde stumpf. Er sprach von Landesvorschriften, als wäre er nur eine Marionette im Spiel der da oben, und er benutzte Worte, die ich nicht verstand.

Zu Hause schlug ich das Wörterbuch auf. Er hatte »Einzelschicksal« gesagt. Die Erklärung im Lexikon führte zu mir zurück. Ich war das betroffene Einzelwesen. Mein Haus steht nicht im Dorf. »Wer wohnt schon im Außenbereich?«, hatte er mich verhöhnt. Außenbereich. Ein Ort, der nicht dazu gehörte, den man ausgrenzen durfte, für den andere Regeln galten. Er hätte auch »Ausland« sagen können. Es war die erste rohe Zwiebel, die ich in dieser Geschichte schluckte. Aber die Sache ließ mir keine Ruhe. Am Nachmittag ging ich noch einmal hin. Ich war wütend, wollte ihn zur Rede stellen, aber ich kam nicht dazu. Sie hatten Besuch.

Gleich an der Haustür fing er mich ab. Ob ich Krieg wollte, knurrte er mich an. Ich sollte mein Haus doch verkaufen. Unverrichteter Dinge ging ich nach Hause. Zwei rohe Zwiebeln im Bauch waren schwer zu verkraften. Ich machte mir Vorwürfe. Ich hätte zurückbrüllen sollen: »Das ist Vorteilsnahme im Amt!« Ich hätte ihm drohen sollen, ihn für seine Machenschaften zu belangen. Weshalb tat ich es nicht? Immerhin bin ich ein Jahr älter als er. Weshalb also wehrte ich mich nicht? Ich hatte nichts zu verlieren. Oder doch? In seinem Haus waren Gäste. Ich mag keine Szenen und schon gar keine Zuschauer. Außerdem: Henning hatte noch nie

Respekt vor dem Alter gehabt. Mein Vater hatte ihn nicht gemocht. Er hatte seine Gründe, ich habe meine.

Am Abend sprach ich mit Tom. Wir saßen beim Essen. Schweigend löffelte er seine Suppe.

»Ich war heute bei Henning.« Ich wollte nicht, dass es gereizt klang, aber der beiläufige Ton, um den ich mich bemühte, klang falsch. Tom schaute nicht einmal auf. Er griff nach einem Stück Brot, brummte etwas Unverständliches.

»Der Windpark …«, begann ich zögerlich. Das nervöse Zucken auf seiner Wange bremste mich aus. Ich spürte, ich riskierte einen handfesten Streit. Am Vorabend hatte ich ihm von Charlottes Besuch erzählt.

»Wir reden später«, hatte er erwidert und war zur Jagdhütte aufgebrochen. Er wollte den Sonntag im Revier verbringen. Ich überlegte, ob dies nun der richtige Moment für ein ›Später‹ wäre. Aber der Gedanke an Henning beschleunigte meinen Puls und trieb mich voran. »Er hat mich weggeschickt«, sagte ich schließlich.

Toms höhnisches Schnaufen drückte eine Delle in die goldgelbe Suppe und ließ die Fettaugen zum Tellerrand driften. »Was hast du erwartet?«, presste er hervor.

Ich war enttäuscht, hätte mir mehr Anteilnahme gewünscht, hatte gehofft, er, mein Ehemann, würde für mich, für uns in den Ring steigen und Henning Pahl den Marsch blasen. Aber Tom schüttelte den Kopf. Er hätte keine Lust, jetzt, am Sonntagabend, darüber zu sprechen. Mehr sagte er nicht. Da war mir klar, dass er es längst wusste.

»Seit wann?«, hakte ich nach.

Tom tauchte den Löffel in den dampfenden Sud, hielt auf halbem Weg zum Mund inne. Ein Stück Möhre schwebte gefährlich über dem Löffelrand. Er stierte ins Leere. Dieses bedrohliche Mienenspiel aus Schmerz und Wut war mir allzu vertraut. Ich war kurz davor einzulenken, den Gesprächsfaden loszulassen, das ›Später‹ auf später zu vertagen, aber Toms Hand zitterte leicht, und das Möhrenstückchen kippte und platschte in den Teller zurück. Ein Spritzer Suppe landete auf dem Holztisch just über der Kerbe, wo ich vor etlichen Jahren in jugendlicher Wut auf meinen Vater das Brotmesser hineingerammt hatte. Vater war mir über den Mund gefahren. Ich hatte es gewagt, das verbotene Thema anzuschneiden. Dieser unbändige Zorn, mit dem ich das Messer in die Tischplatte gestoßen hatte, war auf einmal wieder da, so wach und unverbraucht wie an jenem Tag. Ich wusste, es war falsch weiterzumachen. Aber ich konnte nicht anders. Mit der alten Narbe brachen all meine verletzten Empfindlichkeiten auf. Die Munition vieler versäumter Gelegenheiten entzündete sich an diesem Moment zu einem Feuerwerk, dessen Funkenregen über dem Esstisch niederging und in die unschuldige Suppe fiel.

»Später!«, blaffte ich Tom an. »Wenn nicht jetzt, wann dann?«

Tom zog das Kinn auf die Brust. Ich mochte sein rundliches, von der Sonne gegerbtes Gesicht mit den silbrigen Bartstoppeln. An den Schläfen verloren sie sich in einem lichten weißen Flaum. Er mündete in einem akkurat zurechtgetrimmten Haarkranz, der die gebräunte Hochebene seines Schädels säumte. Diese blankpolierte Platte senkte sich nun in meine Richtung, wie bei einem Bock kurz vor dem Stoß. Tom knallte den Löffel in den Teller. Eine bunte Mischung aus Gemüsestücken spritzte über den Tisch. Eines traf mich im Gesicht. Er entschuldigte sich nicht. Er stand auf, stieß den Stuhl nach hinten und ging aus der Küche. Kurz darauf fiel die Haustür ins Schloss. Später stellte ich fest, dass er das Swarovski mitgenommen hatte.

In der Nacht schlief ich unruhig. Alle paar Stunden wachte ich auf. Aber das Bett neben mir blieb leer. Vermutlich war er zur Hütte seines Jagdvereins gefahren, um dort zu schlafen und beim ersten Licht auf Wild anzusitzen. In diesen seltenen Mußestunden fand er seinen Ausgleich. Meine Gedanken kreisten um den gestrigen Abend. Tom hatte es also gewusst. Weshalb hatte er nie mit mir darüber gesprochen? Und beim ersten Streit gleich abhauen! Das war mal wieder typisch Mann! Wenn seine Jagdkollegen es auch so machten, dann wäre er in guter Gesellschaft.

6

Der Kies knirschte unter den Reifen des Peugeot. Ein Lichtschein fiel durch das Fenster der Jagdhütte, aber der Parkplatz davor war leer. Unschlüssig hielt Tom den Wagen an. Wer mochte um diese Zeit noch hier sein? Vielleicht hatte einer der Jäger aus Versehen das Licht angelassen. Auf gar keinen Fall wollte er an diesem versauten Sonntagabend jemanden sehen, wollte einfach nur seine Ruhe haben. Kein Gejammer, kein Gelabere. Stille. Für ihn war der Wald ein Ort des Schweigens, des Nachts zuweilen vertieft durch den Ruf einer Eule. Tom wendete das Auto in Richtung Ausfahrt und schaute noch einmal zur Hütte zurück. Zu dumm! Wohin sollte er jetzt fahren? Bloß nicht nach Hause! Karo würde keine Ruhe geben. Noch fehlte ihm die zündende Idee, wie er ihr seinen Plan schmackhaft machen könnte, damit sie ihm zuhörte und nicht gleich wieder dichtmachte.

Die Umrisse eines Gesichts erschienen am Fenster und eine Hand, die ihm einladend winkte. Tom stöhnte. Zu spät. Sein Verstand arbeitete bereits an der Ausrede, während er den Wagen abstellte. Bloß schnell wieder weg, dachte er, stieg aus und überquerte den Kiesplatz zur Hütte hinüber. Erst als er vor der Haustür stand, entdeckte er das Heck des Mercedes. Ungewöhnlich!, ging es Tom durch den Kopf. Henning versteckte seine Angeberlimousine doch sonst nicht. Tom drückte die Klinke und dachte gerade noch rechtzeitig daran, sich unter dem niedrigen Türsturz zu ducken.

Ein Geruch nach starkem Tabak reizte seine Nase. Seitdem er nicht mehr rauchte, war er empfindlich geworden. Am Tisch saßen drei Männer unter einer wabernden Glocke aus Qualm und pafften. Er kannte sie alle. Die Pfeife, das war Staatsanwalt Uwe Donath, die Zigarette Amtsvorsteher Niels Zürn, und Henning Pahl schmökte seine Cohiba, angeblich Fidel Castros Lieblingszigarre. Sie alle waren Jagdkollegen, die sich vermutlich für ihre Ehefrauen gerade auf dem Hochsitz die Finger abfroren. Eine heftige Niesattacke nahm Tom für einen Moment die Sicht. Als er wieder aufschaute, stand Henning am weit geöffneten Fenster.

»Für unseren Asthmatiker!«, rief er lauthals lachend. »Du solltest wieder rauchen, du Weichei!« Dann wies er zum Tisch hinüber. »Komm, setz dich zu uns!«

Tom reichte zuerst Uwe Donath die Hand. Für ihn war er die Nummer eins am Tisch. Ein kleiner Mann zwar, aber ohne Attitüden, immer präzise und korrekt in der Wortwahl und ein guter Schütze. Voller Achtung ergriff Tom Donaths zierliche Rechte mit dem goldenen Siegelring, die er nur hielt und nicht drückte, aus Sorge, sie mit seiner rauen Automechanikerpranke zu quetschen. Niels Zürn hob leicht den Hintern vom Stuhl und schob seinen Arm über den Tisch, ein zu kurz geratener Auswuchs, dessen Fingerspitzen Toms Handfläche flüchtig streiften. Tom wusste nicht, was er von Zürn halten sollte, der viel lächelte, meist schief, und beim Reden die Silben verschluckte. Etwas in diesem Mann lief nicht rund, eine Unwucht, die Tom am liebsten behoben hätte. Das lag wohl daran, dass Zürn Linkshänder war. An seiner Repetierbüchse Marke Sauer war er jedenfalls unschlagbar. Henning stand immer noch am Fenster, und Tom wusste, er würde so lange dort stehen bleiben, bis Tom sich gesetzt hatte. Es war eine unausgesprochene Regel zwischen ihnen. Das lag an Toms Größe oder daran, dass Henning zu ihm aufschauen musste, wenn sie voreinander standen. Tom hatte kein Problem damit. Im Gegenteil war es ihm oft unangenehm, wenn er auf Leute herabschaute. Mit Frauen war es etwas anderes, aber bei Männern und ganz besonders bei so Typen wie Henning waren seine Körpermaße eher geschäftsschädigend. Dabei war Henning der Riese am Tisch gewesen, bis Tom dazu kam.

»Reicht die Luftdusche?«, fragte Henning ein wenig ungeduldig.

Tom hob einen Stuhl vom Stapel an der Wand und setzte sich zu den anderen. »Kein Problem. Bin gleich wieder weg«, sagte er.

Henning schloss das Fenster und kehrte zum Tisch zurück. Kameradschaftlich drückte er Toms Schulter, bevor er sich setzte. »Das glaube ich nicht«, sagte er und lachte. »Außerdem kommst du gerade richtig.«

Tom schüttelte den Kopf. »Ich hab das Licht gesehen, aber kein Auto. Da dachte ich …«

Die Männer sahen sich an. Donath stieß einen Rauchkringel in die Luft und schaute ihm nach. »Was schließen wir daraus?«, fragte er mit der ruhigen Überlegenheit des Rechtsgelehrten.

Tom dachte nach. Hier ging etwas vor, das niemand erfahren sollte. Alle drei waren seine Kunden. Freitagabend hatte er

Überstunden gemacht, um den alten Opel für Hennings Sohn wieder ins Laufen zu kriegen. Er konnte es sich nicht leisten, sie zu verprellen. »Ihr braucht einen Automechaniker«, sagte er und grinste zufrieden über diesen glücklichen Einfall.

»Du hast es erfasst«, sagte Henning und schaute in die Runde, wie um sich zu versichern, dass alle einverstanden waren. »Also bist du dabei?«

»Habe ich jemals das Gegenteil behauptet?«, fragte Tom.

»Du nicht«, erwiderte Henning.

Tom stand auf und ging zum Kühlschrank. Sein Magen knurrte. Karo hatte ihm keine Zeit für mehr als drei Löffel Suppe gelassen. Er hatte Henning verstanden. Er spielte auf Karo an. Weshalb war sie auch zum Bürgermeister gegangen, ohne sich vorher mit ihm zu besprechen? Sie machte ihm alles kaputt. Er zog die Kühlschranktür auf. Nur Flüssignahrung. Er nahm sich ein Bier und kehrte zum Tisch zurück.

Henning hielt einen Korb in die Höhe. »Bedien dich! Anne-Roses Hochsitz-Stullen sind ’ne Wucht.«

Tom ließ sich nicht lange bitten.

»Du hast Hunger«, stellte Henning fest und grinste. »Hat Karo die Küche sonntags geschlossen?« Er lachte. Dann wurde er ernst. »Sie nervt. Ich will keinen Ärger im Dorf. Ich hoffe, du kriegst das in den Griff.«

»Das wird schon«, erwiderte Tom, setzte die Bierflasche an und spülte den Bissen hinunter.

»Einsprüche können ein Bauvorhaben in die Länge ziehen«, warf Zürn ein. »Auch bei der Windkraft gibt es Möglichkeiten der Verzögerung, wenn auch begrenzt wegen der Privilegierung.«

Wie locker ihm Wörter wie dieses Privilidingsda über die Lippen kamen, staunte Tom. Der Amtsvorsteher nuschelte sie einfach weg. Vermutlich berufsbedingt. Ein Automechaniker wie Tom durfte sich das nicht erlauben. Seine Worte mussten stets klar und deutlich rüberkommen wie der Sound der Motoren, die er zu warten hatte.

»Mach es ihr schmackhaft!«, warf Henning ein. »Eine Schiffsreise, ein eigenes Pferd, Klamotten … was weiß ich?«

Du weißt gar nichts, dachte Tom. Karo hatte das Reisen satt. Sie wollte kein Pferd. Ihr reichten die Einsteller. Karo hatte keine Ansprüche. Sie wollte nur ihre Ruhe. Darin waren sie sich ähnlich. »Der erste Schritt ist getan«, sagte Tom bemüht, zuversichtlich zu klingen. »Alles Weitere wird sich ergeben.«

Uwe Donath ergriff das Wort. »Lasst uns dort fortfahren, wo wir unterbrochen wurden. Wie ich schon sagte, sind kleine Schritte leichter zu steuern als große Sprünge.« Er schlug vor, die Hess & Co dazu zu bewegen, den ersten Bauantrag so klein wie möglich zu halten. »Zwei Windräder, das reicht fürs Erste. Die kriegt ihr ohne große Prüfverfahren immer durch. Für den weiteren Ausbau des Windparks jedoch habe ich große Bedenken, das allein mit Lunau zu schaffen. Er übernimmt sich. Die Nummer könnte zu groß für ihn sein. Was spricht dagegen, einen stärkeren Investor mit ins Boot zu holen?« Donath schaute in die Runde. »Ich könnte da vermitteln«, sagte er verhalten. »Außerdem favorisiert das Land inzwischen größere Anlagenhöhen. Da sollte man vorausschauend mitgehen.«

»Hast du jemand Spezielles im Auge?«, fragte Henning.

Uwe Donath nickte vielsagend. »Frank Lunau ist ein vernünftiger Mann und kein Anfänger. Ich bin mir sicher, er wird das begreifen. Man sollte ihn gut dabei einbinden.«

Zürn nickte bestätigend. »Zwei Anlagen vereinfachen das Prüfverfahren für den Bauantrag. Das geht ruckizucki durch.« Er rieb sich die Hände. »Und wenn sich die Leute erst einmal daran gewöhnt haben, gibt's auch keinen Stress bei der Erweiterung und einer späteren Nachverdichtung. Allerdings …« Warnend hob er die Linke. »Es gibt da einen Vorbehalt – wegen der Vögel.«

Henning richtete sich auf. »Vögel?«, schnaubte er. »Was für Vögel?«

Das Reizwort, dachte Tom. Er hielt den Blick gesenkt und ließ einen Bierdeckel kreiseln. Karo hatte ihm davon erzählt. Henning hasste große Vögel. Besonders Greifvögel waren ihm ein Dorn im Auge. Da gab es eine alte Geschichte. Kaum zu glauben! Aber zuzutrauen war es ihm.

»Sicher, die Prüfung wird etwas Zeit beanspruchen«, wandte Donath ein. »Aber wenn sie nichts finden, dann geht es bald in die nächste Runde.«

»Sie werden nichts finden!«, entschied Henning.

Uwe Donath lehnte sich zurück. »Gut!«

»Und auf wessen Land sollen die ersten beiden Anlagen kommen?«, fragte Tom.

Henning lachte und wies mit dem Finger auf Tom. »Ich mag's auch lieber konkret«, sagte er. »Da wir beide schon einmal hier sind, würde ich vorschlagen, sie kommen auf meins und auf deins.«

7

Als Tom am Morgen nach Hause zurückkehrte, wirkte er angeschlagen. Er zog einen Dunst nach Tabak und Bier hinter sich her. Ich verkniff mir eine Bemerkung und kochte uns Tee. Er trank seine Tasse hastig zwischen Rasur und einem Telefonat mit der Werkstatt. Er hatte es eilig fortzukommen. Ich spürte, er floh vor mir und meinen bohrenden Fragen.

Abends ging ich zu Charlotte. Ihr Haus war so anders als meines. Aufgeräumt. Duftend. Lavendel auf der Toilette. Rose im Wohnzimmer. Immerhin kein Patschuli wie bei Melanie. Die Zeiten, in denen Toms Schwester mein Haus in einen von fernöstlichen Düften triefenden Tempel verwandelt hatte, waren zum Glück vorbei. Genau genommen, endete diese Episode, als ich vor zwei Jahren das Dolmetschen aufgab, um zu Hause zu bleiben.

»Paris, Madrid! Vermisst du das nicht?«, hatte Melanie gestichelt. Offensichtlich gefiel es ihr nicht, dass ich mein Nest mit seinen Nestlingen wieder voll in Besitz nahm. Für mich waren das Übertreibungen einer Romantikerin. Diese klimatisierten Kongresshallen und die muffigen Kabinen für Simultandolmetscher sind doch überall gleich. Ich entsorgte die Räucherschälchen, die sich während meiner zuweilen wochenlangen Abwesenheit in meinem Haus unkontrolliert vermehrt hatten. Bis auf eines, ein hübsches eisernes, das ein wenig wackelig auf seinen verschnörkelten Füßchen stand. Als Nächstes erlaubte ich mir, meine übergriffige Schwägerin nach Hause zu schicken, wenn sie unangemeldet vor der Tür stand. Das war nicht gerade familienfreundlich, aber klärte die Besitzverhältnisse und festigte meine Rolle in unserem Kleinfamilientrio. Alle hielten mich für undankbar, was mir flüchtig ein schlechtes Gewissen einflößte. Denn Jan mochte Melanie. Sie war kinderlos, und als seine Patin hielt sie es für ihre Pflicht, sich um unseren Sohn zu kümmern, derweil ich im Ausland von Messe zu Tagung reiste und dolmetschte. Damals liebte ich meinen Beruf. Das Dolmetschen war mein Tor zur Welt gewesen, hatte es mir ermöglicht, einer vermeintlichen Enge zu entkommen. Ein Trugschluss, wie ich nach etlichen Berufsjahren erkannte.

Für meinen Sohn und mich war es eine zweite Chance, als ich krank wurde. Nach meinem dritten Schub kündigte ich meine Stellung und blieb zu Hause. Toms Einkommen war mehr als genug für uns drei. Von meinem letzten Gehalt kaufte ich das Swarovski und ein Buch über die heimische Vogelwelt. Jeden Tag zog ich los, und bald schloss Jan sich mir an, wenn ich mich auf meine Streifzüge in die Umgebung begab. Er war damals zwölf gewesen und so wissbegierig, wie es ein Junge in seinem Alter nur sein kann.

Um Charlottes Wohnzimmertisch saßen Leute, die ich nicht kannte. Nicht einmal ihre Gesichter sagten mir etwas. Offensichtlich kamen sie aus der Siedlung. Sie waren Nachbarn. Ich war das Einzelschicksal im Außenbereich. Ich hatte keine Nachbarn. Hätte mir auch nichts genützt. Mehrere Einzelschicksale im Außenbereich wurden von Amtswegen zur Splittersiedlung erklärt, hatte ich inzwischen herausgefunden. Das klang nach Abbruch, weggesprengt, wertlos. Früher waren wir *der* Aussiedlerhof gewesen. Alle hatten unsere Lage idyllisch gefunden. Nun war ich die Aussätzige im Abstand von knapp 400 Metern zur nächsten Windkraftanlage, erntete mitleidige Blicke. Ich gab trotzdem jedem die Hand.

Die Stimmung war mürrisch. Die Anwaltskosten wären zu hoch. Wucher und das ohne Erfolgsgarantie! Einen Rotmilanhorst müsste man finden, denn die Vögel wären vor dem Gesetz besser geschützt als der Mensch. Sie nannten sich Bürgerinitiative, trafen sich nicht zum ersten Mal. Ich hingegen hatte mich bisher noch nie in eine solche Runde begeben, hatte Zusammenkünfte im Dorf gemieden. In meinem Beruf hatte ich ununterbrochen mit Menschen zu tun gehabt, Menschen mit tauben Ohren, die ihre und meine Zeit mit Gerede füllten, eine trügerische Fülle, die sich oft unerhört verlor. Sie produzierten Worte für den Müll, Halden von Buchstaben, die ich sinngemäß zu übersetzen versuchte, auch wenn sich mir ihr Sinn oft nicht erschloss. Meistens reichte es, den richtigen Ton zu treffen. Manchmal spielte ich Müllabfuhr, sortierte, entsorgte ... Weshalb nicht recyceln?, ging es mir dann oft durch den Kopf, damit diese Verschwendung endlich einen Sinn bekam. Zu kostenlosen Schulbüchern für Analphabeten, für Kinder in Schwellenländern oder zu Kochbüchern für Menschen wie mich, die bei der Zubereitung von Speisen die Fantasie verließ. Für irgendetwas Vernünftiges musste Sprache doch zu gebrauchen sein. Als Übersetzerin war es meine Pflicht, diesen Kreislauf in Gang zu halten, so verrückt mir das zuweilen auch vorkam, denn das Einzige, was ein Dolmetscher nicht darf, unter keinen Umständen, ist verstummen. Auch in Charlottes Wohnzimmer wurde mehr geredet als zugehört. Inmitten dieser Leute kam mir mein Anliegen wie eine Luxusnummer vor. Immerhin war dieses Dorf meine Heimat, mein Hafen, in dem ich vor Anker gegangen war. Wege und Bäume weckten Erinnerungen. Hier stand mein Haus, in dem der Geist meiner Ahnen atmete, und das ohne asthmatisches Stocken, seitdem Melanie ihn nicht mehr mit Weihrauch traktierte. Aber hatte ich einen Anspruch auf dieses verwöhnte geerbte Leben? War es nicht Jammern auf hohem Niveau? Ich war Mitte 50. Was hatte ich zu verlieren?

Glück ist Ansichtssache. Ich passte nicht in eine Wohnzimmergilde selbstbezogener Demokratieverteidiger. Ich war zu lange und zu weit weg gewesen.

Sie gingen. Ich blieb. Ich fühlte mich wohl bei Charlotte und Hans. Seit fünf Jahren waren die beiden ein Paar, unverheiratet, weil es so besser hielte. Sie hatten ihre Erfahrungen gemacht. Der Streit mit Tom steckte mir noch in den Knochen, und ich sehnte mich nach einem harmonischen Ausklang des Tages. Mit Charlotte und Hans konnte ich das alles für einen Moment vergessen. Vielleicht war ich deshalb so offen, ihnen von den Rotmilanen zu erzählen. Ich sprach sonst mit niemandem darüber, nicht einmal mit Tom. Jan, der die Vögel genauso liebte wie ich, war mein einziger Vertrauter. Ich weiß nicht mehr, was mich überkam, den Rotmilanhorst zu erwähnen. Charlotte quiekte begeistert. Beinahe hätte sie in die Hände geklatscht. Hans sah mich mit großen Augen an, faselte etwas von Rettung wegen der Tabuzone für Windkraftanlagen im Umkreis von Greifvogelhorsten. Ich hielt das für Unsinn. Wie sollte auch einer Greifvogelfamilie das gelingen, was eine ganze Bürgerschaft nicht hinbekam? Sie zitierten Gesetze, sprachen von Tötungsverbot. Sicher, ich wusste das alles. Aber ich sorgte mich um die Scheu dieser Vögel, wenn sie im Frühjahr aus dem Süden zurückkehrten, um hier ihren Nachwuchs aufzuziehen. Vater hatte mir eingeschärft, ihre Brutplätze niemandem preiszugeben. Die Jagdlust der Männer im Dorf behagte ihm nicht. Ich hatte es genossen, ein Geheimnis mit ihm zu teilen, in das nicht einmal meine Mutter eingeweiht war. Er hatte mir auf unseren Ausflügen in die Natur alles über die Gabelweihe, wie er sie nannte, erzählt. An ihrer tiefen Schwanzgabel sind diese wendigen Flugkünstler leicht zu erkennen. Sie hatten in mir das Fernweh geweckt. Später hatte ich Sprachen studiert, war in die Länder gereist, in denen sie die Winter verbrachten. So wie sie war auch ich zurückgekommen, um hier meine Familie zu gründen. All die Jahre waren die Gabelschwänze mein Zeitgeber gewesen. Wie andere auf das zarte Sprießen der Krokusse lauerten, so fieberte ich dem Tag des großen Vogelzuges aus dem Süden entgegen. Ich genoss es, hier zu sein, wenn die Rotmilane eintrafen. Bestimmt waren sie Nachkommen von Loplop und Aëlla, den Vögeln meiner Kindheit. Sie waren *meine* Rotmilane. Ich würde sie mit niemandem teilen.

Wie immer bei solchen Gedanken schlug mein Herz hart bis hinauf in den Hals. Diese Gefühlsflut verstörte mich. Ich schnappte nach Luft und schob die dunklen Gedanken beiseite. Zum Glück nahmen die beiden nichts davon wahr. Charlotte füllte Wasser in die Gläser, und Hans war damit beschäftigt, eine topografische Karte auf dem Tisch auszubreiten. Mit der flachen Hand strich er die Falze glatt. Vor mir lag das Dorf mit der Siedlung und den ordentlich aneinandergereihten Grundstücken. Mein Blick wanderte weiter zu meinem Haus in der Feldmark, daneben die große Scheune, die nicht mehr bewirtschaftet wurde. Östlich davon erstreckte sich in Dunkelgrün der alte Buchenbestand, in dem die Rotmilane, seit ich denken konnte, jedes Frühjahr ihren Horst bezogen. Auf diesen grünen Fleck tippte Charlottes Finger. Ich schüttelte den Kopf, obwohl ich wusste, dass es zu spät war. Aufmerksam war sie der Spur meiner Augen über die Karte gefolgt. Ich hatte mich verraten. Ein kurzer Blickwechsel zwischen den beiden, dann legte Charlotte mir eine Hand auf den Arm. Sie wog so schwer wie ein riesiger Feldstein. Ich ärgerte mich über meine Offenheit. Ich war doch gerade erst in meinem neuen Leben angekommen, hatte mich von Aufgaben und Verpflichtungen befreit, war wieder zu Hause. Mit den Windrädern würde ich schon zurechtkommen.

8

Am nächsten Tag war eine Nachricht von Charlotte in meiner Mailbox. Der Anhang war riesig, und der Computer brauchte eine Ewigkeit, ihn herunterzuladen. ›Zur Info‹, hatte sie geschrieben und einen kurzen Gruß daruntergesetzt. Die Bilder drehten mir den Magen herum. Gebrochene Flügel, zerschlagene Schnäbel, eine grausame Zusammenschau geschundener, blutiger Vogelleiber, allesamt Schlagopfer durch Windkraftrotoren. Das Bild des geköpften Seeadlers gab mir den Rest. Ich schaffte es gerade noch zur Kloschüssel ins Gästebad.

Gegen Mittag fand Jan mich schlafend und eingerollt wie ein Igel auf der Fußmatte vor der Toilette. Ich fror, stammelte etwas von einer Erkältung. Beherzt fasste er meine Hand und zog mich in die Höhe. Seit seinem sechsten Lebensjahr ging er zum Karate, und sein junger Körper strotzte vor Spannkraft. Er führte mich in mein Zimmer und bestand darauf, dass ich mich auf die Couch legte. Auf dem Monitor des Laptops stand noch das letzte Bild.

»Ich werde das niemals zulassen«, erklärte Jan feierlich, schloss das Programm und fuhr den Computer herunter.

Er hatte die Bilder gesehen, bevor er mich fand. Ich war gerührt. Ich wollte ihn da nicht hineinziehen.

Ich fand keine Ruhe. Die Fotokopie einer Karte, die gestern Abend in Charlottes Wohnzimmer die Runde gemacht hatte, ging mir nicht aus dem Kopf. Niemand konnte mir sagen, ob die Grenzen für das Planungsgebiet richtig eingezeichnet waren. Für mich sah es so aus, als läge unsere Hauskoppel im Windkraftareal, was nicht sein konnte, denn das hätte ich gewusst. Die Karte besaß keinen Maßstab. Ich brauchte eine sachlich korrekte und verbindliche Auskunft.

Am Nachmittag raffte ich mich auf und fuhr zur zuständigen Amtsverwaltung in den Nachbarort. Ein ansehnlich vergrößerter Ausschnitt einer topografischen Karte hing im Schaukasten neben dem Bauplanungsbüro. Auf dem Türschild las ich ›Dirk Oldeslo‹. Darunter stand ›Sachbearbeiter‹. Ich klopfte an und schob den Kopf durch den Türspalt. Ich hatte nicht vor hineinzugehen, wollte den Sachverhalt gleich vor der Tür an der großen Karte klarstellen. Der junge Mann hinter dem Schreibtisch sprang eifrig auf, als ich ihn zu mir winkte. Ein von Wolken verschleiertes hauchzartes Himmelblau fiel durch die hohen Fenster des Treppenhauses und warf sein Abbild auf das Glas des Schaukastens. Die Nasen dicht vor der Scheibe bahnten wir uns gemeinsam Sicht durch die Spiegelungen hindurch auf das Abbild der Landschaft dahinter. Das für Windenergie ausgewählte Plangebiet war rot schraffiert. Das enge Linienmuster hob die Fläche ein wenig über die Zweidimensionalität des Papiers hinaus wie ein verirrtes umgedrehtes Puzzleteil, das nicht ins Bild passen wollte. Ich verspürte den Impuls, es wegzunehmen. Im Geiste vervollständigte ich die Knicklinien und Grundstücksgrenzen, die es verdeckte. Kein Zweifel: Die rote Schraffur hatte auch meine Hauskoppel geschluckt.

»Wer hat diese Flächen festgelegt?«, fragte ich ein wenig zu scharf.

Oldeslo straffte den Rücken. Sein Körper nahm Haltung an, aber sein Blick blieb weich und offen. Er kam mir vor wie einer dieser weißen Raben unter den Amtsdienern, die das Verwalten menschlicher Belange für einen Akt der Nächstenliebe hielten.

»Das kommt von ganz oben«, erwiderte er und wies mit bedeutungsvoller Miene in die erwähnte Richtung.

Ich schaute zur Decke. Dort schlängelte sich der zerfranste Saum eines vor nicht allzu langer Zeit behobenen Wasserschadens.

»Sie meinen den Papst?«, fragte ich ungläubig.

Auf seiner Stirn kräuselte sich die Spur eines Zweifels und weckte die Närrin in mir. Es war wie ein belebendes Elixier, das mich aus dem erdrückenden Korsett der Konventionen befreite. Kein ungefährliches Spiel, das mich einmal beim Übersetzen fast den Job gekostet hätte.

Dirk Oldeslo blickte hilflos.

»Nur ein Spaß!«, beendete ich eilig den Spuk verschwörerisch lächelnd, was den jungen Mann noch mehr verunsicherte.

Er wippte nervös auf den Zehen. »Die Landesregierung steckt diese Ausbauziele«, erwiderte er.

Ich drückte den Zeigefinger auf die Scheibe des Schaukastens, ungefähr auf der Höhe der Stelle, wo sich mein Eigentum befand. »Das da unten ist meine Koppel«, sagte ich und bemühte mich, ruhig zu bleiben. »Wie kommt die Landesregierung dazu, rote Streifen darüber zu malen?«

»Nein, also!« Oldeslo verstärkte seine Fußgymnastik. »Die Karte kommt vom Kreisbauamt.«

»Und?« Mein Fingernagel klackte bedrohlich auf Glas. »Was fällt dem Kreisbauamt ein, auf meiner Hauskoppel herumzukritzeln?«

Sein Wippen war in ein Schaukeln übergegangen. »Die Vorschläge für die Flächen kommen selbstverständlich aus den Gemeinden«, ereiferte sich Oldeslo. »Sie sind Landeigentümerin und waren bestimmt dabei, als der Gemeinderat seinen Beschluss dazu fasste!« Sein Geschaukel erfror.

Eine starke Hitzewelle brachte mich aus dem Konzept. Meine Haarwurzeln schmorten. Ich wunderte mich, dass kein

Brandgeruch aufkam. Ich dampfte aus allen Poren. Ich sublimierte. Er hatte mich erwischt, und ich zog knurrend den Finger zurück. Mein Zorn waberte eingequetscht zwischen Kiefer und Zwerchfell wie hochexplosives Plasma. Hastig verabschiedete ich mich. Als ich die Treppe erreichte, blickte ich mich um, sah, wie Dirk Oldeslo mit seinem Hemdsärmel das Glas des Schaukastens wienerte, die Spuren meines Angriffs wegwischte. Sein unschuldiger Eifer rührte mich, und mit jeder Stufe, die ich dieses ordentliche Selbstverständnis amtlicher Hierarchien hinabstieg, wich mein heiliger Zorn einem Gefühl von Ohnmacht.

Das erbärmliche Heulen überkam mich erst auf der Heimfahrt. Wer, außer Henning Pahl, konnte ein Interesse daran haben, mich derart zu hintergehen? Henning verfügte über dieses Land so, als würde es seiner Familie noch immer gehören. Dabei hatte sein Großvater Hinnerk die Koppel vor rund 40 Jahren meinem Vater überschrieben als Schweigegeld dafür, dass ich meinen Mund hielt und den toten Seeadler nicht mehr erwähnte. Vielleicht sorgte er sich auch wegen anderer Dinge. Erst hatte ich gebockt, dann hatte ich mich erzürnt, hatte das Brotmesser in die Tischplatte gerammt, und schließlich hatte ich aufgegeben. Nichts hätte den Seeadler wieder lebendig gemacht. Das Land, das Hinnerk Pahl meinem Vater geschenkt hatte, besiegelte ein Schuldeingeständnis, war das Pfand für ein Verbrechen. Als Erbin hatte ich darüber zu wachen. Je länger ich nachdachte, desto mehr war ich davon überzeugt, dass es sich um einen Pahlschen Schachzug handelte. Wie ließ sich ein von Bauplänen unmittelbar Betroffener besser zum Schweigen bringen, als dass man ihn daran beteiligte? Henning kannte mich gut genug, um zu wissen, dass bei mir kein Blumentopf zu gewinnen war. Mir schwante nichts Gutes.

Am Abend sprach ich mit Tom. Wir saßen am Fenster im Wohnzimmer, unserem Lieblingsplatz, und blickten hinaus. Der Himmel brannte und flutete die Holsteinische Schweiz mit dem Saft marokkanischer Blutorangen. Ich erinnerte mich nicht, wann wir das letzte Mal so beieinandergesessen hatten. Tom war bedrückt, was mir zu meinem Bedauern die Lust am Streiten vermieste. Mein wabernder Zorn war inzwischen sauer geronnen, hatte den Zustand von klumpiger Wut angenommen. Ein übler Geschmack lag mir auf der Zunge. Inzwischen war ich mir sicher, dass Henning mit Tom geredet hatte. Bestimmt hatte er ihm ein Stück von der fetten Torte der glücklichen Windmüller angeboten. Für den Frieden im Dorf selbstverständlich. Niemand sollte sich im Nachteil fühlen. Das Ganze stank nach Pahlschem Schweinestall.

Tom rieb sich die Schläfen. »Du machst uns alles kaputt!«, fuhr er mich an.

»Wie bitte?«

»Der Windpark kommt so oder so. Dann ist es doch besser, wir haben auch was davon.«

Fassungslos starrte ich ihn an. »Du hast der Gemeinde mein Land angeboten?«

»Dein, mein …« Tom schnaufte. »Henning kam auf mich zu. Er wollte eine alte Schuld begleichen.«

»Pah!«, brüllte ich. »Und du hast ihm das geglaubt?«

Tom zog den Kopf ein. »Ich dachte, ich könnte vermitteln. Alte Geschichten – es macht keinen Sinn, ewig daran festzuhalten. Irgendwann …«

»Wie lange kennst du ihn schon?«

»Fast so lange wie du.«

Ich fragte mich, wie viel in dieser kurzen Zeitspanne geschieht, die über dieses ›Fast‹ hinausgeht? Nein, nicht die Anzahl der Eindrücke, sondern ihre Intensität ist entscheidend, die wir bestimmen und die besonders ausgeprägt ist, wenn wir jung und unsere Köpfe noch frei sind. Damals war ich verdammt jung gewesen!

Ich betrachtete Toms müdes Gesicht. Der kleine Mund ein wenig mürrisch verzerrt. Ich zählte die Fältchen drum herum, braun gebrannt mit schneeweißen Talsohlen. Es waren zu viele.

»Wir könnten das Geld gut gebrauchen.« Er rieb sich die rissigen Hände. Das tat er immer, wenn er verlegen war. »Die Werkstatt braucht dringend eine neue Hebebühne.«

Eine bleierne Müdigkeit drückte mich in das weiche Polster. Wie bitterer Sirup sickerte die Enttäuschung in mein Bewusstsein. Ich nahm mich zusammen, bemühte mich, langsam zu sprechen. »Weshalb kommst du nicht zu mir, bevor du zu Henning gehst?«

Abwehrend schüttelte er den Kopf. Henning wäre auf ihn zugegangen. Er, Tom, hätte weder Ja noch Nein gesagt, hätte es anfangs nicht ernst genommen, aber dann doch die Vorteile bedacht, letztendlich den Dingen ihren Lauf gelassen. Der Windpark käme so oder so. Draußen verblasste die Dämmerung und zog die Lüge ins Dunkel hinüber.

»Hat Henning das gesagt?«, wollte ich wissen.

»Das weiß doch jeder!«, beharrte Tom. »Das ist politischer Wille. Von ganz oben.«

Eine Lüge folgt der anderen, ging es mir durch den Kopf. Ich schwieg. Ich hatte genug geredet und mehr als genug gehört. Ich hatte dieses Land von meinem Vater übernommen. Tom stand nicht im Grundbuch. Er besaß seine Werkstatt, ich das Haus mit der Koppel. Die Ländereien hatten meine Eltern bereits zu Lebzeiten verkauft. Tom hatte kein Recht, über Haus und Hof zu verfügen. Ein Eintrag ins Grundbuch, und schon wäre diese Schmach aus der Welt geschafft. Tatsächlich hatte ich vor ein paar Wochen aus rein pragmatischen Gründen darüber nachgedacht. Nur eine Formalität. Auf einmal war alles anders. Gegen Henning hätte ich mich jederzeit mit Tom verbündet. Aber Henning spielte Tom und mich gegeneinander aus. Niemals würde ich die Koppel aus der Hand geben. Jetzt erst recht nicht. Tom kannte den Grund, und er kannte Henning fast so lange wie ich.

»Wir müssen zusammenhalten«, hörte ich mich sagen. Der Wunsch nach Versöhnung besänftigte meinen Zorn. So oder so? War denn nichts mehr zu retten?

Tom schlug einen Blickschutz vor. Aufpflanzen. Ich dachte an Charlotte und Kokoskekskrümel auf dem Biedermeiertischchen. Alles Quatsch!, sagte ich mir. Nur ein Film. Science-Fiction. Außerirdisch. Mein Verstand wehrte sich gegen eine feindliche Übernahme. Ich glaubte das einfach nicht. Ich wollte es nicht.

Später, als ich Tom neben mir im Schlaf leise atmen hörte, fiel mir wieder ein, was er noch gesagt hatte. Mindestens 40.000 für die Pacht. Pro Windrad. Im Jahr. Mindestens! Er hatte dieses ›Mindestens‹ mehrmals wiederholt, und ich fragte mich, was unterscheidet mindestens von fast? Die Schufterei hätte ein Ende. Das hatte er gesagt. Ein schlechtes Gewissen nagte an mir. Bis dahin hatte ich keinen Gedanken daran verschwendet, ihm könnte seine Arbeit schwerfallen, eine Arbeit, von der wir alle lebten, ich nun viel besser als in Zeiten, in denen ich dolmetschte. Mir kam das Wort ›Gelddruckmaschinen‹ in den Sinn. Und auf einmal waren sie wieder da, die Bilder vom Morgen, zerrissene Vogelleiber, geköpfte Vogelhalsstümpfe, mit Blut verklebtes Gefieder … In meinem Mund war ein Feuer, es fraß sich über die Kehle hinunter in meine Eingeweide. Ich ertrug dieses Atmen neben mir nicht, dieses Sich-wegbeamen in die Bewusstlosigkeit des Schlafs. Wie konnte er nur? Ich packte mein Bettzeug und floh auf die kühle Couch in mein Zimmer.

9

4. November

10 Uhr. Franziska kommt mir größer, erwachsener vor, seit ich sie das letzte Mal gesehen habe. Breitbeinig wie ein Mann steht sie am Fenster. Im Raum hängt noch die Frage, die sie mir nicht beantwortet hat. Wortlos war sie aufgesprungen und hatte nach dem Fernglas gegriffen. Gerade nimmt sie den Fliegenschiss ins Visier. Ihr ganzes Wesen ist auf den dunklen Fleck gerichtet.

»Sein Magen müsste inzwischen leer sein«, sage ich.

Ihr straffer Körper hebt und senkt sich, folgt dem Kreisen des Rotorblattes. »Mir wird schlecht«, stöhnt sie und stellt das Fernglas ab. Sie lässt sich in den Sessel fallen, nimmt einen tiefen Atemzug.

»So fängt es an«, sage ich. »Zuerst wirst du seekrank. Dann kommen die Kopfschmerzen, Nasenbluten, Migräne, Tinnitus, Herzrhythmusstörungen – und irgendwann kommt der Hass.«

Sie schüttelt den Kopf, zeigt auf das Buchenwäldchen. Der Wind zerrt an den lichten Baumkronen. »Uns bleibt nicht viel Zeit«, sagt sie. »Ein Orkan ist im Anzug.« Über ihr Gesicht huscht ein unsicher forderndes Flackern. »Wir benötigen jede Information, die uns hilft, dieses Windrad zum Stillstand zu bringen.«

Mein inneres Frühwarnsystem sendet stumme Impulse und löscht jeden Zweifel. Ich höre mein Herz pochen und zwinge mich, langsam zu atmen. Ich will von meiner Unruhe ablenken, weise schnell zum Teller mit dem Gebäck. »Bitte!«, sage ich leise.

Sie schüttelt den Kopf, stellt Jans Kakaobecher auf das Tischchen zurück. »Wohin geht er ins Training?«, fragt sie, als könne sie meine Gedanken lesen.

Wann hatte ich Jan das letzte Mal zum Karate begleitet? Ich glaube, es war eine Schwarzgurt-Prüfung gewesen. Ich fand mich auf der Tribüne einer schäbigen Turnhalle wieder und blickte hinab auf eine Schultischreihe. Dahinter saßen fünf weiß gekleidete Männer, die Juroren. Mir fielen die Flipflops an ihren Füßen auf. Aus der Entfernung konnte ich keine Einzelheiten erkennen, aber so viel war auszumachen: keine Billigmodelle aus dem Drogeriefachgeschäft. Ich verspürte einen Anflug von Trauer. Meine letzten Flipflops hatte ich schweren Herzens einer viel jüngeren Freundin geschenkt.

Zu gern betrachte ich Füße. Zu selten bietet sich eine Gelegenheit dafür. Füße stehen für sich selbst – sie verleugnen uns nicht, so wie Gesichter es oft tun. Füße sind, wie sie sind, und wenn sie einander berühren, erzählen sie sich Geschichten. In jener Turnhalle gab es keine Maskerade, denn hier waren alle barfuß – oder in Flipflops. Das vorspringende Großzehengelenk eines der Flipflopträger am Jurorentisch sprang mir sofort ins Auge. Die Verlängerung in direkter Linie nach oben bestätigte mir meinen Verdacht: Dieser Fuß gehörte dem Meister. »Du musst ihn ›Sensei‹ nennen«, hätte Jan mich belehrt und meine Aufmerksamkeit auf seine Körperhaltung und die Perfektion seines Fauststoßes gelenkt. Die Unvollkommenheit seiner Füße jedoch nahm mich sofort für ihn ein. Wir teilten denselben Schmerz, dieses entzündliche Pochen, das meine Füße jedes Mal heimsuchte, wenn ich zu lange barfuß lief. Ich sah auf die Füße des Karatemeisters und fragte mich, ob sein Kampfgeist dieses Leiden des Alters wirklich besiegte? Oder war es ein Sich-überwinden, so wie ich es oft vergeblich bemühe, wenn der Schmerz meinen ganzen Körper flutet? Der Schub kommt meist über Nacht, sodass ich nie sagen kann, wo genau es beginnt.

An jenem Tag verfolgte ich die Prüfungen. Die ritualisierten Bewegungen der Schüler erinnerten mich an ein stummes Ballett. Ihre Schreie verstörten mich. »Im Karate heißt es ›Kiai‹«, verbesserte mich Jan jedes Mal. In meinen Ohren klang es wie Greifvogelschreie.

Sie schaut mich an, noch immer die Frage im Blick.

»Das Training ist im Nachbardorf«, erwidere ich knapp.

Gestern Abend war Jan, wie immer donnerstags, zum Karate gegangen. Ich habe meinen Sohn deutlich vor Augen, sehe die schwarze Trainingstasche in seiner Hand. Ich hatte ihn gebeten, die Papiertonne an die Straße zu stellen. Aber da war noch etwas gewesen. Ich krieg's nicht zu fassen.

»Warte nicht auf mich«, hatte er zum Abschied gesagt. Was hätte ich erwidern sollen? Er ist 18.

»Wie oft geht er hin?«, fragt sie, nun ganz Polizistin.

Also doch ein Verhör! Ich hebe die Achseln. »So oft er kann.«

»Wie alt war er, als er damit anfing?«

»Wie alt?« Ich halte wieder diesen kleinen weißen Anzug in Händen und wundere mich über den harten Stoff, frage mich, ob er die zarte Kinderhaut nicht kratzt. »Ich weiß nicht. Am Anfang nahm sein Vater ihn mit.« In jenen Jahren war ich beruflich viel unterwegs gewesen. Was hatte ich alles verpasst! Ja, ich habe ein schlechtes Gewissen! »Ausgerechnet du fragst das«, fahre ich sie an. »Du weißt es doch besser als ich. Jan und du, ihr hattet doch kein anderes Thema.« Immer wieder hatte Jan sie gebeten, ihm den Kampf zu schildern, über den die Zeitungen so ausführlich berichtet hatten. »Du hast gegen zehn Männer gekämpft. Jan hat dich bewundert.«

Franziska sieht mich fassungslos an.

»Das stand doch in der Zeitung«, sage ich.

»Die Hälfte ist richtig«, erwidert sie tonlos.

Das stimmt, denke ich, ernüchtert von den Halbwahrheiten, die ich in den Zeitungen lese.

»Ich musste mich gegen fünf Angreifer zur Wehr setzen. Genau so stand es in den Zeitungen.«

Ich nicke stumm, erinnere mich. ›Erbin verschenkt Erbschaft‹, hatte damals über dem Artikel gestanden. Ob sie es inzwischen bedauert? Heute ist es wertvolles Windland. Auch das weiß ich aus der Zeitung. »Reut es dich nicht, dass du das Land einer Stiftung vermacht hast?«, frage ich.

Ihr Blick könnte kaum frostiger sein. Zwischen den steilen Falten auf ihrer Stirn steht fett: *Das geht dich nichts an!*

Ich fand es mutig und konsequent, so jung, wie sie war, eine solche Entscheidung zu treffen. Damals kannte ich Franziska noch nicht. Aber ich kenne Marianne, die Freundin ihres Vaters, noch aus der Schulzeit. »Franziska verschweigt uns etwas«, hatte Marianne gesagt. Das ist drei, vier, vielleicht sogar fünf Jahre her. Ein Zufall, dass ausgerechnet Franziska vor einem Jahr bei mir aufkreuzte. Die Polizei hatte sie damals schon auf mich angesetzt. Wegen der Blutschmierereien. Aber ich wusste mehr über sie als sie über mich.

»Das ist lange her«, sagt sie kühl und dreht den Kopf zum Fenster. Ihr Blick wandert unruhig zwischen mir und den Tassen hin und her. »Wer sind seine Freunde?«, fährt sie mit dem Verhör fort. »Mit wem zieht er los?«

Ein böser Verdacht durchzuckt mich. Mein erster Impuls ist, Jan zu warnen. Dazu müsste ich aufstehen und mein Handy bedienen. »Was will die Polizei von meinem Sohn?«

»Vielleicht geht es weniger um ihn.«

»Sondern?«

»Du weißt nicht, mit wem er umherzieht?«

»Mein Sohn ist kein Vagabund! Er hat einen festen Wohnsitz und macht gerade sein Abitur.«

»Dürfte ich einen Blick in sein Zimmer werfen?«

»Nein!«

»Ich will dich nicht beunruhigen, aber es wird sich wohl kaum vermeiden lassen. Wir warten auf die Genehmigung für eine Durchsuchung.«

»Du wirst es nicht glauben, aber es macht mich nicht ruhiger. Bist du die Vorhut?«

Sie blickt hinaus. Unschlüssig stehen die hilflosen Helfer beisammen. Der Wind bläht ihre Jacken und Mäntel, wühlt in den biegsamen Wipfeln der Buchenkinder im Wäldchen. Das Windrad dreht sich schneller.

»Nun, Franziska, weshalb bist du hier?«

Sie richtet sich auf, hebt das Kinn. »Du hast recht«, sagt sie. »Die Kollegen haben mich … vorgeschickt …«

»… damit ich nicht abhaue?«, falle ich ihr scherzhaft ins Wort.

Sie wiegt leicht den Kopf. »Nur eine Vorsicht.«

Ich fühle mich von ihr verraten, überlege, wie sie es aufnehmen würde, wenn ich ihr sagte, dass ich enttäuscht von ihr bin. Mein Zögern nimmt mir den Schwung für eine ehrliche Reaktion. Ich schlucke meinen Unmut hinunter und höre mich zu meiner Überraschung sagen: »Übrigens fand ich es damals mutig von dir, auf Besitz zu verzichten. Das Gegenteil ist die Regel. Es ist wichtig, zu seiner Entscheidung zu stehen.« Manchmal übertrifft man sich selbst, und dann rette ich mich in die Rolle der Gastgeberin. Ich stehe auf. »Noch einen Kaffee?«, frage ich.

Sie reicht mir die Tasse. »Ja gerne.« Ihr Blick ist glanzlos, entspannt.

Ich stehe auf und gehe zur Küche hinüber. Kurz vor der Tür drehe ich mich um. Sie hat sich wieder zum Fenster gewandt. Schnell schnappe ich mir das Handy vom Brett des Regals, lasse es in die Tasche meiner Joppe gleiten. »Wir haben übrigens eine gemeinsame Freundin!«, rufe ich ihr im Hinausgehen zu.

10

Es war schon hell, als ich erwachte. Meine Beine waren steif, und der Rücken schmerzte, untrügliche Zeichen dafür, dass wieder ein Schub im Anmarsch war. Ich streckte mich. Meine Füße stießen gegen die Lehne der Couch, auf die ich in der Nacht aus dem Ehebett geflohen war. Ich hatte keine Ahnung, wie spät es war. Ich rollte mich über die Seite und schwang die Beine über die Kante des Sofas. Für einen Augenblick saß ich still und lauschte. Im Haus kein Laut. Tom ging gegen halb sieben zur Arbeit, und Jans Schulbus fuhr um halb acht. Ich weiß nicht, wie lange ich so da gesessen hatte. Irgendwann läutete das Telefon. Marianne war am Apparat. Sie wollte am Nachmittag auf einen Sprung vorbeikommen.

Punkt vier saß sie an meinem Biedermeiertischchen. Zwischen uns eine Schale mit frischem Nachschub aus ihrer Kokoskeksbäckerei. Marianne leuchtete. Sechs Wochen Ferien, und die Sonne des Südens hatten das Burn-out des vergangenen Schuljahres verglühen lassen. Sie war gekommen, weil sie angeblich wieder Stoff für ihren Unterricht brauchte, wie sie sich ausdrückte. Ab und an holte sie sich bei mir ein wenig Fachvokabular. Der Lehrplan für ihre neue Klasse sah das Thema Klimawandel und regenerative Energien vor. In Wirklichkeit war sie gekommen, um von mir zu hören, dass sie blendend aussah. Ich tat ihr den Gefallen, bewunderte die neue Frisur. Ich erzählte ihr von den Windkraftplänen unseres Bürgermeisters. Ich gab mir keine Mühe, meinen Unmut darüber zu verbergen. Den Streit mit Tom erwähnte ich nicht. Marianne beglückwünschte mich zu dieser fortschrittlichen Gemeinde. Ihr Dorf wäre darüber zerstritten, und zwischen ihr und Franziska herrschte deswegen seit geraumer Zeit Funkstille. Schließlich hätte Franziska gutes Windland verschenkt, Land, das ihrem selbstständigen Vater den Ruhestand gesichert und auch ihr, Marianne, etwas mehr Lebensluxus im Alter erlaubt hätte. In der Schule jedenfalls wäre das Thema Energiewende jetzt obligatorisch. Vorgabe von oben. Ich staunte. Jan hatte es nie erwähnt. Wie mochte es ihm nun damit gehen, nachdem er die Bilder auf meinem Laptop gesehen hatte?

Marianne schien das alles recht locker zu nehmen. Als Beamtin müsste sie sich an die Unterrichtspläne halten, hätte im Job genug um die Ohren, als sich unnötig Stress zu machen. »Wir sind doch alle gegen Atomkraft!«

Ihre Worte weckten Bilder aus alten Zeiten in mir: Marianne und ich gemeinsam mit einem Transparent zwischen uns inmitten Gleichgesinnter zum Schacht Konrad marschierend. Damals war alles so klar, so eindeutig gewesen. Ich war immer noch dagegen. Es war wie damals und doch wieder nicht. Was hatte das eine mit dem anderen zu tun? Hilflos schüttelte ich den Kopf, mir fehlten die Worte.

»Du bist doch gegen Atomkraft?«, hakte sie nach. Ein Hauch von Skepsis schwang darin mit und noch etwas, das sich wie eine Drohung anfühlte.

Ich nickte beflissen. Ihre Sommerfrische hatte meine Abwehr geschwächt. Außerdem hasste ich Diskussionen über Themen, von denen ich nichts verstand.

Dann kam die Killerfrage: »Wofür bist du dann, wenn du gegen Windräder bist?«

Schachmatt, dachte ich. Und das bereits vor dem ersten Zug. Wofür ich sein sollte? Ich wusste es nicht. Ich wusste nicht einmal, ob ich dagegen war. Was war richtig, was falsch? Wie ein Astronaut schwebte ich in meiner eingekapselten Welt. Es hätte wunderschön sein können, wenn nicht Mariannes ›Wofür‹ hineingeschlüpft wäre und mich nun wie eine stichelnde Feuerelfe umschwirrte. Was sollte ich sagen? Mir fiel nichts ein. Ich beherrschte technisches Fachvokabular in drei Sprachen. Ich kannte den Unterschied zwischen einem losen und einem glatten Flansch, konnte Wörter wie Blindflansch, Gewindeflansch, Vorschweißflansch und Hosenrohrflansch in den Mund nehmen und sogar in zwei Sprachen übersetzen. Ich konnte diese Begriffe aussprechen, ja sogar buchstabieren und schreiben, aber das, was sie bedeuteten, war mir fremd. Es war mir nie wichtig erschienen. Ich hatte der Melodie des Gesprochenen gelauscht, das ich übersetzen sollte, hatte nach stimmigen Zwischentönen im Klangmuster des anderen Sprachinstrumentes gesucht. Ich komponierte. Was darüber hinaus mit den Inhalten ›meiner Musik‹ geschah, war nicht mein Job. Das konnten andere besser. Ich war eine technische Null. Wie sollte ich da ein energiewirtschaftliches Konzept für die Zukunft erstellen? Mariannes ›Wofür‹ hinterließ eine bedrückende Leere in meinem Kopf. Ich war wieder das Einzelschicksal im Außenbereich. Ich stand im Abseits, weil ich es wagte, etwas, das allgemein als der Weg in eine bessere Zukunft angesehen wurde, zu hinterfragen.

Marianne hob die Augenbrauen, wirkte gelangweilt. Ich widerstand dem kindlichen Impuls, die Lehrerin für mich zu gewinnen. Hier ging es nicht um Anerkennung. Hier ging es darum, die richtige Frage zu stellen. Damals stritten wir für eine saubere Umwelt, frei von radioaktiver Verstrahlung, für die Gesundheit, für den Wert der Immobilien betroffener Anwohner. Wir verspürten Ohnmacht gegenüber einem politischen Willen, der ausschließlich die Ziele der Industrie vertrat und die Gefahren einer Technologie leugnete. Von den Risiken wollte niemand etwas wissen, damals wie heute. Was also war damals anders als heute? Damals fühlten wir uns als Teil einer Bürgerbewegung. Das war anders! Aber an der Diskussion hatte sich nichts geändert. Uns wurde eine bestimmte Technologie als einziger Weg aus der Energiekrise verkauft. Der Slogan hatte sich geändert: ›Energiekrise‹ wurde gegen ›Klimakatastrophe‹ ausgetauscht. Es war ein rein sprachliches Phänomen und doch wieder nicht.

Marianne schob sich einen Kokoskeks in den Mund. Ich nutzte ihre gefüllte Mundhöhle für einen Einwurf in die Debatte. »Konnten wir denn eine Alternative zur Atomenergie benennen?«, fragte ich und hoffte, dass der Kauvorgang ihr Reaktionsvermögen drosselte. »Weißt du denn nicht mehr, wie wütend wir waren, weil man uns vorwarf, immer nur dagegen und nicht für etwas zu sein? Du sprichst heute mit der Logik unserer Gegner von damals.«

Marianne zuckte die Achseln und würgte hastig die Krümel hinunter. »Das war etwas ganz anderes«, erklärte sie und räusperte sich die Stimmbänder frei. »Atomstrom ist grundsätzlich schlecht!«

Ich kapitulierte. Mariannes Sommerfrische und ihre Turbokiefer waren zu viel für meine angeschlagene Seele.

»Windräder lassen sich wieder abbauen«, setzte sie nach. »Dann ist alles wieder so wie vorher.«

»Würdest du neben einem Windpark wohnen wollen?«, fragte ich.

Und dann sagte sie etwas Entscheidendes. »Wir müssen eben Opfer bringen.«

Ich sprang auf und lief in mein Zimmer, packte den Laptop und platzierte ihn vor Marianne auf das Biedermeiertischchen. In der Zeit, die der Computer brauchte, um Charlottes Bilder hochzuladen, kochte ich frischen Tee.

Marianne blickte angeekelt, als ich aus der Küche zurückkehrte. Das wäre kein Material für den Schulunterricht, kommentierte sie knapp. Ich vermied es, auf den Monitor zu schauen. Die Vögel würden schon lernen, damit zu leben, stellte sie fest. Sie musste sich Mühe geben, überzeugend zu klingen.

Nicht ohne Genugtuung registrierte ich den Kratzer auf ihrer Hochglanzfassade. »Du fällst in eine Grube und brichst dir das Genick«, warf ich schnell ein. »Was lernst du daraus?«

Sie hob die Augenbrauen. »Hab' schon verstanden. Aber diejenigen, die das Unglück mit ansehen, werden vorsichtiger sein.«

Ich schüttelte den Kopf. »Die anderen werden sich auf deinen Kadaver stürzen, sich um ihn streiten, ihn in Stücke reißen, ausweiden und verspeisen. Sie werden lernen, dass es hier was zu holen gibt, und wiederkommen, andere werden ihnen folgen. So ticken Rotmilane. Menschen übrigens auch.«

Marianne schluckte und wandte den Blick zum Fenster hinaus. Die Vögel waren ich, und ich war die Vögel. Das wusste sie. Ein falsches Wort, und unsere Freundschaft wäre perdu. Auch das wusste sie. Vorbei mit dem fachlichen Beistand, vorbei mit den gemütlichen Teestunden – sie liebte meinen Chai –, vielleicht auch ein klein wenig meine Gesellschaft. Das würde sie nicht aufs Spiel setzen. Auf ihre Kokoskekse konnte ich verzichten.

Sie wechselte das Thema, und ich war zufrieden. Ich hatte eine kleine rohe Zwiebel in ihr Bewusstsein gepflanzt.

11

Jede rohe Zwiebel, die ich von nun an aus dem Gemüsebeet meiner Seele zog, um sie weiterzugeben, stieß mir selbst bitter auf. Ich suchte nach einer festen Überzeugung, um das zu tun, was ich tun musste. Ich unterteilte die Menschen in drei Typen: die verführten Landeigentümer, die verführbaren Landlosen und die Standhaften. Ich wusste, es war nicht immer gerecht, aber das nahm ich in Kauf. Tom und Marianne gehörten in die zweite, wohl größte Gruppe, denn sie gaben vor, die Gründe der Landverpächter zu verstehen. Sie würden ebenso handeln wie diese, wenn die Umstände es ihnen erlaubten. Nach meinem Dafürhalten unterlagen sie einer ›Déformation éolienne‹, eines Charakterverlustes durch die Aussicht auf windiges Geld. Gelegenheit macht Mitspieler. Windräder formen den Charakter. Aus meiner Sicht stellten die verführbaren Landlosen den Nährboden, auf dem Korruption, Betrug und ideologische Verblendung gediehen. Franziska und ich zählten zu den Standhaften, wenn auch aus unterschiedlichen Gründen. Je tiefer ich in die Machenschaften der angestrebten

Energiewende eindrang, und je mehr ich verstand, desto stärker zweifelte ich an der Glaubwürdigkeit ihrer Verfechter. Ich selbst empfand mich als naiv. Erst die persönliche Betroffenheit hatte mich in diese Lage katapultiert, zwang mich dazu, mich mit dem Thema zu befassen, mir eine Meinung zu bilden. Wie sollte ich da der Mehrheit der Nicht-Betroffenen einen Vorwurf für ihr Unverständnis machen? Sie stellten die vierte Kategorie meiner Typenlehre, die Teilnahmslosen, wobei die Grenzen zu Kategorie zwei, den verführbaren Landlosen, fließend waren. Mir war bald klar, dass mein Denkmodell ohne Verfeinerungen nicht auskommen würde. Zuerst schuf ich für die Klasse der Standhaften den Untertypus des Aussiedlers, was mir erlaubte, Einzelwesen zu bleiben, ein Zustand, der mir nicht nur wegen der abseitigen Lage meines Anwesens vertraut war. Bewohner von Aussiedlerhöfen sind Individualisten. Sie vermengen sich nicht gern mit einer Gemeinschaft, die ihnen auf die Pelle rücken könnte. Ich teilte auch nicht die Ansichten der Leute im Dorf, Windräder wären zu laut, und mit dem Schattenschlag würde ich schon klarkommen, so dachte ich damals. Die Belange und Bedürfnisse der Dörfler hatten mich nie berührt. Ihr Gerede und Gewese kümmerten mich nicht. Meine Familie hatte lange genug am Rand dieser Gemeinschaft gelebt, mit der wir nur den Ortsnamen teilten. Ich lehnte Windräder ab, weil sie den Horizont verstellten. Dort, wo Himmel und Erde ineinanderflossen, lag meine Illusion vom Glück. Dort begann die Unendlichkeit. Nur die Vögel hatten das Recht, sie zu berühren.

Aber ohne Verbündete war ich ein Niemand. Mir blieb nichts anderes übrig, als meine Festungsmauern zu verlassen und zu den Dörflern zu gehen, um mit ihnen zu reden. Bisher waren sie weit genug weg gewesen, und ich musste mich weder mit ihnen anfreunden noch streiten. Nun teilten wir dasselbe

Problem, und wir hatten ein gemeinsames Ziel: Wir wollten keine Windkraftanlagen in unserer Gemeinde. Dabei war mir bewusst, dass zwischen unseren Ansichten große Reichweiten lagen. Uns verband die schlichte Formalität, zum selben Amtsbezirk zu gehören. Was jedoch viel wichtiger war, wir alle wollten unser Glück bewahren, das allerdings jeder von uns anderswo verortete. Ich am fernen Himmelsrand, die anderen am eigenen Gartentor. Nur Charlotte war anders.

Meine Offenbarung über die Rotmilane hatte ihren Kampfgeist beflügelt. Sie hatte eine Petition verfasst und bat mich, ihr beim Einholen der Unterschriften zu helfen. Klinkenputzen war nicht meine Stärke. Mir fehlte ein Lächeln mit Zahnlücke, und meine Beredsamkeit war auf das Übersetzen fremder Sprachen beschränkt. Aber Charlotte meinte, dass ich als Dolmetscherin genau die Richtige wäre, den Leuten das, was in der Petition stünde, verständlich zu machen. Ich gab mein Bestes, klingelte hier, klopfte dort, stellte mich vor, redete mit wildfremden Menschen, die nur wenige Hundert Meter von mir entfernt wohnten. Der Abstand zwischen Wohlstand und Armut war kaum größer. Meine Tour du village führte durch gepflegte Vorgärten zu Villen im Landhausstil. Eine Straße weiter stolperte ich über Zuwege vermüllt mit abgestoßenen Habseligkeiten zu den gesichtslosen Eingängen vernachlässigter 70er-Jahre-Gemäuer. Dort gab es weder Klingel noch Namensschild, nur ein fader Lichtschein hinter einem der dünnglasigen Fenster verriet die Bewohner und ermutigte mich anzuklopfen. Selbstaufgabe und Krankheit lagen an einem solchen Ort oft dicht beieinander, in trostlose Einsamkeit gehüllt. Charlotte zuckte die Achseln, wenn ich mich darüber beklagte. Das wäre auf dem Lande nun einmal so. Ich hatte es bisher nicht wahrgenommen. Unter der spanischen Sonne waren mir diese armseligen Zustände romantisch erschienen. Hier im nasskalten Norden war es ein Trauerspiel. Die meisten Leute begegneten mir freundlich, waren dankbar für die Informationen. Das Ausmaß des geplanten Windparks überstieg ihre Vorstellungskraft. Meine auch. Manchmal hockte ich über eine Stunde in einem stickig überheizten Wohnzimmer, erklärte, hörte zu und diskutierte mit den Bewohnern. Einige schimpften auf Henning Pahl, was mich insgeheim freute. Jemand erzählte mir, dass der Gemeinderat vor etlichen Jahren aus Lärmschutzgründen verboten hatte, Pappeln in der Siedlung anzupflanzen. Wegen des Blätterrauschens! An anderen Tagen bat mich niemand ins Haus. Klamm und durchgefroren kehrte ich von meiner Besuchsrunde zurück. Es war mühsam. Besonders ermüdeten mich die Menschen, denen der Glaube fehlte, dass hier etwas zu retten wäre. Diese Resignation hielt mich noch eine Weile in ihrer Zwangsjacke fest. Dann kramte ich den heimlich aus Melanies Beständen einbehaltenen Raumluftverpester hervor, entzündete eines der Räucherstäbchen – ich hatte die Packung wegen der ansprechenden Aufschrift ebenfalls aufbewahrt – und erwärmte mein angeschlagenes Gemüt an ›Buddha's delight‹.

Eines Tages stellte Charlotte feierlich fest, dass ich die Prüfung zur Informationsassistentin bestanden hätte, und die Zeit nun reif wäre, mich in die Dorfpolitik einzuführen. Sie schleppte mich mit ins Dorfhaus. Der Gemeinderat tagte. Die Petitionsschrift mit der Unterschriftenliste stand auf der Tagesordnung. Uns blieb nichts anderes übrig, als uns der Situation zu stellen. Wir trafen ein wenig verspätet dort ein. Unser Aufruf zu einem Bürgerentscheid trug Früchte. Die Leute standen dicht gedrängt in der offenen Tür zum Sitzungszimmer. Es war so voll wie schon lange nicht mehr. Charlotte hatte Hans an einem Ecktisch erspäht und zog mich mit sich durch die Reihen dorthin, wo zwei freie Stühle auf uns warteten.

Neugierig sah ich mich um. Mein letzter Besuch hier war lange her. Vater hatte noch gelebt. Die braune Holzvertäfelung an den Wänden hatte die vielen Jahre gut überstanden. Auch das Mobiliar war noch dasselbe. Die verstaubten Spinnweben zwischen den Hirschgeweihen waren mir damals schon aufgefallen. An der hinteren Längsseite des Sitzungszimmers stand die lange Tafel. Dort hatten sich die Gemeinderäte versammelt. Damals hatten andere Männer am Tisch gesessen, aber einige Namen waren dieselben geblieben. Söhne, Neffen oder Cousins hatten inzwischen ihre Väter, Onkel oder sonstigen Verwandten abgelöst. Auch an der Sitzordnung hatte sich seither kaum etwas geändert. Henning Pahl thronte, genauso wie früher der alte Hinnerk, am Kopfende des Tisches und leitete die Sitzung. Amtsvorsteher Zürn zu seiner Rechten führte das Protokoll. Ich zählte zehn Personen in diesem geschlossenen Kreis. Sie saßen rund um den Tisch herum und redeten ausschließlich miteinander. Ein Schauspiel, in dem jeder seine angestammte Rolle einnahm. Wir, das Volk, durften geduldig zuschauen. Allein diese Öffentlichkeit mutete neuzeitlich an, und die Tatsache, dass zwei Frauen in der Tafelrunde saßen, ließ darauf schließen, dass wir uns in einem jüngeren Kapitel der deutschen Geschichte befanden.

»Wir schreiben das 21. Jahrhundert«, flüsterte Charlotte und zwinkerte mir zu.

Wie schaffte sie es immer, meine Gedanken zu lesen?

Henning Pahl grinste, als sich unsere Blicke kreuzten. Instinktiv zog ich den Kopf ein. Bestimmt führte er etwas im Schilde, denn unsere Dorfaktion dürfte ihm kaum geschmeckt haben. Der Bericht des Bürgermeisters nahm kein Ende, und mein Fluchtinstinkt riet mir, umgehend den Saal zu verlassen. Da legte sich Charlottes Hand auf meinen Arm. Ich ergab mich der Macht dieser Geste, auch wollte ich mir die Peinlichkeit der vielen Blicke bei meinem Aufbruch ersparen. Sie kamen zur Tagesordnung. Es ging um eine Ausschreibung für den Landeswettbewerb ›naturnahes Dorf‹ oder so ähnlich. Ich lauschte angestrengt, denn sie redeten in Tischlautstärke, als wären wir nicht da. Bis ich verstand: Sie hatten bereits ihren Windpark vor Augen und trugen sich mit der Absicht, unter dem Motto ›energieunabhängiges Dorf‹ an diesem Wettbewerb teilzunehmen.

»Wo ist das Alleinstellungsmerkmal?«, tönte Hans in den Raum. Die Leute lachten. »Jo, de Mitbewarver slopt nich!«, dröhnte es aus den hinteren Reihen, und das amüsierte Murmeln verebbte nur langsam. Henning Pahl spitzte die Lippen. Scharf verwies er auf die Bürgerfragezeit. Ein Mann meldete sich zu Wort, und ich wunderte mich, dass Henning ihm nicht den Mund verbot. Der Fremde schlug vor, seine Marketingabteilung ein Logo für das Wettbewerbsmotto entwerfen zu lassen.

»Frank Lunau«, knurrte Charlotte. »Hess & Co. Der will bei uns absahnen.«

»Investor?«, fragte ich.

Sie nickte. »Und Geschäftsführer. Steckt seit ein paar Jahren in mehreren Bürgerwindparks mit drin.«

Fieberhaft suchte ich in meiner Typenlehre nach einer Kategorie für diese Spezies. »Was hat er vorher gemacht?«, hakte ich nach.

»Landwirtschaft«, flüsterte Charlotte. »Erst hat er seinen eigenen Grund und Boden verspargelt und dann mit der eingenommenen Staatskohle expandiert. Die Schatten der Rotorflügel haben seine Frau aus dem Haus getrieben. Er selbst lebt inzwischen in Hamburg, weil er den Krach auf dem eigenen Hof nicht mehr aushält.« Sie schnaufte. »Hat sich vom Kuhstall an die Alster subventioniert.«

Ein kritischer Blick von einem der Nachbartische ließ uns verstummen.

Als der Bürgermeister die Einwohnerfragezeit endlich eröffnete, schnellte Charlottes Arm prompt in die Höhe. Langsam erhob sie sich. Es wäre an der Zeit, den Tatsachen ins Auge zu sehen, erklärte sie mit leicht bebender Stimme. Sie schlug vor, den Seeadler auf das Logo zu nehmen.

Ich sah, wie Henning Pahl das Atmen einstellte. Bingo!, frohlockte ich im Stillen. Das Thema wirkte immer noch. Seine Augen, zwei schmale Schlitze, ruhten nun auf mir. Ich rief die Bilder seines Verbrechens in mir wach, so wie sie sich vor rund 40 Jahren in mein Gedächtnis gebrannt hatten, wollte, dass auch er sich erinnerte. Henning beugte sich vor, und erst da sah ich ihn. Hinter ihm an der Wand, im Schatten des Raums, saß Hinnerk Pahl. Ich hatte ihn lange nicht gesehen, hätte ihn fast nicht erkannt, so alt war er geworden. Sein Blick traf mich hart, und auf einmal fühlte ich mich nackt. Schamesröte schoss mir ins Gesicht, während sich die stumme Szene für Bruchteile von Sekunden wie ein elastisches Band zwischen uns spannte. Dann schob sich Henning zwischen uns und löschte den Augenblick aus, als hätte es ihn nie gegeben. Henning schnappte nach Luft. Seine Hautfarbe hatte von Rot nach Lila gewechselt, und ich fürchtete schon um seine Gesundheit, als er mit einem heftigen Atemstoß in Charlottes Richtung posaunte: »Es heißt Fragezeit! Und dies ist keine Frage!« Amtsvorsteher Zürn an seiner Seite nickte stumm und vergrub den Blick ins Protokoll. Charlottes Vorschlag war mit amtlichem Einverständnis abgewiesen. Sie setzte sich wieder. Verständnislos sah sie mich an. Wie sollte sie auch verstehen? Niemand wusste von der alten Geschichte. Außer mir. Und Tom. Aber der war nicht hier, und Vater hatte sein Wissen mit ins Grab genommen.

»Wir schreiben das 21. Jahrhundert«, raunte ich ihr zu.

12

4. November

11 Uhr. »Du kannst ihn nicht leiden, nicht wahr?« Franziska schaut hinaus auf das Windradkarussell.

»Was soll ich denn tun, Franziska? Soll ich hinaufklettern und ihn losbinden?«

»Würdest du's tun, wenn du's könntest?«

»Was hilft es dir, wenn ich Ja sage und Nein meine?«

»Vielleicht wäre es besser für dich.«

»Wenn ich lüge?«

Sie seufzt. »Seine Frau ist mit den beiden Söhnen auf Mallorca.«

Ich erinnere mich. Mallorca. Tom hatte einmal davon gesprochen. Die Pahls hatten vor einem Jahr eine Finca auf der Ferieninsel erworben. Ein paar Jagdkollegen hatten davon geschwärmt. Tom selbst war nie eingeladen gewesen.

»Sie sind heute früh zum Flughafen von Palma gefahren, um ihn abzuholen«, fährt sie fort. »Er hatte das Hubertusfest mit den Jägern feiern und später nachkommen wollen.

Jetzt hängt seine Familie dort fest. Alle Flüge nach Deutschland sind gestrichen. Wegen des Orkans.«

Alle hängen fest, denke ich. Am Boden und in der Luft. Ich verbiete mir den Mund, lenke meine Gedanken zum Ort der Feier. Tom verbrachte den Abend des 3. November stets mit ›seinen Mannen‹, wie er sich ausdrückte. Das Hubertusfest war ihm heilig.

»Dann hat die Polizei doch bestimmt viele Zeugen«, wende ich ein. »Wenn er auf dem Fest war, müssen ihn doch eine Menge Leute gesehen haben.«

Franziska hob die Augenbrauen. »Du kannst sicher sein, dass meine Kollegen wissen, was sie zu tun haben.«

Ein perfekter Zeitpunkt für eine Entführung, geht es mir durch den Kopf. Niemand würde ihn so schnell vermissen. Und diejenigen, die beim Fest gewesen waren, müssen noch ihren Rausch ausschlafen und das Dröhnen im Kopf vertreiben, können sich bestenfalls an nichts mehr erinnern. An keinen Streit, auch nicht wann und mit wem der Bürgermeister die Jagdhütte verlassen hatte. Womöglich waren alle miteinander gegangen. Zu Fuß versteht sich, denn mit dem Auto war selbstverständlich niemand gefahren. Die paar Schritte doch nicht! Gelaufen waren sie, Arm in Arm nach Hause getorkelt. Eine besoffene Männergesellschaft. Die Kotzespur am Knick ihnen zur Ehrenrettung. Die Ehefrauen schliefen bereits tief und fest – hier und auf Mallorca. An Hubertus hatte ich nie auf Toms Rückkehr gewartet.

»Lässt sich eine Kotzespur zeitlich rückdatieren?«, frage ich.

Verdutzt sieht sie mich an, und ich rede schnell weiter. »Bestimmt kann die Polizei feststellen, von wem die Kotze stammt. Aber kann sie auch ermitteln, zu welchem Zeitpunkt genau sie dort …«, ich suche nach einer sachlichen Formulierung, »… dort ausgeworfen wurde?« Ich sehe, wie sich zwei steile Falten über ihrer Nasenwurzel wölben und bemühe eilig eine Erklärung. »Das wäre doch schon eine Hilfe, um herauszubekommen, wann wer wo genau gewesen ist.«

»Kotzespur?«, stößt sie hervor und sieht mich an, als zweifle sie an meinem Verstand.

»Ja genau.« Ich nicke eifrig. »Die am Knick! Von der Jagdhütte bis nach Hause.« Ich habe das grüngelbe Band der Übelkeit vor Augen, jedoch keine Spur, die hierher führt. »Ich kann dir leider nicht sagen, wann Tom nach Hause gegangen ist. Er wohnt nicht mehr hier.«

»Und was ist mit Jan?«, will sie wissen.

Ob Jan sein Glück wohl zu schätzen weiß? Ein besseres Alibi als seine Patentante gibt es nicht. Vorhin in der Küche hatte ich heimlich seine Nachricht gelesen. ›Bin bei Melanie.‹ Mir fiel ein Stein vom Herzen. Melanie wird meinen Sohn bis aufs Blut verteidigen. Sie würde sogar für ihn lügen, da bin ich mir sicher. ›Die Polizei ist bei mir‹, schrieb ich zurück und löschte eilig unsere Unterhaltung.

»Jan war nicht in der Jagdhütte«, erwidere ich.

»Woher willst du das wissen?«

»Er war beim Karate.«

»Und danach?«

Ich hebe die Schultern. »Jan ist erwachsen. Ich spioniere nicht hinter ihm her. Ich weiß nur, dass er fürs Jagen nichts übrig hat. Absolut nichts.«

»So kommen wir nicht weiter.« Sie seufzt. »Wen meintest du vorhin eigentlich mit gemeinsamer Freundin?«

Ich zögere, weiß nicht, ob sie und Marianne sich wieder versöhnt haben. »Na ja, vielleicht ist es nicht der richtige Zeitpunkt«, weiche ich aus.

Sie nimmt einen Schluck Kaffee. »Was redest du da?«

»Ich spreche von der Freundin deines Vaters.«

»Ach Marianne!« Franziska nickt, irgendwie enttäuscht. »Und ihr sprecht über mich?«

»Es ging um das Windland, das du damals verschenkt hast.«

»Das Thema ist durch.«

»Ach ja?«

»Der Denkmalschutz hat den Plänen der Gemeinde einen Riegel vorgeschoben. Sie haben einen Schutzradius von fünf Kilometern um das historische Herrenhaus gezogen. Damit sind alle Flächen aus der Schenkung tabu.«

»Was? Fünf Kilometer!«, entrüste ich mich. »Das ist ja mehr als um einen Seeadlerhorst.«

»Unser Bürgermeister ist enttäuscht«, sagt sie und dreht das Gesicht zum Fenster. »Mir ist es egal.«

Ich betrachte ihr Profil und frage mich nicht ohne Neid, ob das Egalsein ein Privileg der Jugend ist. Ich will sie verstören, eine Gefühlsregung sehen. »Dies ist ein guter Platz, um Greifvögel zu beobachten«, sage ich. »Der Seeadler kommt noch immer, obwohl sein Junges im Sommer vom Rotor erschlagen wurde. Erinnerst du dich noch?«

Ich war auf die Koppel gerannt. Ich hatte gewusst, wie ich suchen musste. Die vielen Unglücksfälle der vergangenen Monate hatten es mich gelehrt. Ich entdeckte den geschlachteten Vogel ein paar Meter vom Sockel der Windkraftanlage entfernt. Den Kopf fand ich gut 20 Meter weiter abseits. Wie schon einige Male zuvor legte ich auch diesen Kadaver Henning Pahl vor die Haustür. Kannst du dir vorstellen, wie es ist, dabei zuzusehen, wie dein Kind in eine Guillotine hineinfliegt?, will ich sie fragen und spüre, wie mein Tränenstandspegel auf die bedrohliche Marke ansteigt. Ich schlucke die Frage hinunter. »Manchmal beneide ich die Tiere um das Glück der Ahnungslosigkeit«, sage ich.

»Tiere sind Opportunisten!«, erwidert sie kühl.
Ihr Mobiltelefon klingelt.

13

Henning Pahl setzte einen Haken hinter den vorletzten Punkt auf der Tagesordnung. Er hatte sich die Diskussion über die Petition bis zum Schluss aufgehoben. Er wollte sie schmoren lassen, diese Frunsbiller, Weibsbilder, die es wagten, ihm in die Suppe zu spucken. Frank Lunau hatte ihn vorgewarnt. Der Geschäftsführer von Hess & Co hatte es sich nicht nehmen lassen, zur Sitzung zu kommen, obwohl Henning dies nicht für nötig gehalten hatte. Er schaffte seine Gemeinde schon allein. Es reichte, dass der alte Hinnerk ihm im Nacken saß.

Henning war sauer. Mehr noch. Innerlich kochte er vor Wut. Aber er riss sich zusammen. Diese Weiber mischten das Dorf auf und drohten damit, die Liste der Unterschriften ins Ministerium zu tragen, sollte der Gemeinderat seinen Beschluss zur Windkraft nicht zurücknehmen. War das überhaupt möglich? Niels Zürn hatte ein wenig herumgedruckst, als er ihm vortrug, was angeblich fast die Hälfte der Bürgerschaft von ihm verlangte. Schließlich musste Henning sich absichern wegen der Formfehler. Niels hatte ihm geraten, sich darauf zu berufen, dass sie zu spät damit kämen. Immerhin müssten Sitzungen des Gemeinderates offiziell angekündigt werden. Das brauchte Zeit, und die sei nun verstrichen.

In zwei Wochen würde das Land den neuen Regionalplan zur Windenergie beschließen. Sie hätten früher damit kommen müssen. Sicher, zur Not ließe sich eine außerplanmäßige Sitzung durch einen Eilantrag anberaumen. Das machte jedoch nur Sinn, wenn er es tatsächlich für richtig hielte, sich und allen Beteiligten diesen Stress zuzumuten, um am Ende doch zum gleichen Ergebnis zu kommen, das, und so hätte er Henning immer verstanden, doch das Ziel seines politischen Strebens wäre. Ob er die Früchte seines Schaffens auf den Kompost werfen und sich damit auf allen menschlichen und politischen Ebenen unglaubwürdig machen wollte? Nur Niels durfte so mit ihm reden. Schon beim Sandburgenbauen hatte er Henning beraten. So lange kannten sie sich schon. Er hatte ihm auch die Begründung für den Windpark geliefert, ein genialer Satz. Er, Henning, hätte es nicht besser formulieren können. *Vor dem Hintergrund der Nuklearkatastrophe von Fukushima möchte die Gemeinde einen Beitrag zur Energiewende leisten.* Henning störte nicht, dass dieser Satz genauso in den Protokollen anderer Gemeinden auftauchte. Es ging um ein kollektives Ziel von besonderer gesellschaftlicher Priorität und hohem moralischen Wert, eine strategisch klug ausgetüftelte Maßnahme zum Schutz der Bevölkerung. Auch Niels schien von dieser Mission überzeugt. Was hingegen Zahlen betraf, war er ein Skeptiker. Vermutlich, weil er selbst so viele davon produzierte. Ob bei der Umfrage denn alles mit rechten Dingen zugegangen wäre?, hatte Niels gefragt, und Henning war ihm dankbar dafür, denn er hatte die Listen mit den Unterschriften nicht gesehen. Er hatte sie für bare Münze genommen und war bei der Nachricht, dass fast 50 Prozent der stimmberechtigten Einwohner die Petition unterzeichnet hätten, in Panik geraten. Das konnte unmöglich das Dorf sein, das ihn mit rund 80

Prozent der Stimmen zum Bürgermeister bestellt hatte. Nach dem Gespräch mit Niels hatte er per Buschfunk seine Bestürzung darüber kundgetan. Er hatte in die Runde gefragt, ob man ihm in den Rücken fallen wollte. Schon waren sie reuig vorstellig geworden, die vermeintlich Abtrünnigen, und er hatte ihnen gnädig den Rollenwechsel vom Täter zum Opfer gestattet. Interessant war, dass es nicht die Mitbürger waren, denen er beim Kauf eines Baugrundstücks oder einer behördlichen Genehmigung entgegengekommen war. Zu ihm waren die Leute gekommen, die begeistert zusammenrückten, wenn er sich beim Dorffest auf einen Schnack zu ihnen an den Tisch setzte. Er hätte sich ein paar mehr davon gewünscht. Genau deshalb hatte er diesen Punkt auf der Tagesordnung bis zum Schluss aufgehoben. Er wollte die Unterzeichner schwitzen lassen, ihnen das Gefühl geben, dass sie ihn verraten hatten.

Henning Pahl nahm das Blatt mit den Namen in die Hand und erhob sich. »Mir liegt ein Hinweis vor, dass einige Gemeindemitglieder durch falsche Angaben zur Unterschrift der besagten Petition verleitet wurden. Sie wollen ihre Zustimmung hiermit zurückziehen.«

Ein Raunen ging durch den Saal. Dieses Mal wartete Henning geduldig, bis das Geräusch sich gelegt hatte, und dann nannte er sie alle. Es waren vier Familien, insgesamt 15 Personen, die uns ihre Zustimmung zur Petition entzogen, und er wusste, dass bei 180 stimmberechtigten Einwohnern wenige das Zünglein an der Waage waren. Aber auch 40 Prozent waren noch zu viel. Henning war bereit, um jeden Prozentpunkt zu ringen. Dies schien ihm der beste Weg, die Petition auszuhebeln. Auch Uwe Donath sah das so. Er hatte ihm geraten, die beiden Aktivistinnen nicht beim Namen zu nennen. Sie könnten sich diskreditiert fühlen, gerade dann, wenn die Zeitungen dies aufgriffen. Er sollte sich möglichst neben der Schusslinie halten und die Täterinnen nicht zu Opfern machen, was denen im ungünstigsten Fall die Sympathien der Menge einbringen könnte. »Sei ein großmütiger Fürst!«, hatte er gesagt und ihm auf die Schulter geklopft. »Das kommt bei den Leuten besser an. Selbstverständlich bleibst du bei dem, was du willst. Und wenn du es in freundliches Wohlwollen verpackst, werden sie es als richtig empfinden.«

Wohlwollen!, schnaubte Henning in sich hinein. Wie sollte er Wohlwollen empfinden, wenn er sich angepisst fühlte? Was bildete sich Karo überhaupt ein? Kam zurück und stiftete Unruhe! Jetzt zog sie den Kopf ein. Und die andere, diese Charlotte, saß hoch aufgerichtet und starrte stur geradeaus. Nicht einmal den Mumm, sich zu rechtfertigen, hatten sie. Hatten sich nie einen Kopf um das Dorf und seine Probleme gemacht, und nun spielten sie sich demokratisch auf, die Damen, als hätten sie nichts Besseres zu tun. Ja, als was Besseres hatte Karo sich schon immer gesehen, hatte dem Dorf den Rücken gekehrt. Sollte sie doch hingehen, wo der Pfeffer wächst! Hatte Tom nicht versprochen, auf sie aufzupassen? Wo war er überhaupt? Henning blickte suchend die Stuhlreihen entlang, aber Tom war nicht da. Seine Aufmerksamkeit verweilte kurz bei Anne-Rose. Sie kam sonst nie zu den Sitzungen, weil er es nicht wollte. Aber dieses Mal hatte sie darauf bestanden, dabei zu sein. Und auf einmal war er wieder da, der Gedanke, den er kurz losgelassen hatte. Das, was nun kam, hatte er mit seinen Räten abgestimmt. Sie standen alle hinter ihm. »Ob wir wollen oder nicht, es gibt kein Zurück«, sagte er und spürte, wie die Festigkeit der eigenen Stimme ihn aufrichtete. »Dazu ist es zu spät«, fuhr er fort. »Dafür gibt es Fristen.« Diesen Seitenhieb konnte er sich nicht verkneifen. »Außerdem liegt die letzte Entscheidung darüber nicht in unseren Händen. Der Landtag wird in Kürze diese Flächen beschließen. Ich kann niemanden daran hindern, trotzdem ins Ministerium zu gehen.« Er hielt kurz inne und schaute in die Tischrunde, sah in zustimmende Gesichter. Niels Zürn nickte bestätigend, und Henning nahm es als Anstoß für seinen letzten Satz. »Unsere Entscheidung für einen Windpark steht fest.«

»Es war ekelhaft«, platzte Charlotte heraus, als wir endlich der Hörweite des Bürgerhauses entkommen waren. Wir hatten bis zum Schluss durchgehalten, hatten stillschweigend den Kübel Dreck, der sich über uns ergoss, ertragen.

»Er wollte uns provozieren«, sagte ich. Im Stillen hatte ich gerechnet, die 15 abtrünnigen Stimmen abgezogen und war auf knapp 42 Prozent gekommen. Das sollte reichen, einen Gemeinderat zum Nachdenken zu bringen. »Wo kein Wille ist, ist auch kein Weg«, sagte ich. Zum Glück hatte Hans darauf bestanden, dass wir nur die Bilanz der Umfrage öffentlich machten, die Listen mit den Namen der Unterzeichnenden jedoch unter Verschluss hielten. »Je kleiner der Ort, desto verzweigter ist das Kanalsystem der Gefälligkeitsströme!«, hatte er mit spitzbübischem Grinsen erklärt. Außerdem hatten wir einigen Mitbürgern versprechen müssen, dass ihre Unterschriften niemals in die Hände des Bürgermeisters gelangten. Wir würden die Petition mit den Listen demnächst ins Ministerium tragen. Der Termin für die Audienz beim König stand fest. Dass unseren Rittern mulmig dabei war, wunderte mich nicht.

»Es gibt Fristen!« Charlotte äffte den Bürgermeister nach. »Es gibt auch eine Informationspflicht.«

»Jo«, bestätigte Hans. »Die gibt es. Das sagt aber noch lange nichts darüber aus, welchen Teil des Wortes du bedienst, ob du informieren, oder nur eine Pflicht erfüllen willst.«

»Das ist ja mal was ganz Neues«, schnaubte Charlotte und

bedachte Hans mit einem zornigen Blick. »Sie sind skrupellos. Ich wette, mindestens die Hälfte von ihnen hat selbst Flächen im Planungsgebiet. Sind wir hier denn in einem Selbstbedienungsladen?«

»Sie haben sich auf die Seite der Moral geschlagen«, konterte Hans. »Endlich dürfen sie die Guten sein.«

Charlotte knurrte.

»Moral ist ein Chamäleon«, sagte ich. »Stammt nicht von mir.« Es klang nach Entschuldigung. Mir fiel nichts Besseres ein. Ich fühlte mich total erschlagen. Was hatte ich erwartet? Das Tempo, in dem sie das windige Unternehmen vorantrieben, sprach Bände. Sie wollten ihr Ding durchziehen, auf Biegen und Brechen. Sie hatten bereits den Einstieg ins lukrative Geschäft der Windmüllerei vollzogen, verschanzten sich mit ihrem Investor in Hinterzimmern und spielten Monopoly. Sie waren längst über Los gegangen, feilschten um Pachtzinsen und unterzeichneten Vorverträge. Hans hatte recht. Sie fühlten sich als Klimaretter, erklärten sich von ganz oben berufen, in den heiligen Feldzug gegen die Atomkraft zu ziehen, setzten eigenen Grund und Boden dafür ein. Schwarze Gesinnung unter rot-grüner Flagge! Der schwere Reaktorunfall, der am 11. März 2011 im fernen Japan eine Serie von Explosionen ausgelöst hatte, lieferte ihnen die Losungsworte zur Schatzkammer der so genannten erneuerbaren Energien. Die meisten von ihnen waren weder Klimaschützer noch Visionäre, sondern geschäftstüchtige Unglücksgewinnler. Und was waren wir? »Schnarchnasen«, rutschte es mir heraus.

»Wer?« Charlotte sah mich entgeistert an.

»Wir haben's verpennt«, sagte ich. »Aber nun stehen wir in der Pflicht, unser Versprechen einzulösen.«

In ein paar Tagen wollten wir die Listen mit den Unterschriften nach Kiel ins Ministerium bringen.

14

Aber zunächst standen die Herbstferien vor der Tür und damit der alljährliche Tagesausflug mit Marianne. Dieses Mal war ich an der Reihe, ein Ziel vorzuschlagen. Weshalb nicht einen der umliegenden Windparks besuchen? Immerhin ein technisches Kulturgut der Moderne, sozusagen als Bildungsreise in die Zukunft. Man wollte doch mitreden können! Das Argument überzeugte. Am Nachmittag rollte der rote Mini bei mir vor. Marianne hatte das Verdeck heruntergelassen. Wir fuhren in Richtung Bad Bramstedt. Dort stand ein großer Windpark, dessen Ausmaß in etwa dem entsprach, der hinter meinem Haus entstehen sollte. Die Sonne schien, und ein sanfter Ostwind kitzelte unsere Nasen. Wir würden die Windkraftanlagen in Aktion erleben. Nach alldem, was ich gelesen und gehört hatte, wollte ich endlich wissen, wie sich diese Kolosse aus nächster Nähe anfühlten. Ich war bereit für einen Selbstversuch.

Wir spazierten über die unbefestigten und von dichten Wallhecken gesäumten Wege, die zuweilen recht nah an den Anlagen vorbei um das weitläufige Gelände herumführten. Nicht alle Rotoren drehten sich. Marianne hatte sich aufs Flanieren unter Windmühlen eingestellt und bemängelte die Wegbeschaffenheit, die so gar nicht ›parkgerecht‹ wäre. Irgendwann gab sie es auf, an ihren neuen Pumps herumzuwienern, und überließ das blütenweiße Leder seinem staubigen Schicksal. In der Schule las sie gerade George Orwells ›1984‹, und ich nutzte ihre aktuell günstige Sensibilisierung für das Thema ›Neusprech‹. Sie wäre einer bewusst geführten Manipulation der Sprache auf den Leim gegangen, gab ich zum Besten. Mit Park assoziierten wir gefällige Fußwege in einer gepflegten Kulturlandschaft, in der wir uns erholen könnten. Allerdings wäre dies hier ein Industriegebiet. Marianne schnaubte verächtlich und schwieg. Ich hielt meinen Blick fest am Boden, wollte nicht hinaufblicken, an etwas anderes denken. Aber der Chor der Giganten war einfach nicht auszublenden. Sie summten, zischten, fauchten oder brummten. Einer klapperte. Ihr Rhythmus bedrängte mich wie ein gewaltiger Herzschlag, fremd und unheimlich pulsierend.

Irgendwann begann der Boden unter meinen Füßen zu schwanken. Ich kam mir vor wie auf einem Schiff. Mein Blick suchte den Horizont, fand ihn nicht. Der Druck einer Zwinge legte sich mir auf die Schläfen, zog sich langsam zu. Marianne schimpfte über ihre verdreckten Schuhe. Sie vermisste ein Windturm-Restaurant hoch oben unter der Gondel, mit einem weiten Blick über das Land und roter Blinklichtromantik bei Nacht. Sie war genervt. Mir wurde übel. Bald traten wir den Rückzug an. Auf der Fahrt nach Hause flauten Schwindel und Übelkeit allmählich ab, und Marianne fand zu ihrer guten Laune zurück. Sie freute sich auf ein paar sonnige Tage in der Toskana. Das Wort ›Phasenschiebertransformator‹ kam mir in den Sinn. Ich war beim Stöbern im Internet darauf gestoßen und hatte es in meine Sammlung technischer Begriffe aufgenommen. Die Tschechen benutzten diese Technik, um ihre Netze vor zu viel deutschem Windstrom zu schützen, wenn ein Blackout-Szenario drohte. Fázový posun transformátoru – ich hatte in alter Gewohnheit nach der Übersetzung gesucht, auch die englische, französische und spanische dazu gefunden. Ich stellte mir vor, dass Marianne mit so einer Art Regler ausgestattet sein müsste, denn sie hatte, wie angeblich die Mehrheit der Bevölkerung, außer ihrer miesen Laune rein gar nichts verspürt. Ich hingegen zählte wieder einmal zur Minderheit im ausgeblendeten Gesichtsfeld unserer Gesellschaft. Einen Moment lang zog ich in Erwägung, Marianne die neue technische Vokabel gleich in fünf Sprachen anzubieten, aber das Lächeln, das dank eingebautem Phasenschiebertransformator ihre Lippen leuchten ließ, war einfach zu schön. Es hätte mich nicht gewundert, wenn sie bereits über den leistungsstärkeren Unified-Power-Flow-Controller verfügte, der es mit ›vereinheitlichter Leistungsregler‹ niemals auf die Shortlist des deutschen Worthandels schaffen würde. Wer weiß, eines Tages werden Wissenschaftler einen solchen Regler im menschlichen Körper entdecken und transplantieren können. Lärmgeschädigte Anwohner von Windparks hätten dann hoffentlich ein Vorrecht darauf, vorausgesetzt jemand, der ihn besitzt, stürbe und trüge einen Spenderausweis. Ich wusste nicht, ob Marianne einen Spenderausweis besaß. Vielleicht würde dieser Aufwand auch gar nicht nötig sein, und man müsste nur Schweine töten, um die ersehnte Wandlung vom benachteiligten Einzelschicksal im Außenbereich in eine Kreatur zu vollziehen, die einer demokratisch bevorteilten Mehrheit angehörte. Mein Verstand rettete mich schließlich aus dieser aussichtslosen Spekulation und lenkte meine Gedanken zu den 75 Unterschriften, die Charlotte und ich nächste Woche ins Ministerium bringen würden. Entgegen unseren Befürchtungen war niemand mehr abgesprungen. Die Listen standen für eine Wahrheit, der sich auch ein Energiewendeminister nicht würde entziehen können. So dachte ich zumindest, obwohl Herr Möller mich gewarnt hatte. »Erwarten Sie nicht zu viel!«, hatte er gesagt. »In der Staatskanzlei herrscht eine andere Wirklichkeit.« Ich kannte Herrn Möller nicht, hatte am Telefon dem Nachklang seiner wohltuend festen Stimme gelauscht. Er hatte sich als alter Widerstandskämpfer vorgestellt. Ich wunderte mich nicht mehr über Anrufe von Fremden. Unsere Dorfaktion hatte uns in die Zeitungen gebracht.

Zu Hause lief ich noch eine Weile auf Watte wie nach einem turbulenten Flug. Fest stand, dass es für mich kein erträgliches Leben in der Nähe von Windkraftanlagen gab. Wenn der Windpark käme, müsste ich gehen. Es gab nur ein Entweder-Oder, keine Zwischenlösung.

15

»Unverkäuflich!« Das Urteil des Immobilienmaklers traf mich wie ein Fluch. Einen verzweifelten Moment lang trug ich mich mit dem Gedanken, mein Anwesen ins Internet zu stellen: *Kostenlos an Selbstabholer abzugeben.* Denn hier konnte es nicht bleiben.

Für mich war es ein Test ohne ernsthafte Absichten. Ich wollte nur meinen Fluchtweg erkunden. Der junge Mann war im schwarzen Konfirmandenanzug mit dunkler Krawatte gekommen. Was sollte das werden? Eine Trauerfeier? Wir schritten das Grundstück ab. Das Highlight der Besichtigung, mein Lieblingsplatz am Biedermeiertischchen im Wohnzimmer, hatte ich bis zuletzt aufgehoben. Der Blick durch das Fenster in die offene Landschaft war ungetrübt. Ich hatte es für diesen Besuch geputzt. Nachdem ich den Windpark erwähnt hatte, war der Mann ziemlich still geworden. Aber ich war davon überzeugt, dass seine anfängliche Begeisterung für das Anwesen spätestens an diesem Platz wieder aufflammen würde.

»Das ist traumhaft!«, jubelte er dann auch wie erwartet und warf seine pummeligen Finger in die Luft. »Die Hamburger würden sich darum reißen.« Das Beerdigungsoutfit spannte kurz über Brust und Schenkeln. Dann stürzten seine Hände hinunter in den Schoß. Sein Körper erschlaffte wie ein löchriger Luftballon, und der betagte Anzugstoff beutelte in Materialermüdung. »Wir könnten es anbieten, aber wir müssen den Leuten reinen Wein einschenken.« Seine Dackelaugen trübten sich mitfühlend. »Zu Ihrem Schutz. Alles andere könnte Rückforderungen nach sich ziehen.«

Der Konjunktiv seiner Rede behagte mir nicht. Spätestens seit seinem ›Unverkäuflich‹ war mir klar, dass ich mir eine Strategie zulegen musste.

»Andersherum betrachtet allerdings …« Sein Blick bekam etwas Hungriges. »Die Nähe zur Windeignungsfläche entwertet zwar Ihr Anwesen, jedoch die Tatsache, dass die Hauskoppel im Plangebiet liegt, macht es wieder interessant.«

»Sie meinen, jemand kauft das ganze Grundstück, um es dann an eine Betreibergesellschaft zu verpachten?«, hakte ich ungläubig nach.

»So in etwa«, erwiderte er verhalten. »Sollte das Haus unbewohnt bleiben, ließe sich das Eignungsgebiet eventuell erweitern.«

Ein ekliger Juckreiz erfasste meinen Körper. 150 Jahre Familiengeschichte unter der Abrissbirne? Am liebsten wäre ich aufgesprungen, hätte mir die Kakerlaken aus den Klamotten geschüttelt. Aber ich rührte mich nicht. Da sah ich sie allesamt aus dem Haus kommen, zuerst meine Eltern, dann die Großeltern, Onkel und Tanten – und zuletzt Jan, der die Tür hinter sich zuzog. Eine Karawane des Vorwurfs.

»Das ist reine Spekulation«, drang die Stimme des Maklers durch den Schrecken der Vision zu mir durch.

»Spekulationsobjekt«, murmelte ich. Das Leckerli, um das sich die Hamburger reißen würden, stieß mir bitter auf.

»Ich könnte gleich die richtige Klientel zu Ihnen schicken.« Er hob die Schultern. »Ansonsten …« Er zögerte.

»Ansonsten was?«

Ansonsten sollte ich mich auf viele Besucher einstellen. Hausbesichtigungen mehrmals die Woche. Den Windpark keineswegs vorher erwähnen. Frühestens bei der Besichtigung.

»Weshalb sollte ich das tun, wenn es doch unverkäuflich ist?«

»Manchmal kommt es anders, als man denkt. Über den Preis lässt sich einiges regeln. Letztendlich bestimmen Sie! Windkraft ist zwar eine gute Sache, aber die meisten wollen nicht neben den Anlagen wohnen.«

»Finden Sie?«

»Ist doch so! Wer will die Dinger schon vor der Haustür haben?«

»Glauben Sie wirklich, dass Windkraft eine gute Sache ist?«, hakte ich nach.

Er blieb mir die Antwort schuldig, verkniff sich die Beileidsbekundung zum Abschied und ließ mich im Nebel seiner Andeutungen zurück. Irgendwo weit hinten erkannte ich die Umrisse einer Idee. Sie war gemein, aber sie war gut.

16

Herr Möller hatte recht behalten: Den Besuch beim Minister hätten wir uns schenken können. Reine Formsache ohne nennenswerten Erfolg. Nein, ich will es positiv sehen. Auch die Wahrung der Form kann etwas bewirken. Nicht gleich, aber vielleicht doch auf lange Sicht. Wer weiß, wo man sich wieder über den Weg läuft? Die übliche Floskel. Zu dumm, dass die Landtagswahlen gerade erst stattgefunden hatten und wir unsere Stimmen nicht mehr in die Waagschale dieses Treffens werfen konnten. Obwohl wir – zwei einfache Hausfrauen vom holsteinischen Land, eine sogar aus dem Außenbereich – aus genanntem Grund nicht in das aktuelle Beuteschema eines Politikers fielen, schenkte der Minister uns geschlagene 45 Minuten seiner Aufmerksamkeit. Na ja, nicht ganz. Auf der Endstrecke der letzten fünf Minuten wanderte sein Blick ständig zur Wanduhr über der Tür, ich nahm an, um uns freundlicherweise auf den nahenden Abschied einzustimmen. Wir jedenfalls waren dankbar für diese einmalige Chance, unser schlechtes Image aufzupolieren, das uns verfolgte, seit die Medien uns als willkommenes Substrat für ihren Zynismus entdeckt hatten. Das Alter Ego, das uns aus den Zeitungen entgegensprang, war ein von der Atomlobby gesteuerter Wutbürger. Wir waren Zwerge im eigenen Garten, weltfremde Wachstumsverweigerer, verblendete Klimakatastrophenleugner. Wir waren miesepetrige Spielverderber. All dies hatte ich nie sein wollen, und auf einmal gehörte ich dazu. Allein der Widerspruch, das Hinterfragen, der kritische Blick hatten mich auf die mit negativem Vorzeichen versehene Seite unserer Gesellschaft gespült. Die Journalisten nannten mich ›Windkraftgegnerin‹, obwohl ich mir selbst darüber noch gar nicht im Klaren war. Damals noch nicht. Sie bemühten, übrigens ebenso, wie ich es tat, klare Zuordnungen, um sich selbst in diesem Chaos widerstreitender Ansichten zurechtzufinden. Man hätte auch meinen können, dass mein Hinterfragen ihr ideologisch verklärtes Weltbild verstörte. Ungerecht daran war, dass ihre Typologie, im Unterschied zu meiner, zigtausendfach vervielfältigt und obendrein ins Internet gestellt wurde. Außerdem vergab ich vier Kategorien plus Untertypen, sie hingegen nur zwei. Das Thema hatte Wahlkampfpotenzial: Ja oder Nein. Entweder, oder. Sie stahlen mir den Raum zwischen dem Pro und dem Kontra, das Grau im Spektrum der Meinungen. Dabei war ich doch nur eine Liebhaberin. Nicht mehr und nicht weniger. Ich liebte die Vögel, und mein Zuhause liebte ich auch.

Herr Möller hatte wohl einen Narren an mir gefressen. Kurz nach unserem Besuch beim Minister rief er wieder an. Er wollte wissen, wie's gelaufen war.

»Es war wie beim Derby«, berichtete ich und hatte dabei die kleine Skulptur vor Augen, die ich auf der Fensterbank im Büro des Ministers entdeckt hatte. Ein Reiterstiefel mit einem Windrad als Sporn. »Wir warfen uns ins Zeug, und er ließ uns rennen. Am Ende wurden wir disqualifiziert. Zu viele Profis am Start. Wir sind eben nur Amateure. Geht man nach Kiel, ist man ein Nichts.«

»Sie müssen das verstehen«, sagte Herr Möller, und ich glaubte, ihn schmunzeln zu hören. »Wir schießen Löcher in die Festungsmauern ihrer Luftschlösser. Da fällt ihnen schon mal der eine oder andere Brocken vor die Füße. Aber unsere Volksvertreter kicken ihn weg, anstatt die Ursachen für das hohle Gestein zu ergründen. Früher war das anders.«

Wie alt mochte er sein? 60? 70? Seine Stimme klang jugendlich. Ich genoss es, ihm zuzuhören.

»Sie sollten wissen, ich kämpfe seit Anfang der 90er-Jahre gegen Windmühlen und habe über die Jahrzehnte viele Abteilungsleiter im Kieler Ministerium kommen und gehen sehen. Den einzelnen Ressorts standen kompetente Persönlichkeiten vor. An denen kam ein Minister so leicht nicht vorbei. Anders als heutzutage, wo Umwelt- und Energieministerium in ein und derselben Hand ruhen – eine überaus schizophrene Situation, finden Sie nicht?«

Nun säuselte mir ein waschechter Windkraftgegner ins Ohr – seine Stimme ging mir rein wie Sahne auf warmem Kakao –, und ausgerechnet jetzt stockte mein Hirn. Zum Glück hatte er keine Antwort erwartet, redete weiter. »… wo sich Minister und ihre Sekretäre erlauben, Hierarchieebenen zu missachten und Anweisungen an den Ressortleitern vorbei zu leiten. Die Strukturen sind übersichtlicher, der Weg nach oben direkter und die Führungsmanieren respektloser geworden. Es herrscht ein anderer Geist. Der neue ministeriale Mittelbau streckt sich nach der Decke oder duckt sich weg. Niemand lässt sich gern kaltstellen. Von der alten Garde ist keiner mehr da. Die Besten wurden abgeworben. Die weniger opportunen Querköpfe wurden mehr oder weniger freiwillig in den vorzeitigen Ruhestand versetzt. In unseren Gemeinden läuft es nicht anders. Die Demokratie hat Rheuma bekommen, und Kiel behauptet, alles sei gut.« Herr Möller seufzte. »Der Fisch stinkt eben vom Kopf.«

»Sie sind ein Gegner der Windenergie?« Meine Tonhöhe am Ende des Satzes schwebte unsicher zwischen Frage und Feststellung.

»Ja!«, bestätigte er unumwunden. »Jeder, der sich ehrlich damit auseinandersetzt, muss zu diesem Schluss kommen.« Nach einer Atempause fuhr er fort: »Wissen Sie, was ein Monopson ist?«

Zu meiner Erleichterung ließ er mir erneut keine Zeit, mich als Dilettantin zu outen.

»Ich glaube an die These vom Klimawandel«, fuhr er sogleich fort. »Dazu gibt es inzwischen zu viele Fakten. Genau aus diesem Grund halte ich nationale Alleingänge in einem weltweiten Szenario für nicht zielführend. Wir müssen die Machtverhältnisse in der Energiewirtschaft umkehren. Wir brauchen ein Nachfragekartell.« Dann folgte ein langer Vortrag über den Einfluss des EEG auf den Handel mit CO_2-Emissionszertifikaten, über Lastganglinien, Wackelstrom und Infraschall. Ich notierte die Wörter, um sie später genauer zu betrachten, nach Definitionen und Übersetzungen zu suchen. Ich fragte nicht nach. Zu viele Lücken in meinem Verständnis, als dass ich es hätte zugeben mögen. Außerdem genoss ich es, im Strom seiner gefälligen Rede zu treiben. Zwei Stunden waren mittlerweile vergangen, und die Stimme am anderen Ende der Leitung tönte unermüdlich weiter.

»Das EEG ist ein Schuss in den Ofen«, bilanzierte Herr Möller seinen Vortrag. »Und es wird zunehmend schwieriger, unsere Überkapazitäten auf die Stromnetze der Nachbarländer abzuwälzen.«

»Phasenschiebertransformator«, warf ich ein, und der Klang der Vokale hüpfte lustig wie ein gut platziertes Steinchen über die Wellen seines Monologs. Ich gähnte verhalten.

»Sie sagen es!« Herr Möller, hörbar erfreut über den vermeintlichen Sachverstand seiner Gesprächspartnerin, setzte nach: »Haben Sie ›Das Grüne Paradoxon‹ gelesen?«

Nein, hatte ich nicht. Mein Ohr brannte, und die Seiten meines Notizblocks gingen zur Neige.

»Aber Sie kennen bestimmt das Buch ›Lichter des Toren‹ von Botho Strauß?«, setzte er erbarmungslos nach.

Ich verneinte und bat bis auf Weiteres um eine Gesprächspause.

»Bitte erlauben Sie einem fast 80-Jährigen zum Abschluss einen Rat.«

Total verschätzt, dachte ich und lauschte gespannt.

»In Ihrem Falle halte ich es für ausgeschlossen, den Windpark zu verhindern«, zog er sein ehrliches Resümee. »Wenn Sie sensibel auf Infraschall reagieren, sollten Sie Ihr Haus verkaufen und fortziehen. Warten Sie nicht zu lange!«

Erschöpft legte ich das Telefon auf dem Biedermeiertischchen ab. Mein Kopf sackte nach hinten gegen den Sessel. Ich schloss die Augen und schlief sofort ein.

17

Vor mir eine Straße, eine scharfe Biegung nach rechts und dahinter erhebt sie sich, die Kuppel aus Baumkronen, aufstrebende Glieder – gotisch – und ich ganz unten, fahrend, nein, das Blätterdach schwebt über mich hinweg, mächtige Stämme gleiten durch mich hindurch. Überall hellgrünes Licht. Es will kein Ende nehmen …

Ein Ruck im Nacken riss mir den Kopf hoch. Ich hatte tatsächlich geschlafen. Und geträumt. Von dieser Allee, von der ich immerzu träumte. Ich wusste, dass es sie gab. Ich würde sie suchen.

Herrn Möllers letzte Worte hallten noch nach. Das Haus

verkaufen und was dann? Wohin sollte ich gehen? Mein Kopf sank nach hinten gegen das Nackenpolster. Energisch schüttelte ich den Sog des Schlummers ab. Die Idee war gemein, aber es blieb mir keine Wahl. Ein Blick auf die Uhr ließ mich aufspringen. Gleich Mittag. Ich hatte Jan ein warmes Essen versprochen.

»Wann suchen wir wieder nach Horsten?«, rief Jan aus dem Flur, und ich vernahm das vertraute Poltern, mit dem seine Schultasche zu Boden fiel. Ich stand am Herd und wartete auf das Dong-Dong seiner Nikes, mit dem sie gleich in die Ecke gegen die Wand prallen würden. Zwischen Tasche und Schuhen lag ein Moment der Stille, und ich malte mir aus, wie er seinen Anorak abstreifte, eine lästige Haut, die leise raschelnd auf die Dielen glitt, zu leise, um durch das Rauschen der Dunstabzugshaube zu mir durchzudringen. Dong-Dong. Das waren die Schuhe. Der Schlussakt. Ich hatte es aufgegeben, mich darüber zu ärgern. Stattdessen hatte ich ihm diese Frustecke im Flur offiziell zugestanden, wobei Jan sie mittlerweile auch für die guten Stimmungslagen benutzte. Die Tapete war hin, aber es machte keinen Sinn, die Spuren seines Ungestüms zu übermalen. Noch nicht. Wer weiß, vielleicht würde sich mein nostalgisches Herz einmal daran erwärmen, wenn unser Sohn … Ich schüttelte den Gedanken ab. Bis dahin würden die Möllerschen Monologe mir noch einige Male das Ohr versengen. Immerhin hatte Jan daran gedacht, die Straßenschuhe auszuziehen und nicht damit ins Wohnzimmer zu stürmen, wohin ich ihn nun auf Socken springend verschwinden hörte. Mit dem Fernglas in der Hand kehrte er zu mir in die Küche zurück, wo ich gerade die Spiegeleier wendete. Er mochte sie am liebsten ›sunny side down‹.

»Du musst es mal putzen!« Er zeigte auf die Okulare. »Von dem Dreck bekommst du Augen-AIDS.« Dabei stierte er mich aus großen Mandelaugen an.

Ich erkannte die dunkle Iris meines Vaters und dahinter die gesprenkelten Bernsteinaugen meiner Großmutter, in denen ich als Kind Fliegenbeine gezählt hatte. »Was du nicht sagst!« Ich wies mit dem Kinn zum Tisch hinüber. »Wie wär's, wenn du dich ein wenig nützlich machst?«

»Was ist?« Jan zog das Fenster der alten Vitrine auf. »Gehen wir heute auf Horstsuche, oder nicht?« Er nahm zwei Teller heraus und ließ sie über das rohe Holz der Tischplatte schlittern.

»He, das sind keine Blechnäpfe!«, rief ich und wandte mich schnell dem Herd zu. Ich unterdrückte ein Lachen. Sein pubertärer Leichtsinn war ansteckend. Jan war einfach gut drauf, und ich würde schon noch erfahren, was ihn gerade abheben ließ. Vielleicht war es auch nur dieser herrliche Herbsttag, der die Farben im Licht tanzen ließ und einem ins Herz lachte. »Seit einer Woche sehe ich keinen Rotmilan mehr«, sagte ich. »Sie ziehen ab in den Süden. Neue Horste können wir erst finden, wenn das Laub gefallen ist. Das weißt du doch.« Sicher, ein Kontrollgang zum Horst des Rotmilans war längst fällig. Ich hatte immer noch nicht mit der Dokumentation angefangen. Charlotte fragte ständig danach. Wir hätten keine Zeit zu verlieren.

»Die Schule will mich zu einem Code-Camp schicken, Mama.«

Das war also der Grund für sein übermütiges Tellerwerfen. Ich wusste nicht, was ein Code-Camp war, aber es klang alarmierend nach ›digital space‹, in den ich meinen Sohn seit ein paar Wochen bedenklich häufig entschwinden sah. »Was hast du angestellt?«, fragte ich.

Er starrte mich mit offenem Mund an. »Mama, das ist kein Straflager! Dahin dürfen nur die Besten.« Er stellte das Fernglas auf der Anrichte ab und schob die Hände in die Taschen seiner Jeans.

Aus seinen Augen sprang mir Melanies grimmiger Blick entgegen. Genau so hatte sie mich angesehen, als ich sie mit ihren Duftmarken aus meinem Haus verjagt hatte. Ich bekam ein schlechtes Gewissen. Wenn es um Computer ging, war ich die übelste Spaßbremse der ganzen Familie. »Hab' schon verstanden«, lenkte ich ein. »Du schlägst einen Deal vor. Du hilfst mir bei der Horstsuche, und ich lasse dich in dieses … Computerlager.«

»Code-Camp«, verbesserte er.

»Wie lange soll das dauern?«

»Eine Woche.«

»Und wo?«

»Berlin.«

Ich rettete mich in Ironie. »Na wunderbar!«

Jan grinste. Mein Einlenken nahm er als Zustimmung. Was sollte ich auch anderes tun? Bereits jetzt stand es zwei gegen eins, denn Tom hätte sowieso nichts dagegen. Auf diese Niederlage konnte ich verzichten. Ich war wieder einmal das Einzelschicksal im Außenbereich. Ich warf meine Luschen auf den Tisch, bevor das Spiel begonnen hatte. Ich kapitulierte. Aber dieser zweite Teil meiner Botschaft landete ungelesen in Jans Spam-Ordner. Immerhin konnte er sich von den widerstreitenden Gefühlen seiner Mutter abgrenzen, was mich beruhigte und dennoch ein wenig verletzte. Jan war dabei, seine eigene Welt zu entdecken. Was mich jedoch verunsicherte, war, dass die Vögel, über die wir wieder zueinandergefunden hatten, auf einmal Mittel zu einem ganz anderen Zweck waren. Sei nicht so empfindlich!, schimpfte ich mich. Weshalb sollte sich ein Junge nicht in gleichem Maß für Natur *und* Technik begeistern können? Hinter unserem Haus lag das große Theater des Lebens, das uns auf seine Bühne zog, wenn wir hinausgingen. Wir konnten uns den Dramen, Lustspielen und Krimis nicht entziehen, erzählten uns das Erlebte am Abend noch einmal, spekulierten über mögliche Ausgänge. Wir brannten auf die Fortsetzung und teilten dieselbe Neugier und Lust, wenn wir wieder hinauszogen. Eine dunkle Wolke hatte ihren Schatten auf dieses Bühnenbild geworfen.

18

4. November

12 Uhr. Hauptkommissar Peter Sand hat ein Problem. Murrend stemmt er die Hände in seine runden Hüften. Er legt den Kopf in den Nacken und schaut die hohe Schrankwand in Jans Zimmer hinauf. Nichts zu machen. An die obersten Fächer kommt er nicht ran. Mit einem letzten verzweifelten Seufzer wirft er sich gegen die Schranktür. Seine Fingerkuppen drücken sich breit gegen das lackierte Holz, tasten sich langsam hinauf, hinterlassen flüchtige Spuren aus Schweiß. Er trägt keine Handschuhe, dieser kleinwüchsige Mann, offenporig wie ein Schwamm und mit all seinen Sinnen dabei, den Dingen auf den Grund zu gehen. Nur im Moment geht es um

Höhe. Aber so leicht gibt er nicht auf. Vorhin, als er mir den Wisch mit der Genehmigung zur Durchsuchung meines Hauses unter die Nase gehalten hatte, war er mir deutlich größer vorgekommen. Nun klebt er am Schrank. Einen Arm weit nach oben gestreckt, hebt er ein Bein, krümmt die wulstige Taille wie ein Reptil, das eine senkrechte Fläche erklimmt.

»Geckos haben Saugfüße«, rutscht es mir heraus.

Blitzartig wirbelt er herum und macht einen Schritt auf mich zu. Sein Kopf ist rot, das lichte Haar zerzaust. »Sie verkennen den Ernst der Lage«, schnauzt er mich an. Hinter ihm steht Franziska. Vergeblich suche ich nach einer Regung in ihrem Gesicht, etwas, das mich von meinem Missgeschick freispricht.

Da dreht er sich zu ihr herum. »Sie sind doch Schutzpolizistin«, schnaubt er. »Weshalb sind Sie nicht größer? Verlangt euer Verein nicht Modelmaße?«

Ich lasse die beiden allein.

Mit der Haushaltsleiter kehre ich zurück. Als Franziska die obersten Schranktüren aufzieht, purzeln ein paar Kleiderbündel heraus. Darunter ist nicht das, was sie suchen. Was suchen sie überhaupt? Zugegeben, auch ich vermisse das gewohnte Bild der Unordnung im Zimmer meines Sohnes. Der Fußboden, die sonst übliche Ablagefläche für alles, was einen Reinigungsangriff verbietet, ist wie leergefegt. Nirgendwo Kleidungsstücke, keine achtlos hingeworfenen Hefte, keine Speichersticks, die einen dazu zwingen, den Raum auf Zehenspitzen zu betreten. Nichts liegt herum. Die Kleidungsstücke hatte Jan hastig in den Schrank gestopft, wie er es immer macht, wenn er Besuch erwartet. Franziska greift nach einer Jeans und schüttelt sie, so wie ich es vorsorglich vorm Waschen tue, weil elektronische Datenträger in Waschmaschinen sich ungünstig auf den Hausfrieden auswirken. Aus Staubsaugerbeuteln lassen sie sich wenigstens noch unbeschadet befreien. Über

Jans ›Man löscht sie nicht mit Seife!‹ ließe sich schmunzeln, läge da nicht diese abgrundtiefe Verachtung in seinen Worten, mit der er mich in solchen Momenten wie eine lästige Fliege aus seinem Leben streicht. An Jan nehme ich wahr, dass ich älter werde. Ich habe die Suche nach Lösungen eingestellt, denn Jan denkt nicht daran, seine Lieblinge dem Refugium seiner Hosentaschen zu entreißen. Außerdem bin ich inzwischen davon überzeugt, dass er dieses Schlachtfeld mit seiner Mutter sucht. Dann wird es eben immer wieder Tote und eine Dumme geben! Erstaunlich, dass Franziskas Schütteln so gar nichts zutage fördert. Auch das Körbchen, das ich Jan als Ablage für den Kleinkram geschenkt hatte, ist unbenutzt.

»Haben Sie gewaschen, nachdem Ihr Sohn gestern das Haus verließ?«, fragt Sand.

Ich verneine, und Franziska verschwindet ins Badezimmer, um in unserer dreckigen Wäsche zu wühlen.

»Wann waren Sie das letzte Mal in diesem Zimmer?«, will Sand wissen. Sein Unmut ist nicht zu überhören.

Egal, was ich sage, er wird mir nicht glauben. Wieder sehe ich Jan mit der Sporttasche vor mir stehen. »Warte nicht auf mich!« Er wendet sich ab und geht aus dem Wohnzimmer. Im Flur bleibt er kurz stehen. Und im Geiste blicke ich, so wie gestern, noch einmal durch den offenen Türspalt, sehe, wie er sich herunterbeugt, etwas aufnimmt, groß, schwarz und schwer. Der Computerrucksack! Weshalb bin ich nicht früher darauf gekommen? Er hat alles mitgenommen!

»Ist er immer so ordentlich?«, höre ich den Hauptkommissar fragen.

»Haben Sie Kinder?«, weiche ich aus.

»Drei Töchter.«

»Na dann …«

»Was dann?«

»… muss ich Ihnen wohl nichts erklären.«

Da steht Franziska im Türrahmen. Sie hält die Arme verschränkt, lässt die silikonbehandschuhten Hände unter den Achseln verschwinden. »Nein, ist er nicht!«, sagt sie und sieht mich streng an. »Die Papiertonne, wo finde ich die?«

Ich verstehe. Sie sucht die Computer-Hefte. Eine satte Sammlung. Wie vom Erdboden verschluckt. Weder auf dem Teppich noch auf dem Bett noch im Regal. Jan ist ein Perfektionist, selbst im Aufräumen, stelle ich staunend fest. Ich weise Franziska den Weg aus dem Haus zum Schuppen hinüber, wo die Mülltonnen stehen. Sie tritt in den Hof. Eine Böe reißt ihren Zopf in die Höhe. Sie ergreift ihn, drückt ihn fest an den Kopf, stemmt sich gegen den Wind. Ein Luftzug bläst trockenes Laub in den Flur, und ich schiebe die Tür eilig ins Schloss.

»Nimmt er seinen Laptop immer mit zum Sport?«

Erschrocken fahre ich zusammen, drehe mich um. Hinter mir steht Sand. Misstrauisch sieht er mich an. Mir kommt der Wust an Kabeln in den Sinn, die sich sonst durch Jans Zimmer schlängeln, und die externen Festplatten, von denen er einige besitzt. Panik steigt in mir auf. Alles weg! So wie damals, als Tom uns verließ. Von heute auf morgen. Hastig sucht mein Verstand nach einem rettenden Gedanken, fragt sich, wie Franziska es anstellt, bei dem Sturm in einer vollen Papiertonne zu wühlen.

Da kommt sie zurück. »Die Tonne ist leer«, sagte sie und zieht einen Schwall kühler Luft hinter sich her.

Jetzt fällt es mir wieder ein. Ich hatte die blaue Tonne heute Morgen wieder in den Schuppen geschoben. Jan hatte tatsächlich daran gedacht, sie an die Straße zu stellen. »Heute früh war die Müllabfuhr hier«, erkläre ich. »Es tut mir leid. Ich hatte es vergessen.« Es fällt mir schwer, Enttäuschung zu heucheln.

»Können wir uns irgendwo setzen?«, fragt Sand verdächtig versöhnlich.

Ich überlasse den Polizisten die Sessel am Biedermeiertischchen und hole mir einen Stuhl aus der Küche. Ich sitze ein wenig erhöht.

»Sie sollten verstehen, weshalb wir so vorgehen«, erklärt der Hauptkommissar und sieht zu mir auf. Seine Augen, zwei wasserblaue Steine, wandern sichernd zu Franziska hinüber, dann fährt er fort. »Heute Nacht wurde in fünf großen Windparks des Landes die elektronische Steuerung einzelner Windkraftanlagen manipuliert. Sie lassen sich nicht mehr abstellen. Es sieht ganz danach aus, als hätten die Täter auf den Orkan gewartet. Aber das ist nicht alles.« Er reibt sich das Kinn.

Ich verbiete mir jeden Gedanken, schaue ihm fest in die Augen. Unter meiner Haut winden sich Aale.

»Drei dieser Anlagen waren auf Stillstand programmiert«, fährt er fort. Sein Blick ruht auf meinem Hals. »Ihr Bürgermeister ist nicht der Einzige, den man heute Nacht an einem Windrad aufgeknüpft hat. Drei weitere Männer wurden in drei anderen Windparks des Landes an die Rotoren von Windkraftanlagen gefesselt. Wir konnten sie herunterholen, weil die Anlagen stillstehen. Die Opfer sind mit dem Schrecken davongekommen.«

Ich spüre, wie die Aale in meinen Magen eindringen. »Was hat mein Sohn damit zu tun?«, wehre ich ab, und es gelingt mir, wütend zu klingen.

»In den Windparks und unter den Anlagen haben wir Reifenspuren gefunden«, sagt Sand. »Überall sind es dieselben.«

Ich nehme einen tiefen Atemzug, will noch nicht aufgeben. »Ich verstehe immer noch nicht …«

»Wenn Sie mich nicht ständig unterbrechen würden.« Er hält inne, mustert mich streng. »Dieselben Reifenspuren wie hier vor Ihrer Hofeinfahrt. Sie sind ein paar Stunden älter als die Spuren unter den Windkraftanlagen. Aber sie sind identisch.«

Er hebt die Ellenbogen und stützt sie auf den Armlehnen des Sessels ab. Er drückt die Handflächen zusammen, spreizt Daumen und Finger so weit auseinander, dass sie sich nur mit den Kuppen berühren. Langsam führt er die Hände an sein Gesicht, schiebt das Kinn in das Dreieck zwischen Daumen und Zeigefinger. Sein Blick schweift in die Ferne, irgendwohin weit weg. Ich frage mich, ob er nun fertig ist. Da stürzen seine Hände in den Schoß zurück, und er wendet den Kopf, betrachtet mich neugierig. »Zwei der geretteten Opfer sind Mitglieder des hiesigen Jagdvereins. Alle drei waren gestern Nacht auf dem Hubertusfest zusammen mit Ihrem Bürgermeister Henning Pahl.« Sand blickt aus dem Fenster auf die rotierende Windkraftanlage, inzwischen die einzige im Windpark, die sich noch dreht. »Sie müsste längst stillstehen«, sagt er. »Die elektronische Steuerung reagiert nicht. Auch die manuelle Bedienung ist außer Funktion. Eine taube Nuss. Die Techniker versuchen alles, was in ihrer Macht steht. Niemand kann das verstehen. Wir wissen nicht einmal, ob der Mann dort oben noch lebt. Sollte die Gondel heißlaufen, wird es gefährlich. Auch für Sie.«

Weshalb drehen sie der Höllenmaschine nicht einfach den Saft ab?, geht es mir durch den Kopf. Einfach den Stecker ziehen. Ich erinnere mich, dass ich dasselbe, verzweifelt über den Lärm der Rotoren, einmal zu Jan gesagt hatte.

»So einfach geht das nicht, Mama!«, hatte Jan erwidert. »Windräder benötigen Strom zum Bremsen. Das ist ganz wichtig bei stürmischen Windstärken. Sonst laufen die Gondeln heiß und fangen Feuer.«

»Hat Ihr Sohn einmal den Namen Azawakh erwähnt?«, höre ich Sand fragen.

Ich schüttle den Kopf. »Nein«, antworte ich, aber der exotische Klang des Wortes weckt meine Neugier. »Was bedeutet es?«

»Es ist eine afrikanische Windhundrasse und …« Sand zögert, als ob er überlegt, wie viel er offenlegen darf. »Da gibt es eine Bande, die sich so nennt. Sie haben ihr Emblem auf die Türen der manipulierten Anlagen gesprüht. Vermutlich ein Bekennersymbol.«

Azawakh. Meine Gedanken umkreisen dieses Wort, und ich erinnere mich.

»Hat Ihr Sohn den Namen Nikko Steiner einmal erwähnt?«

Ich schüttle den Kopf.

»Machen Sie sich keine Sorgen, dass Ihr Sohn noch nicht zu Hause ist?«

Die Frage des Hauptkommissars fährt mir ins Gedärm. Die Aale rumoren. Ich verbiete mir jegliche Regung.

19

4. November

12 Uhr. Das Flüstern kommt aus weiter Ferne, untermalt von sanften Klängen wie Weihnachtsmusik. »Jan, bist du wach?«

Er blinzelt in das Halbdunkel des Zimmers. Für einen Augenblick weiß er nicht, wo er ist. Sein Blick fällt auf den großen Rucksack, der wie ein schwarzer Bär in der Zimmerecke kauert. Ein süßlicher Duft kitzelt seine Nase. Erleichtert drückt er sich ins Kissen zurück. Klar doch! Er ist bei Melanie. Zimt- und Lebkuchendüfte durchtränken ihr Haus, haben sich in Schränken, Stoffen und Schubladen eingenistet. Bei Melanie ist immer Weihnachten.

Es war noch dunkel gewesen, als er sich frühmorgens in ihr Haus geschlichen hatte. Sie hatte ihm vor einiger Zeit die Schlüssel gegeben. »Für den Fall, dass du einmal deine Ruhe brauchst«, hatte sie gesagt. Sie hatte ihm sogar ein eigenes Zimmer hergerichtet. Kinder hätte sie gern gehabt, hatte sie ihm einmal gestanden. Für einen Ehemann hätte sie keine Zeit. Zu anstrengend, hatte sie erklärt.

Nach der Feier über die gelungene Aktion letzte Nacht hatte Nikko allen verboten, nach Hause zu gehen. Nikko war der Bandenführer. Er bestimmte die Regeln. Azawakh war sein Baby. Jan hatte sich von ihm bei Melanie absetzen lassen.

Jan lauscht. Bei Melanie ist es ruhig, bis auf den Wind, der ums Haus herum fegt. Diese Stille kommt ihm beinahe befremdlich vor. Manchmal hat er Sorge, das Wummern der Windkraftanlagen hätte sich bereits in ihm eingenistet wie ein bösartiger Parasit, den er nie wieder loswerden würde. Zu Hause schläft er mit Kopfhörern, solchen, die in der Lage sind, Schallwellen zu glätten. Der Lärm ist dann auszuhalten, nicht aber der Druck, der in windigen Nächten, wenn die Rotoren schnell drehen, das Atmen schwer macht. Und dann, vor ein paar Wochen, hatte er es tatsächlich geschafft. Er hatte einen Weg gefunden, die Maschinen zu beherrschen. Am Geburtstag seiner Mutter hatte er es zum ersten Mal getan. Sie war so glücklich gewesen, dass sich just an diesem besonderen Tag das Windkraftwerk vor ihrem Wohnzimmerfenster nicht drehte. Sie hatte es für ein Zeichen gehalten, das sie ermutigte, weiter zu kämpfen. Doch bald hatte sie Lunte gerochen. Sein ständiges Sich-vergewissern-müssen, ob die Anlage noch stillstand, hatte ihn verraten. Außerdem hatte er sich allzu verwundert gegeben. Er ist schlecht im Lügen.

»Hast du etwa damit zu tun?«, hatte sie ihn unvermittelt gefragt. Er war erschrocken und dennoch erleichtert gewesen, sein Geheimnis endlich lüften zu können. Er hat den Ausdruck in ihrem Gesicht noch vor Augen, denn sie hatte kein Wort gesagt. Sie hat die Angewohnheit, bei Angst leise zu schmatzen. Wenn sie stolz auf ihn ist, kneift sie die Augen zusammen und schürzt die Lippen, was sie ein wenig ärgerlich aussehen lässt, so als wolle sie ihre Gefühle vor ihm verbergen. Als er sie damals vor seinen Laptop gezogen und sie endlich begriffen hatte, wer von nun an der König der Windräder war, hatte sie mit verengtem Blick und gespitztem Mund leise geschmatzt. In jenem Moment hatte er diese widerstreitenden Gefühle seiner Mutter geteilt.

Ein leises Kratzen an der Tür, das in ein munteres Tak-Tak übergeht, dann Stille. Woher weiß Melanie, dass ich hier bin?, fragt er sich, und schon fallen ihm seine Stiefel ein, die er auf der Fußmatte an der Haustür neben ihren Boots abgestellt hatte. Denn trotz des lebendigen Chaos in Melanies Haus gibt es im Leben seiner Tante Regeln, gegen die er nicht zu verstoßen wagt. Kann auch sein, dass Melanie ihn gehört hatte, als er in der Frühe zur Toilette gegangen war. Danach war er wieder tief eingeschlafen.

Er stellt sich vor, wie Melanie vor seiner Tür steht. Die langen dunkelrot lackierten Fingernägel tänzeln zögerlich dicht über dem Türblatt. Aufmerksam lauscht sie auf eine Regung aus dem Innern des Zimmers. Aber Jan will nicht, möchte den Moment des Erwachens auskosten, die Bilder der vergangenen Nacht noch einmal durchleben, in Ruhe und ohne den Druck der Ereignisse. Ganz still liegt er da, spürt seinen Hintern hart wie Backstein. Die Waden und Oberschenkel tun immer noch weh. Er schließt die Augen, schmiegt sich in die Erinnerung, erlebt sie wie einen Film und sich selbst mittendrin, rennend, keuchend. Der Geruch der Ostsee klebt noch an seiner Haut. Sie waren nach ihrer Aktion ans Meer gefahren, um zu feiern.

Tak-Tak. Zart klopft es an der Tür. Melanie gibt nicht so leicht auf. Sie ist seine Patin und war sein Babysitter gewesen, solange er denken kann und vermutlich darüber hinaus. Er erinnert sich nicht mehr weshalb und seit wann, aber irgendwann hatten sie sich aus den Augen verloren. Vielleicht hatte er nur weniger an sie gedacht, weil mit so vielen anderen Dingen befasst, die in der verträumten Märchenwelt seiner Patentante keinen Anklang fanden. Nach der Trennung der Eltern hatten sie wieder enger zueinandergefunden. Sie gibt ihm das Gefühl zu erreichen, was er sich vornimmt. Bei ihr kann er sich von dem Ich-mache-mir-Sorgen-Gesicht seiner Mutter erholen. Und im Unterschied zu seiner Mutter interessiert sich Melanie für Karate. Außerdem kann er sich hier ungestört mit seinem Vater treffen.

Tak-Tak. Da ist es wieder. Ein Räuspern, Stöhnen oder geräuschvolles Gähnen würde Melanie zum nächsten Schritt ermutigen. Sie würde die Tür einen Spaltbreit öffnen, und der zarte Hauch von Schokolade – allein der Gedanke reizt seine Geschmacksnerven – würde hindurchwehen und ihn aus dieser Zwischenwelt in den Tag hineinziehen. Er muss unweigerlich schlucken.

Eine Sturmböe rüttelt am Fenster. Hastig zieht er das Laken über den Kopf. Er hält den Atem an, horcht auf das Heulen des Windes. Seine Hand tastet sich zur linken Achselhöhle vor. Dort klebt ein großes Pflaster über dem frischen Tattoo. Der Wundverband hat sich an einer Ecke leicht abgelöst.

»Zeig uns, was du kannst«, hatte Nikko gefordert.

Jan hatte es ihnen gezeigt, hatte die Mutprobe bestanden. Er ist jetzt ein Windhund. Sie hatten ihn tätowiert und gefeiert. Und dies ist erst der Anfang.

20

Ich weiß nicht, wie ich es anstellen soll, über Jan zu schreiben. Ich versuche, mich in ihn hineinzuversetzen, seine Perspektive einzunehmen, um die Ereignisse jener unheilvollen Nacht aus seiner Sicht zu erfassen. Aber ist es richtig, so zu tun, als wäre er der Erzählende? Seine Schilderungen waren lückenhaft, verzerrt. Ist es denn nicht nachvollziehbar, dass eine Mutter ihren Sohn zu verstehen versucht, dass sie sich bemüht, die Unzulänglichkeiten seines Berichts aufzulösen, Antworten auf die eigenen Fragen zu finden, Schlüsse zu ziehen, die am Ende auch sie entlasten? Ich weiß, wie es bei Melanie riecht. Als hätte jemand in einer Kirche eine Bäckerei aufgemacht oder würde in einer Backstube Weihrauch und Sandelholz räuchern. Mit 14 fand Jan es zum Kotzen, und ich dachte, jetzt wird er erwachsen. Ich gebe zu, ich war eifersüchtig, als er sich nach Toms Fortgehen wieder Melanie zuwandte. Ich tröstete mich damit, dass es sich um einen vorübergehenden Rückfall handelte. Vielleicht waren die Gerüche in Melanies Haus von Molekülen der genetischen Duftmarke seines Vaters durchtränkt. Vielleicht half ihm dieser

Geruchsfaden zur väterlichen Linie, sich selbst zu finden. Die Trennung hatte ihn dünnhäutig gemacht. Mein Verstand beschloss, dass es nur gut für ihn sein konnte, die eigenen Wurzeln zu pflegen. Dennoch fühlte ich mich in jener Zeit von allen verlassen. Auch von meinem Sohn.

In mancher Hinsicht war Jan wie Tom und war doch wieder anders als sein Vater. Er besaß Toms muskulöse Statur und dessen schweren Schritt. Wenn die Haustür ging, wusste ich oft nicht, wer von beiden es war. Auch jetzt erschrecke ich manchmal, wenn ich, in eine Lektüre vertieft, glaube, die vertrauten Schritte zu hören. Dann ertappe ich mich dabei, wie ich hastig nach dem Swarovski greife, das ich stets in Griffnähe habe.

Obwohl die Tage kürzer wurden, kam es mir so vor, als vergingen sie langsamer. Der Herbst goss seinen Malkasten über die Landschaft, und die Sonne wärmte die erdigen Farben, entlockte ihnen ein so betörendes Strahlen, dass einem die Netzhaut explodierte. Gierig sog ich dieses Herbstleuchten in mich hinein und sperrte es in die Vorratskammer meiner Seele, als käme danach lange nichts mehr. Ich war hin und her gerissen. Ich wollte diese Farben festhalten, konnte mich nicht satt daran sehen. Und dennoch konnte ich es kaum erwarten, dass die Bäume kahl wurden. Es war höchste Zeit für die Suche nach Greifvogelhorsten. Aber noch immer verstellte das Blätterdach den Blick in die oberen Etagen des Astwerks, in denen der Rotmilan für gewöhnlich sein Nest baute. Die bleischweren windstillen Novembertage waren die beste Zeit, um auf die Suche zu gehen. Aber der Herbst dachte nicht daran, Trauer zu tragen, und bald würde die winterlich stürmische und nasse Periode einsetzen, in der es keinen Hund vor die Tür zog. Außerdem drängte Charlotte auf einen Beweis. Sie wollte den Horst des Rotmilans den Behörden melden, denn nur über ihn ließe sich etwas gegen den Windpark erreichen. Im neuen Regionalplan für Windenergie war das Plangebiet nun offiziell ausgewiesen, allerdings unter einem Vorbehalt: Jeder, der dort Windräder bauen wollte, war verpflichtet, ein Naturschutzgutachten beizubringen. Fremde Vogelkundler in meinem Hoheitsgebiet! Die Vorstellung behagte mir nicht.

Ende November war es endlich so weit. Ein eisiger Nachtsturm hatte mit einem Mal alles Laub von den Bäumen gefegt. Im Nu hatte der Herbst seine Farben eingepackt und nahm seinen trüben Abschied. Kurz entschlossen rief ich Charlotte an, nachdem Jan mich versetzt hatte. Meine Befürchtungen wegen des Code-Camps hatten sich bestätigt. Seine Ausflüge in die virtuelle Welt hatten danach deutlich zugenommen. Dies und die Schule, die Freunde, das Karate füllten ihn vollends aus, und die Betriebsamkeit und das Tempo, in dem sein Alltag verlief, stimmten sein launisches Nervensystem auf den Rhythmus eines Managerlebens ein. Die Beschaulichkeit der wenigen Stunden draußen im Feld hingegen kam für ihn einem Stromausfall gleich. Ohne den Kick der Reizüberflutung arbeitete das neuerdings hormonumspülte Hirn meines Sohnes wie ein Navigationssystem ohne GPS: Es stockte. Deshalb und weil die Suche nach Greifvogelnestern eine langwierige und anstrengende Angelegenheit war, hielt ich es für sinnlos, auf unserer Abmachung Code-Camp gegen Horstsuche zu bestehen. Auf einen maulenden Halbwüchsigen an meiner Seite konnte ich verzichten.

An jenem Morgen nahm ich Mutters Fahrrad. Die zehn Minuten zum Wald hinüber waren damit gut zu schaffen. Außerdem machte sein bedauerlicher Zustand es vor Diebstahl sicher, sodass ich das Rad unbesorgt am Waldrand abstellen und vergessen konnte, was nicht selten geschah, wenn ich, den Kopf im Nacken, den Vögeln hinterhereilte. Ich überprüfte noch einmal den Inhalt des Rucksacks. Kamera, Fernglas und die Sprühflasche zum Markieren der Bäume hatte ich eingesteckt, auch eine Dose für wichtige Fundstücke wie Federn und Gewölle sowie die Kadavertüte. Ich hatte gehört, dass in Einzugsbereichen von Plangebieten für Windkraft Vögel vergiftet wurden.

Ich warf mir den Rucksack über die Schultern und radelte los. Es war gegen elf. Ein Dunstschleier schwebte verloren über der schwarzbraunen Krume, und ein schmutzig grauer Himmel lastete auf der winterlich ausgeräumten Landschaft. Charlotte erwartete mich am Waldrand. Wir machten uns sogleich auf den Weg, immer den Saum des alten Buchenbestandes entlang. Die Handschrift des neuen Waldbesitzers war nicht zu übersehen. Im vergangenen Winter hatte er massiv einschlagen lassen. Hoffentlich würde sein geschäftsmännischer Eifer wenigstens das Totholz verschonen, denn das betagte Gehölz bot Quartiere für allerhand Getier. Ich lief diese Strecke wie einen Heimweg, so vertraut war sie mir über die Jahre geworden. Hier hatte Vater mich in die Geheimnisse des Rotmilans eingeweiht. Einmal hatte er mich aufgefordert, mit zur Seite weit ausgestreckten Armen zwischen zwei dicht nebeneinander stehenden jungen Buchen hindurch zu laufen. Ich war losgerannt, lärmend, wie eine Schar Gänse, hatte dabei jedoch wie der Motorflieger im Fernsehen meine ›Tragflächen‹ schräg in die Senkrechte gekippt, ein Manöver, um geschickt die Steilhänge einer tiefen Schlucht zu durchqueren.

»Nein, nicht so!«, hatte Vater hinter mir hergerufen. »Du musst dich gerade halten!«

Daraufhin war ich gegen die Stämme geprallt und hatte mich, einen Absturz inszenierend, mit Getöse ins Laub fallen lassen. Noch immer hörte ich Vaters Lachen, wenn ich an dieser Stelle unserer gemeinsamen Strecke vorbeikam. Es war ihm gelungen, mich fühlen zu lassen, was einem großen Vogel zustoßen konnte, wenn er in das Dickicht des Waldes hineinflog.

»Der Rotmilan braucht freie Bahn, wenn er seinen Horst anfliegt und von ihm aufsteigt«, hörte ich mich sagen. »Seine Spannweite misst bis zu 1,80 Meter. Darüber kommen bei uns nur die Adler.«

Charlotte nickte. Aufmerksam glitt ihr Blick durch das Astwerk, ein schwarzes Adergeflecht, das über unseren Köpfen schwebte. Der graue Himmel schärfte seine Konturen und verflachte die Ansicht auf ein riesiges Bild. Schwarzes Astwerk auf weißer Leinwand. Ich hatte es vor etlichen Jahren im Atelier eines Malers entdeckt und plötzlich Sehnsucht nach Hause verspürt. Ich kaufte das Bild nicht, denn ich wusste, wo ich es wiederfinden würde.

Ab und an blieben wir stehen, spähten durch unsere Ferngläser die mächtigen Stämme hinauf, suchten im winterlich lichten Geäst nach einer Verdichtung. Charlotte war ganz bei der Sache, und ich nahm wahr, wie geschickt sie ihre Schritte im Gelände zu setzen verstand. Ich hatte mein Naturerleben von Anfang an mit Menschen geteilt, so bin ich aufgewachsen. Zuerst war es Vater, später Jan, und nun lief Charlotte still und andächtig neben mir her.

Wir verließen den Weg und stapften durch tiefes Laub zu der hohen Buche hinüber, auf der das Rotmilanpaar schon im Jahr zuvor gebrütet und den Horst in diesem Frühjahr wieder bezogen hatte. Ich stellte mich dicht vor den mächtigen Stamm und legte den Kopf in den Nacken. Über mir schwebte der Horst. Der kompakte Napf klemmte auf gut 20 Metern Höhe zwischen einer Astgabel und dem Stamm. Ein Plastikfetzen baumelte über dem Nestrand. Im Laub am Fuße des Baumes entdeckten wir noch mehr Plastik und Schmelz, die für Greife typisch gelb-grünen Kotspritzer. Ich schob meine Hände tief unter das Laub und roch seinen modrigen Atem. In den feucht verpappten unteren Schichten fand ich Mauserfedern und steckte sie ein. »Beweisstücke«, erklärte ich Charlotte.

Das große H, das ich im letzten Herbst auf den Stamm des Horstbaums gepinselt hatte, war verblasst. Ich holte die Flasche mit der Sprühfarbe hervor und zog die weißen Linien des Buchstaben nach, damit ich den Horst im Frühjahr, wenn alles im Laub stand, wiederfände. Außerdem war mit der Markierung, für jeden sichtbar, ein Bannkreis um diesen Baum gezogen. In einem Radius von 100 Metern durfte kein Holz eingeschlagen werden.

»Was ist das?« Charlotte zeigte auf eine Buche etwa 50 Meter weiter entfernt.

Ich nahm die Verdichtung in der Astgabel ins Visier meines Fernglases. »Der ist neu«, sagte ich. »Vermutlich ein Wechselhorst. Nichts Ungewöhnliches im Hause Rotmilan. Was auch immer ihn dazu veranlasst hatte, ihn anzulegen, bezog er doch wieder das alte Nest.«

Nach drei Stunden setzte ein kalter Nieselregen ein. Wir brachen die Suche ab. Ein Rotmilanhorst, drei Horste vom Bussard und einer vermutlich vom Habicht waren eine gute Bilanz für einen so kurzen Gang durch einen ziemlich überschaubaren Forst. Charlottes Gründe, unseren Fund den Behörden zu melden, leuchteten mir zwar ein, dennoch hatte ich das Gefühl, dass es nicht richtig war.

»Du bist nicht überzeugt«, sagte Charlotte, die wieder einmal meine Gedanken gelesen hatte.

»Wir benutzen die Vögel, um uns selbst zu schützen«, sagte ich. »Dabei liefern wir sie einer Öffentlichkeit aus, die keine

Achtung vor der Natur und ihren wilden Bewohnern hat. Das ist verantwortungslos.«

Charlotte fasste meinen Arm. »Haben wir eine Wahl?«, fragte sie. »Was wir hier tun, hilft uns *und* den Vögeln. Alles ist irgendwie miteinander verbunden.«

»Über die Hälfte aller Rotmilane weltweit brütet bei uns in Deutschland«, dozierte ich so, wie es Vater immer getan hatte. »Dieses Land trägt Verantwortung für ihren Fortbestand.«

»Genau deshalb tun wir das hier!« Charlotte drückte meinen Arm. »Es gibt Gesetze, an die sich auch eine Landesregierung halten muss.«

»Das will ich hoffen«, erwiderte ich und löste mich sanft aus ihrem Griff.

21

Charlotte meldete unseren Horstfund den Behörden, und bald wusste es das ganze Dorf. Ich hatte sie gebeten, meinen Namen da rauszulassen. Es hätte meinen Plan gefährdet. Allzu gerne hätte ich Mäuschen gespielt, um auf den nicht-öffentlichen Zusammenkünften von Landverpächtern, Planern und künftigen Geschäftsführern des Windparks zu erfahren, was sie miteinander ausheckten. Mir hätten sie niemals Zutritt zu ihrem Klub gewährt. Henning hätte mir den Wandel vom Saulus zum Paulus oder umgekehrt, wie man es nimmt, nicht abgenommen. Meine Koppel lag im Plangebiet, und ich musste wissen, was in ihren Hinterzimmern beraten und beschlossen wurde. Ich brauchte einen Mittelsmann und entschied mich für Tom. Henning vertraute ihm. Er hatte ihn wegen der Koppel angesprochen, denn er wusste, dass Tom verführbar war. Außerdem brauchte Tom eine neue Hebebühne. Was Henning jedoch nicht wusste, war, dass Tom kein Recht hatte, über dieses Land zu verfügen. Und Tom hätte sich niemals die Blöße gegeben, nicht Herr in seinem Haus zu sein. Wenn Tom sich unter die Windmüller begeben wollte, so würde Henning nicht an der Ehrlichkeit seiner Absichten zweifeln, vorausgesetzt, Tom war selbst von diesem Schritt überzeugt. Denn Tom war ein schlechter Schauspieler. Ich musste ihn mit einer Glaubwürdigkeit ausstatten, die niemand in Zweifel zöge. Ich fing an, mich versöhnlich und einsichtig zu geben, Letzteres nicht überstürzt, sondern mit dieser gespielten Wankelmütigkeit, die das arktisch unterkühlte Gesprächsklima zwischen uns langsam, aber stetig, wenn nicht mit tropischen, so doch mit mäßig warmen Strömungen überraschte. Im Zuge dieses glücklichen Klimawandels erzählte ich Tom von dem Besuch des Immobilienmaklers. Unter Umständen würden wir wegziehen müssen. Tom war begeistert, und mir graute schon vor der Eiszeit, die dieser Episode mit Sicherheit folgen würde. In Plön gäbe es herrliche Wohnlagen am Rande der Stadt, schwärmte er. Eigentlich viel zu teuer für uns, aber die Pachteinnahmen aus der Windkraft wären eine sichere Bank für einen Kredit. Man müsste eben gut verhandeln. Er bot sich an, das in die Hand zu nehmen. Wann hatte ich ihn das letzte Mal so umtriebig erlebt? Sein Elan war mitreißend, und ich ließ es laufen, widersprach nicht, wenn er Vorschläge machte, und spann seine Ideen weiter aus, dachte laut darüber nach, wie es wäre, mein, nein, unser Land an Hess & Co zu verpachten. Ich fühlte mich nicht einmal schlecht dabei. Die Vision von einem anderen Leben schickte mich zurück in die Zeit, als ich von zu Hause ausgezogen war, um die Welt zu erkunden. So musste sich Jan fühlen, wenn er in seine virtuellen Universen eintauchte. Die letzten Wochen des Jahres schickten ihre Nies- und Rotzwettertage, und ich sehnte mich nach Rückzug und Frieden. Ich fühlte mich Tom fast so nah wie zu Beginn unserer Ehe. Seit Langem hatten wir uns nicht mehr so gut verstanden.

Aber es gab auch Tage der Angst. Sprachlos stand ich dann vor mir selbst. Ich, die Standhafte, wusste nicht mehr, wer ich war, wohin ich gehörte. Ich hatte mich im Gespinst meines eigenen Plans verstrickt, war in die Bedürfnisfalle gestolpert, in die ich Tom gelockt hatte. Ich sagte ›unser Land‹ und hatte dabei ausschließlich meine Familie vor Augen. Bestürzt stellte ich fest, dass Tom für mich nicht wirklich dazugehörte. Ich und nach Plön ziehen? Was sollte ich in der Stadt? Ich war ein Landei und würde es immer bleiben. Hier waren meine Vögel, hier kam ich zur Ruhe, auch ohne Tom. An solchen Tagen rückte ich von ihm ab, sah ihn mit anderen Augen. Seine Begeisterung ging mir auf die Nerven, und die Selbstverständlichkeit, mit der er sich im Kreis der künftigen Windmüller bewegte, widerte mich an. Bald verlor er jegliches Gespür für das richtige Maß. Eines Tages überraschte er mich mit der Idee, die Pahls zum Essen einzuladen. Ich lehnte ab. Keine Chance. Er hatte den Termin für den folgenden Sonntag abgemacht. Henning und Anne-Rose Pahl an meinem Tisch! Was hatte Tom sich dabei gedacht?

»Ein längst fälliger Klimawandel«, sagte er.

»Katastrophe!«, rief ich. »Sofort absagen!«

Tom schüttelte den Kopf. »Und du wirst für uns kochen.«

»Meinetwegen kannst du ihnen Schmieröl vorsetzen«, brüllte ich und knallte die Tür. Sollte er die Party doch unter die Hebebühne in seine Werkstatt verlegen!

In meiner Not rief ich Charlotte an.

»Keine schlechte Idee«, sagte sie zu meiner Überraschung, als ich ihr von Toms Anschlag erzählte. »Ich weiß schon, was du ihnen kochst.«

22

Charlotte öffnete die Haustür. »Ich muss an den Herd«, rief sie, kehrte auf dem Absatz um und eilte in die Küche zurück. Ich trat in den Hausflur. Ein zarter Duft nach frisch gekochtem Fleisch stieg mir in die Nase. Ich ließ Parka und Schuhe an der Garderobe zurück und folgte der verlockenden Duftspur. Charlotte stand am Herd und hob einen Topfdeckel hoch. In der dezent gestreiften weißen Baumwollschürze sah sie wie ein Profi aus. Die Dunstabzugshaube rauschte.

»Du hast ja schon angefangen!«, rief ich enttäuscht. »Ich dachte, du wolltest mir zeigen, wie's geht!«

Sie legte den Deckel auf den Topf zurück und hob einen anderen. Dunstschwaden stiegen auf. »Das ist nur das Fleisch«, sagte sie. »Ob du da nun dabei bist oder in Hamburg rauscht 'ne Linde, das spielt nun wirklich keine Rolle. Die Kartoffeln habe ich übrigens schon geschält. Ich wollte dich nicht langweilen.« Sie zeigte auf einen Topf, in dem es langsam zu köcheln anfing. »Etwa ein Kilo. Mehlig.«

Aber die Grundlage fürs Rübenmus wären der Kassler Nacken am Stück und die angeräucherten Kochmettwürste, die nicht zu salzig sein sollten, weil sie sonst den Geschmack des Gerichts dominierten. Vor ein paar Tagen hatte sie sich vom Metzger eigens eine Wurst zum Ausprobieren mitgenommen. Die Kochmettwürste waren auch schon fertig, zehn Minuten mit Wasser bedeckt gekocht und im Ofen bei 50 Grad warm gestellt. Was gab es da noch zu tun?

»Ich wusste nicht, dass du zusehen wolltest, wie beim Kochen die Luftbläschen aufsteigen.« Sie hob die Schultern. »Aber ich erklär's dir gern.«

Ich sollte das Nackenkassler in Butterschmalz nur leicht anbraten. Die Poren sollten sich schließen, damit das Fleisch beim Kochen nicht auslaugte. »Es darf keinen Bratengeschmack annehmen«, erklärte Charlotte nachdrücklich. Auch die gehackte Zwiebel nur ganz leicht separat in einer Pfanne andünsten, aber nicht rösten. Kassler mit Zwiebelstückchen dann eine Stunde im Kochwurstsud kochen. »Ich gare die Fleischsorten getrennt voneinander, damit der Geschmack der einzelnen Komponenten erhalten bleibt«, erklärte sie, öffnete die Tür zur Terrasse und kehrte mit einer riesigen Knolle zurück. Sie war fast so groß wie ein Fußball. »Da!«, sagte Charlotte und drückte mir die Steckrübe in die Hände. Sie wog mindestens zweieinhalb Kilo. Ein paar Wurzelbärte hingen von der zerfurchten hellgelben Unterseite herab. Die Oberseite war glatt und lila verfärbt.

»Ich glaube, sie hat Sauerstoffmangel«, sagte ich.

»Dann sollten wir nicht länger warten«, sagte Charlotte und zog das Fleischmesser über den Wetzstahl.

Ich platzierte die Patientin auf das Operationsfeld, ein großes Holzbrett, das Charlotte eigens dafür vorbereitet hatte.

»Du tust gerade so, als hättest du noch nie eine Steckrübe gesehen«, frotzelte Charlotte und legte das Messer neben die Arbeitsplatte.

»Gab's bei uns nicht«, erwiderte ich. »Mein Vater hasste sie.«

»Kriegsgeneration«, sagte Charlotte.

»Arme-Leute-Essen«, entgegnete ich.

»Das hier ist etwas anderes«, sagte sie. »Das ist mein Leibgericht. Eigentlich viel zu schade für den Pahl.«

»Meinst du wirklich, dass es eine gute Idee von Tom war, sie einzuladen?«, fragte ich.

Charlotte hob die Schultern, schien selbst nicht überzeugt. »Hans sagt immer, man müsse im Gespräch mit seinen Gegnern bleiben. Vielleicht erfährst du etwas.« Dann wies sie auf das Messer. »Erst halbieren, dann vierteln, dann achteln und dann in Scheiben schneiden. Das Kunststück ist, eine gute Steckrübe zu kriegen. Sie sollte nicht bitter sein, aber das kann man ihr leider nicht ansehen.«

Die Haut der Rübe war fest. Ich drückte die Klinge hinein und zerteilte, dank Charlottes Schleifkunst, die Rübe mit einem glatten Schnitt. Die beiden Hälften fielen auseinander, und ein süßlicher Duft kitzelte meine Nase.

»Innen hellgelb und ohne Flecken«, stellte Charlotte zufrieden fest. »Mach weiter«, befahl sie. Die Arbeit war schnell getan. Charlotte schnitt zwei kleine Würfel aus dem Rübenfleisch heraus, reichte mir einen und schob sich den anderen selbst in den Mund. Genüsslich kaute sie ihren Happen. »Na, wie schmeckt 'ne gute Rübe?«

Ich überlegte. »Ein bisschen wie Kohlrabi … oder Radieschen?«

»Ne Röve is 'ne Röve, aber kein Radieschen!«, erklärte Charlotte entrüstet. »Dat sach mal bloß keinem Holsteiner! Dat is 'ne Doodsünn. Man möchte meinen, du kommst nicht von hier. Eine Steckrübe hat Charakter. Die kannst du mit keiner anderen Rübe vergleichen. Aber diese ist gut«, sagte sie. »Zart und süß. Da müssen wir mit den anderen Zutaten etwas zurückhaltend sein, damit sie das Rübenaroma nicht überdecken.«

Ich nahm das kleine scharfe Küchenmesser, das Charlotte mir hingelegt hatte, und fing an, die Rübenstücke zu schälen.

»Das ist kein Apfel«, raunzte sie mich an und nahm mir das Messer aus der Hand. »Du musst dicker schneiden, sonst kriegst du die Runzeln nicht weg. Außerdem will ich heute Abend nicht mehr hier stehen.« Ich musste zugeben, dass ihre Methode die Operation enorm beschleunigte. Das Kassler war inzwischen gar, und der Fleischsud wanderte in den Topf zu den grob zerteilten Rübenstücken. Oben drauf kamen die Möhren ebenfalls in groben Stücken. Charlotte hatte sie bereits geputzt.

»Die Wurzeln sind schneller gar«, sagte sie. »Die Rüben brauchen mindestens eine halbe Stunde.«

Die Küchenuhr bimmelte. Charlotte nahm die Kartoffeln vom Herd. »Ich drücke sie lieber durch«, erklärte sie. »Die Masse sollte sich locker binden. Du kannst sie natürlich auch stampfen. Allerdings verklumpen sie dann leicht.« Als sie damit fertig war, deckte sie die Schüssel mit der Kartoffelmasse ab und stellte sie zur Seite.

»So jetzt haben wir ein wenig Zeit«, sagte sie. »Komm mit! Ich will dir was zeigen.«

Wir gingen ins Arbeitszimmer. Ich bewunderte den neuen Computerbildschirm. Ein großes Format.

»Curved«, sagte sie stolz. »Hans hat ihn mir besorgt.« Der Mauspfeil huschte über die leicht nach innen gewölbte Fläche des Monitors. Ein Foto öffnete sich, und ich blickte auf eine grüne Wiese.

»Ein Suchbild«, hörte ich Charlotte sagen, und mein forschender Blick durchkämmte die Grasbüschel, bis ich sie sah. Sie saß mitten im Bild. Hoch aufgerichtet reckte die Feldlerche den Hals. Ihr braun gesprenkeltes Federkleid ließ sie zwischen den Grashalmen nahezu verschwinden. »Das ist Bruno«, erklärte Charlotte. »Und es gibt noch Anton, Rudi und Volker. Ich weiß, man soll ihnen keine Namen geben. Aber so fällt es mir leichter, sie auseinanderzuhalten.«

Die Ansicht wechselte zu einer Tabelle, einer Liste mit Zahlen. Datum und Uhrzeit über die Sichtungen der einzelnen Feldlerchen-Männchen waren darin verzeichnet sowie Dauer und geschätzte Höhe ihrer Singflüge.

»Der längste Singflug dauerte 30 Minuten auf rund 150 Metern Höhe«, sagte Charlotte und klickte auf eine Spalte in der Tabelle. »Hier steht es, unter Bruno. Er ist der Champion der Brutsaison. Ein echter Kracher.« Sie schnaubte. »Guck mal eine halbe Stunde lang durch ein Fernglas steil in die Luft! Danach musst du zum Chiropraktiker. Garantiert.« Sie rieb sich den Nacken. »Aber man hat keine Wahl. Lässt du den zeternden Punkt hoch oben am Himmel nur kurz aus den Augen, findest du ihn nicht wieder.« Sie zog den Mauspfeil über die Zeilen der Tabelle. »Außerdem sind da noch die drei anderen Streithähne. Glaub mir, seit ich Feldlerchen beobachte, habe ich großen Respekt vor den Profis. Ein Knochenjob, sage ich dir! Es hat 'ne Weile gedauert, bis ich die Daten zusammengestellt hatte. Gestern bin ich damit fertig geworden. Die Koppel liegt übrigens mitten im Windkraftareal.«

Ich war sprachlos. Das müssen wir melden!, war mein erster Gedanke.

»Ihre Singflüge reichen bis in den Bereich der Rotorflügel und darüber hinaus«, jammerte Charlotte. »Ich mag mir das gar nicht vorstellen.«

»Hast du die Naturschutzbehörde informiert?«, wollte ich wissen.

Sie nickte. »Sie meinten, dass es sich mit Abschaltzeiten

regeln ließe. Sie wollen das im nächsten Frühjahr nochmals überprüfen.«

»Und wer überprüft die Abschaltzeiten?«

»Na, wir!«, stellte sie trocken fest. »Außerdem war das hier die zweite oder gar dritte Brut. Für die erste im Frühjahr war ich zu spät dran. Vielleicht waren die Brutzeiten in diesem Jahr auch nach hinten verschoben. Die Brutsaison schwankt mit der Witterung. Ich frage mich, wie man da Abschaltzeiten festlegen kann. Wenn sie es richtig machen wollen, müssen sie die Auflagen für die Standzeiten der Anlagen jedes Jahr neu ermitteln.«

»Das werden sie nicht tun«, erwiderte ich. »Dafür ist der Aufwand zu groß.«

»Dann werden Abschaltzeiten nix bringen«, stellte Charlotte fest.

»Sie sind auch nur ein Alibi, durch das sich die Behörden aus der Verantwortung stehlen«, stellte ich fest. »Und die Naturschutzgutachter entziehen sich mit solchen Empfehlungen gern dem Verdacht der Gefälligkeit.«

»Solche Auflagen funktionieren doch nur, wenn sie den jahreszeitlichen Schwankungen immer wieder neu angepasst werden«, insistierte Charlotte. »Dafür müsste der Betreiber jedes Jahr Gutachter ins Feld schicken.«

»Wieso sollte er das tun, Charlotte?«, hielt ich erneut dagegen. »Das kostet nur und bringt ihm nichts ein. Im Gegenteil.«

Aus der Küche drang das Piepen einer Uhr. Charlotte sprang auf. »Jetzt kommt der Feinschliff«, sagte sie und eilte an ihre Töpfe. Ich folgte ihr. Meine Gedanken kreisten noch immer um Bruno und Co, während Charlotte im Nu aus der Rolle der Vogelkundlerin in die der Köchin schlüpfte. Ihre flinken Hände massierten voller Eifer das weiche Gemüse mit dem Kartoffelstampfer. Zuvor hatte sie den Kochsud aufgefangen.

»Musig muss es sein«, erklärte sie, während sie löffelweise nach und nach von der Kartoffelmasse einrührte und noch ein wenig von dem Sud dazugab. Immer wieder schmeckte sie ab, fügte zu, rührte um, prüfte die Konsistenz der Masse. »Perfekt«, sagte sie schließlich. »Mehr Kartoffeln dürfen nicht rein, weil die Rübe im Geschmack sonst zu sehr zurückgeht. Sobald die Rüben in den Winter gehen, wird ihr Geschmack etwas strenger. Dann gibst du mehr Möhren dazu. Die nehmen die Strenge raus. Jetzt noch salzen und pfeffern. Aber nimm bloß keinen Zucker!«, ermahnte sie mich. »Die Steckrübe ist süß genug.«

Wir setzten uns zu Tisch. Charlotte füllte die Teller. Eine Scheibe Kassler, eine Kochwurst, einen Klacks Senf und eine große Portion Rübenmus. Ich kramte das Handy hervor und machte ein Foto. Charlotte betrachtete ihr Werk. »Mein Leibgericht«, sagte sie und griff zum Besteck.

Es schmeckte vorzüglich. Aber bald überkamen mich Zweifel. »Die Würste und das Mus kriege ich hin, aber das Nackenkassler … So zart habe ich das noch nie hinbekommen.« Ich sah sie erwartungsvoll an.

Charlotte schüttelte entschieden den Kopf. »Das kannst du nicht von mir verlangen, dass ich für den Pahl koche!«

»Aber ich soll es tun«, maulte ich. »Wenn ich schon mit unserem gemeinsamen Gegner im Gespräch bleiben soll, dann habe ich wohl etwas Beistand verdient. Komm, Charlotte, nur den Braten. Bitte!«

»Eher setze ich ihm Reißnägel vor«, knurrte sie.

»Interessant«, sagte ich. »Ich hatte an Schmieröl gedacht.«

Schweigend aßen wir weiter. Von Zeit zu Zeit nippte Charlotte an ihrem Bierglas. Sie wirkte zufrieden, und ich hatte die Hoffnung noch nicht aufgegeben. »Das mit den Feldlerchen hast du richtig gut gemacht«, sagte ich.

Sie lachte. »Und wie schmeckt dir mein Rübenmus?«

»Wie bei deiner Oma.«

»Du hast sie doch gar nicht gekannt?«, wunderte sich Charlotte.

Ich lachte, suchte nach dem richtigen Wort. Wie hätte Jan sich ausgedrückt? »Voll gut!«, sagte ich.

Versonnen betrachtete Charlotte ihren frisch gefüllten Teller. »Einerseits ist es ein richtig gutes Gefühl, mit den Vögeln so vertraut zu sein, und dann macht es mich wütend, wenn ich mir vorstelle, …« Sie brach ab und schüttelte den Kopf. »Nein, in Wirklichkeit macht es mich traurig.«

Die Pause, die nun folgte, kam mir endlos vor. Ich fragte mich, wie ich den Abend mit den Pahls überstehen sollte. Ich könnte mich absetzen und Melanie bitten, ihnen ihren Pak Choi aufzutischen. Sie könnte sich endlich einmal nützlich machen. Ich könnte auch nachts nackt durch den Nebel wandern und krank werden. Letztendlich könnte ich sie ausladen. Einfach so.

»Ich mache den Braten«, platzte Charlotte in meine Fluchtpläne hinein. »Zwar geht ein Schwein dabei drauf«, gab sie zu bedenken. »Aber vielleicht hilft es den Vögeln.«

23

Anne-Rose Pahl klappte das Buch zu. »Wir gehen da nicht hin!«, sagte sie bestimmend und drückte ihren Nacken ins Kissen. Sie hatte es sich zur Gewohnheit gemacht, vor dem

Einschlafen ein paar Zeilen zu lesen. Meist hörten die Gedanken dann auf, um die Ereignisse des Tages zu kreisen. Die Sorgen jedoch kehrten spätestens im Dunkeln wieder zurück, weshalb sie manchmal das Licht brennen ließ. Sie blickte über die Lesebrille hinweg in das dämmerige Schlafzimmer hinein. Kaum zu glauben, dass ausgerechnet Henning diese Einladung zu Tom und Karo angenommen hatte. Henning, der in die Luft gehen konnte, wenn man nur den Namen dieser Frau erwähnte, und das mit einer Heftigkeit, mit der er nicht einmal seine Schwiegermutter bedachte. Diese Frau konnte ihren Mann richtig in Wallung bringen, was in Anne-Rose jedes Mal ein eifersüchtiges Misstrauen weckte. Aber sie ließ es nicht raus, sondern verbarg diese heimliche Seite ihres Wesens, die sie selbst nicht an sich leiden mochte, zerriss in ihrer Not, wenn sie sich nicht anders zu helfen wusste, ein Kleidungsstück und entsorgte alles, den Stoff mitsamt ihren Gefühlen, in den Behälter für Altkleider bei einem der Einkaufszentren, von denen es in der Umgebung einige gab. Auch in diesem Moment, so augenscheinlich entspannt neben ihrem Mann im Ehebett liegend, stieg dieser Gefühlscocktail aus Angst, Wut, Ohnmacht und Hass in ihr auf, eine berauschende Mischung, wenn sie sich ihr hingab. Unter dem Brustbein fing es an und flutete von dort aus Busen und Bauch, floss weiter bis in die Finger- und Zehenspitzen hinein und schickte ihr Läuse unter die Kopfhaut. Sie wusste, sobald der Strom die Schwelle der Kehle überwunden hatte, war es zu spät. Aber dieses Mal ließ sie es nicht so weit kommen. »Du sagst ihnen ab!«, hielt sie dagegen und spürte, wie sich das Ziehen allmählich wieder unter dem Brustbein verkroch, wo es sich einrollte, bösartig lauernd. Anne-Rose tat einen tiefen Atemzug. Sie blickte immer noch geradeaus über ihre Brille ins Dämmrige, vernahm das vertraute Schaben neben sich, musste nicht hinsehen, um zu wissen, dass ihr Mann sich das Kinn rieb. Aber dieses Mal bat sie ihn nicht, aufzustehen und sich zu rasieren. Sie wollte sich nicht selbst den Grund nehmen, ihn abzuweisen, wenn er sich später auf ihre Seite rollte.

»Es war Toms Idee«, sagte Henning. »Ich glaube, er braucht ein wenig Rückendeckung.«

»Rückendeckung?«, hörte sie sich mit belegter Stimme fragen. Sie räusperte sich. »Wofür?«

»Die Windmühlen«, sagte er. »Die Karo-Dame macht Probleme.«

Das war mal wieder typisch für ihn, wie er ihren Namen verpackte. Anne-Rose warf einen kurzen Blick zur Seite.

Henning lag auf dem Rücken, eine Hand am Kinn, und schaute wie sie in den Raum hinein. »Auf Tom ist immer Verlass. Neulich der Kadett. Du erinnerst dich. Ich kann ihn nicht hängen lassen. Ich bin ihm das schuldig. Außerdem …« Er hielt kurz inne.

»… geht es um ein Jahrhundertprojekt«, führte Anne-Rose seinen Satz zu Ende. Sie kannte seine Sprüche. Er redete von nichts anderem mehr.

»Ja, doch!«

Sie brauchte ihn nicht anzusehen, um zu wissen, wie er sie gerade ansah, ärgerlich funkelnd.

»Je mehr Verbündete wir haben, desto besser«, fügte er hinzu. »Ich tue das auch für uns.«

Anne-Rose hatte verstanden. Für sie und ihre beiden Söhne verbrachte er seine Feierabende auf Sitzungen, versäumte weder Beerdigungen noch Jubiläumsfeiern, verschenkte Lätzchen mit dem Dorfwappen zur Geburt eines neuen Gemeindemitglieds, kutschierte fußlahme Mitbürger zum Altenkaffee und zum Wahllokal. Auch wenn er sich manchmal beklagte, so sah sie doch, dass er die Aufmerksamkeit genoss, die ihm sein hervorgehobenes Amt in der Gemeinde und darüber hinaus verschaffte. Manchmal kam er ihr glücklich vor. In letzter Zeit war er sogar in Hochstimmung, wenn er von den Treffen zu seinem Jahrhundertprojekt zurückkehrte. Zuweilen fragte sie sich, ob er wirklich dort gewesen war, wohin er vorgab, gegangen zu sein. Nach solchen Tagen ging sie auf Spurensuche: ein verräterisches Haar auf dem Jackett, Reste von Make-up am Kragen des Hemdes. Sie wollte nicht glauben, dass eine reine Männerrunde in der Lage war, ihren Gatten derart in Euphorie zu versetzen. Aber einen Beweis für einen Seitensprung fand sie nicht. Doch das musste nichts heißen. Karo schminkte sich nicht. Anne-Rose verspürte ein Kribbeln unter dem Brustbein. Diese Frau erlaubte sich alles. Ging weg, um die Welt zu sehen. Kam zurück, heiratete den attraktivsten Kerl im ganzen Umkreis, bekam ein Kind von ihm, zog wieder los, kündigte den Job und kehrte zurück, um sich hier ein gutes Leben zu machen. Auch Anne-Rose hatte im Beruf pausiert, da waren die Jungen noch klein gewesen. Auch sie wäre gerne zu Hause geblieben, aber Henning hatte darauf bestanden, dass sie wieder arbeiten ging. »Oder willst du dort drüben einziehen und darauf angewiesen sein, dass unsere Söhne für unser Auskommen sorgen?«, hatte er gefragt und dabei auf das Hüttchen gezeigt, das Altenteilerhaus, in dem Hennings Mutter und Großvater gemeinsam ihren Ruhestand verbrachten. »Willst du nicht auch mal was von der Welt sehen?«

Sicher wollte sie das. Sie hatte nie Gefallen an ihrem Beruf gefunden, aber sie war nach etlichen Jahren auf ihre Stelle im Einwohnermeldeamt zurückgekehrt, ›reduziert‹ wohlgemerkt und damit erträglich. Sie zog sich die Lesebrille von der Nase. »Diese Frau kann uns nicht leiden«, sagte sie.

»Sie kann *mich* nicht leiden«, brummte Henning. »Aber damit werde ich alleine fertig.«

Sie schob die Brille in das Etui und legte es mit dem Buch auf die Konsole neben dem Bett. Ja, auch sie musste mit so manchem alleine fertig werden. Sie wusste von seinen heimlichen Fluchten mit dem Kadett. Sie hatte sich nie getraut, ihn darauf anzusprechen. Sie hatte Sorge, sich dann selbst offenbaren zu müssen. Auch sie wollte raus aus diesem Nest, allerdings richtig weg, für immer. Henning mochte noch so jammern und stöhnen, aber sie glaubte nicht, dass er den Mut aufbringen würde, seine ihm liebgewordenen Ämter und seine Jagd aufzugeben, einen Schlussstrich unter alles zu ziehen. So wie Männer nun einmal waren, suchte auch er nach Kompromisslösungen, um seine inneren Spannungen loszuwerden. Bloß nicht alte Gewohnheiten aufgeben wollen! Seine Ausbrüche aus dem gewohnten Leben hielt sie für kleinmütig. Sie traute ihm durchaus ein Doppelleben zu. Feige genug dafür war er, und sie fragte sich, wohin er nun fliehen würde, wo er doch seinen Kadett nicht mehr hatte?

Anne-Rose warf einen Blick auf das Nachbarbett. Henning lag noch immer auf dem Rücken. Aus dem leicht geöffneten Mund strömte sein Atem ruhig und gleichmäßig. Er schlief. Vielleicht reagierte er auch so heftig auf diese Frau, weil sie früher, vor ihrer Zeit, einmal etwas miteinander gehabt hatten, etwas, über das Henning nicht reden wollte. Grund genug, sich nicht aufeinander einzulassen. Alte Geschichten sollte man ruhen lassen. Jedenfalls würde sie ihm zu keinem neuen Fluchtweg verhelfen. Wenn er Toms Einladung nicht absagte, würde sie es tun. Ihr würde schon etwas einfallen. Sie drehte sich auf die Seite, streckte den Arm unter der Bettdecke hervor und knipste das Licht aus.

24

Das Essen fiel aus. Angeblich hatte Anne-Rose einen grippalen Infekt. Ich sah sie am Samstag beim Einkaufen. Aber davon sagte ich Tom nichts. Das Rübenmus kochte ich trotzdem für uns, und Charlotte spendierte den Braten. Gut organisiert, wie sie war, hatte sie vorgekocht.

Schlagartig wurde es kalt. Die Landschaft erstarrte über Nacht und war am anderen Morgen, unter weiß glitzerndem Raureif, um Jahre gealtert. Die Sonne hatte auf LED umgestellt und schien kraftlos durch eine rissige Wolkendecke, angesichts entwurzelter Bäume, geknickter Äste und zerbrochener Dachziegel das einzig Versöhnliche nach den stürmischen Tagen. Als hätte der Sturm meine Triebfeder auf Spannung gebracht, huschte ich ziellos wie eine Spielzeugmaus durchs Haus. Am Mittag schwang ich mich aufs Rad und fuhr in den Forst. Ich war erleichtert, als ich den Rotmilanhorst hoch oben fest und unbeschadet in der Astgabel der Buche vorfand. Aber der Wechselhorst war weg. Zunächst hielt ich es für einen Sturmschaden und suchte den Boden darunter nach Ästen und Zweigen ab, den Resten von Baumaterial. Nicht ein einziges Zweiglein konnte ich finden. In einem Umkreis von gut drei Metern um den Stamm herum war das Laub trocken bis auf den Grund, als wäre alles mitsamt der unteren feuchten Laubschicht abgetragen und der freigelegte Boden mit lockerem Laub wieder zugedeckt worden. Ich dehnte meine Suche weiter aus. Nichts. Der Wechselhorst hatte sich in Luft aufgelöst. Fassungslos schaute ich den Stamm hinauf in das lichte Geäst. Es war nun einmal so, dass auf diesem Planeten die Schwerkraft den Fall aller

Dinge bestimmte, und ich fragte mich, ob den Wechselhorst das gleiche Schicksal ereilt hatte, das auch unsere Petition auf den mysteriösen Wegen ministerialer Bürokratie hatte verschwinden lassen. Auf Nachfrage hatten wir erfahren, dass unser 75-fach gezeichneter Appell für den Erhalt unserer Landschaft und den Schutz ihrer Bewohner, seien es Mensch oder Tier, in Kiel sang- und klanglos untergegangen war, als hätte es diese Stimmen niemals gegeben. Je länger ich darüber nachdachte, desto deutlicher erkannte ich die Methode hinter beiden Verlusten. Hier wurde totgeschwiegen. Eine Petition verschwand so spurlos wie der Wechselhorst des Rotmilans, als hätte es beides nie gegeben. Das konnte kein Zufall sein. Zum Glück hatte der Täter – ich gebe zu, ich hatte ein bestimmtes Gesicht vor Augen – im Eifer seiner Schandtat den Haupthorst übersehen. Ich hatte es geahnt. Es war meine Schuld. Ich hatte die Vögel verraten.

Dann kam der Schnee und deckte alles zu. Ich will nichts beschönigen. Während ich durch die verzauberte Landschaft stapfte und meine Zweifel unter mannshohen Schneewehen vergrub, wurde in den Hinterzimmern von Gemeinden, Ämtern und Ministerien mit Ameiseneifer Wind-Geschichte geschrieben. Kurz vor Weihnachten war der neue Regionalplan für Windenergie rechtskräftig geworden. Die Profiteure der Windindustrie ließen die Sektkorken knallen. Mehr denn je rühmten sie sich ihrer angeblich hehren Ziele, huldigten ihrer Klimaschutzgottheit, die den ersehnten Geldregen in die ausgedörrten Kassen der Kommunen versprach, sollten sie viele und besonders hohe Windräder bauen. Früher ging man dafür in die Kirche und entzündete Kerzen.

All das erfuhr ich erst später. Noch gab ich mich dem Stillstand des Winters hin, knackte Nüsse und vertiefte mich in einen Roman aus der Karibik. Während ich müßig auf dem

Sofa meine schmerzempfindlichen Glieder pflegte, wucherte der Pachtzins für Windräder mit jedem Meter, den sie in den Köpfen der Planer an Höhe gewannen, und mit jedem Megawatt, das sie an zusätzlicher Leistung versprachen. Und dann, eines Abends, brachte Tom von einer Hinterzimmersitzung – sie hatten ihn tatsächlich in ihren handverlesenen Kreis aufgenommen – einen neuen Begriff mit nach Hause, der mich aufhorchen ließ. Während ich also dabei war, die Schrecken meines kleinen Lebens demütig ins Verhältnis zum großen Rest zu setzen – auch der Bau des Panamakanals verlangte Opfer –, erklärte mir Tom, Hess & Co wollten nun die maximale energetische Ausnutzung der Fläche unter Vertrag nehmen, womit sich der Pachtzins dem Fortschreiten der technologischen Möglichkeiten flexibel und optimal anpasste.

»Wie viel?«, wollte ich wissen.

»50.000 pro Anlage plus Umsatzbeteiligung.«

»Und wenn wir das Haus aufgeben?«

»Dann wäre Platz für zwei.«

Tom legte eine Mappe auf das Biedermeiertischchen. Seine Augen leuchteten. »Der Vertrag«, sagte er feierlich, drehte das Dokument, sodass ich die Schrift lesen konnte, und schob es zu mir herüber. Er tat dies mit Bedacht, ließ mir Zeit, meine Gedanken zu ordnen. Maximale energetische Ausnutzung! Mein erster Impuls war, aufzuspringen und nach der Übersetzung ins Tschechische zu suchen. Ohne eine Aufrüstung von Phasenschiebertransformatoren an den Stromnetzgrenzen zu den Nachbarstaaten, die bereit waren, die Netzüberlastung hierzulande abzupuffern, war dieses hochgesteckte Ziel meines Dafürhaltens undenkbar. Ich bezwang meinen Fluchtreflex und konzentrierte mich auf das Deckblatt der Mappe in Hochglanz vor mir auf dem Tisch. Ich starrte auf ein Foto mit Picknickszene auf grüner Wiese. Junges Familienglück mit

Schulkind und buntem Spielzeugwindrad. Dahinter, fernab und unscharf, rotierten die Flügel einer Windkraftanlage.

»Die Anlage auf dem Foto hat keine 100 Meter«, stellte ich fest. Inzwischen konnte ich anhand der roten Markierungen auf Mast und Rotorflügeln ihre Höhe einschätzen.

»Willst du nicht einen Blick in den Vertrag werfen?«, fragte Tom. Er schob eine Hand vor, um das Deckblatt zu wenden.

»Lass das!«, sagte ich. »Ich bin noch nicht fertig.« Mein Finger tippte auf das Abbild der Windkraftanlage. »Schau her! Die Flügelspitzen sind weiß, und der Mast hat keinen roten Ring. Außerdem kann ich auf der Gondel weder eine weiße noch eine rote Befeuerung erkennen. Ich dachte, sie wollen höhere Anlagen bauen. Weshalb zeigen sie uns dann die kleinen?«

»Ist das so wichtig?«

»Für mich schon!«, entgegnete ich spitz und klappte trotzig die Mappe auf. Vor mir lag der Vorvertrag für ein Pachtabkommen über einen Zeitraum von 20 Jahren plus zwei mal fünf Jahre Option. Ich war am Ziel meines Plans angekommen, und nun sperrte ich mich gegen das begehrte Beutestück, das mir Auskunft über das Geschacher hinter den Kulissen gab. Mir war nicht wohl bei der Vorstellung, dass auch ich bald meine Karten auf den Tisch legen müsste.

Ich überflog die Zeilen. So wie Tom mir berichtet hatte, sollte die Leistung der Anlagen zum Zeitpunkt der Errichtung dem dann aktuellen technischen Stand angepasst werden. Der Pachtzins war entsprechend der installierten Megawattzahl gestaffelt angegeben und setzte sich aus einer Grundgebühr plus Stromumsatzbeteiligung zusammen. Da die Genehmigungsbehörde die endgültige Position der Anlage bestimmte, bestand für den Landverpächter kein Anspruch auf eine Windkraftanlage. Allerdings könnte sein Land für die Bauarbeiten und die Zuwegung benötigt werden. Für den späteren Rückbau der Anlagen bis zu einem Meter unter Oberkante wurde die Übernahme von Kosten bis zu 100.000 Euro garantiert.

Ich schaute auf und sah in Toms erwartungsvolles Gesicht.

»Sie versprechen uns Vergünstigungen bei der Stromversorgung«, sagte er.

»Davon steht hier aber nichts«, gab ich zurück und schaute wieder in den Vertrag. »Bei welcher Tiefe beginnt der Betonsockel?«

»Was weiß ich?« Tom zuckte die Achseln. »Einen oder zwei Meter unter der Erdoberfläche. Das Land lässt sich weiterhin bewirtschaften.«

»Dann lassen sie ihn drin«, sagte ich.

»Wo ist das Problem?«

»Verstehst du denn nicht?« Meine Frage klang schrill. Ich holte tief Luft und zwang mich, langsam zu sprechen. »Sie übernehmen die Kosten für den Rückbau nur für die sichtbaren Teile der Anlage. Den Betonsockel entfernen sie nicht. Die Bohrlöcher für die Fundamente können bis zu 25 Meter tief sein. Sie lassen uns auf Abertausend Tonnen von Stahlbetonschrott sitzen.«

»Wenn wir verkaufen, kann uns das egal sein«, hielt Tom dagegen.

»Genau deshalb werden sie nicht kaufen. Sie versiegeln die Böden, kassieren Subventionen, ohne Rücklagen für den gesamten Rückbau davon einzubehalten, und ziehen sich hiermit …«, mein Fingernagel klopfte dumpf auf das Papier, »… aus der Verantwortung.«

Tom schwieg. Er sah genauso verstockt aus wie Jan, wenn ich ihm seine Zeit am Computer rationierte.

»Wer weiß schon, was in 20 Jahren mit uns sein wird?«, versuchte ich einzulenken. »Ich weiß nur, dass das hier«, ich wischte abfällig über das Dokument, »die Zustimmung zu einer massiven Bodenversiegelung ist. Die Entsorgung der Altlast würde uns ruinieren. Willst du deinem Sohn dieses stahlharte Windei vermachen?«

Tom sprang auf. Er schrie. »Du hast es niemals gewollt! Du wolltest von Anfang an nicht unterschreiben.«

Ich erschrak. Diese Wendung kam mir zu früh. Ich war noch nicht fertig. »Umsatzbeteiligung!«, setzte ich nach und lachte verächtlich. »Was erwartest du? Effektiver oder subventionierter Umsatz? Schau dir doch an, wie oft sie die Anlagen abstellen müssen, weil sie den Strom nicht abführen können! Der Staat zahlt ihnen dennoch den Ausfall. Deshalb wollen sie auch diese maximale Ausnutzung, denn die Ausfallzahlungen richten sich nach der theoretischen Leistung der Anlagen. Hess & Co ist doch nur ein Zwischenhändler. Wer weiß, wer sich da noch reinhängen wird. Jedenfalls kassieren sie die Subventionen, und wir stopfen das Loch im Minusgeschäft über unsere Stromrechnung.«

Tom war zum Holzofen hinübergegangen. Er griff einen Holzscheit aus dem Stapel an der Wand und hockte sich hin. Er zog die Ofenklappe auf. Funken sprühten, als der Birkenklotz in die Glut polterte. Tom verriegelte die Klappe. Noch in der Hocke drehte er sich zu mir um. Dann ließ er sich nach hinten auf den Boden sinken und schlug die Knie übereinander. Müde sah er mich an. »Weshalb schickst du mich dorthin, wenn du so darüber denkst?«

Schlagartig war mein Kopf leer. Was sollte ich antworten? Vor uns auf dem Tisch lag der Beweis für meine bösen Ahnungen. Das hier war Teufelswerk. Hatte ich gehofft, Tom würde irgendwann ein Einsehen haben? Hatte ich wirklich geglaubt, ihn zurückzugewinnen, wenn er endlich verstünde, was gespielt wird? Ich schaute weg, zum Fenster hinüber, sah mich selbst im Spiegel der Dunkelheit, ernst und mit einem bitteren Zug um den Mund. Ich ertrug diese Diskussionen nicht mehr. Ich ertrug ihn nicht mehr. »Du hast es so gewollt«, sagte ich, stand auf und ließ ihn allein.

25

Anfang März kehrten die Rotmilane, pünktlich wie immer, aus dem Süden zurück. Für mich waren sie die Vorboten des Frühlings. In ihrem Blick leuchtete das überheblich wissende Lächeln der Fernreisenden, die sich mit Einbruch der nasskalten Jahreszeit in wärmere Gefilde absetzten. Aber dieses Mal wollte der Winter nicht weichen und empfing die Rückkehrer mit Kälte und Schnee. Auch unser Rotmilanpaar hatte sich beim Abzug ins Winterquartier getrennt. Ich wartete jedes Mal mit großer Spannung auf den Moment, wenn sie im Frühjahr an ihrem angestammten Brutort einander wiederfanden. Daher wunderte es mich nicht, dass ich den Vogel zunächst allein fliegen sah. Ich war mir sicher, dass sein Partner bald dazustoßen würde. Mitte März fiel noch einmal Schnee. Es war zu kalt zum Ansitzen. Täglich kreiste ein einzelner Rotmilan über unserem Anwesen und spähte nach Nahrung. Ich bedauerte es, kein Huhn im Stall zu haben. Ich hätte es ihm spendiert. Jeden Tag rief Charlotte mich an, um mir voller Begeisterung zu berichten, dass er gerade über der Siedlung seine Kreise zog. Ende März war er immer noch Single, und ich fing an, mir Sorgen zu machen. Vielleicht war seinem

Partner auf der weiten Reise bis hinunter auf die Iberische Halbinsel etwas zugestoßen. Mit etwas Glück würde er dann bald einen neuen Partner finden, aber ob es dem frischgebackenen Paar gleich im ersten Jahr ihrer jungen Ehe gelänge, eine Brut aufzuziehen, war fraglich. Die Kolkraben waren längst dabei, ihre Nester einzurichten, einige brüteten bereits. Auch für den Rotmilan wurde es Zeit, sich um seinen Horst zu kümmern.

Eines Sonntagmorgens saß ich am Fenster, nippte an meinem Tee und schaute hinaus. Die ersten Sonnenstrahlen rissen Nebelfetzen aus dem kalten Dunst tief am Boden der Koppel. Zwei Schatten huschten über den Hof und holten mich aus meiner Verträumtheit. Wie elektrisiert sprang ich aus dem Sessel und sah aus dem Fenster in den Himmel hinauf. Mein geschultes Auge erfasste sogleich die Schwanzgabel. Zwei Rotmilane flogen umeinander wie in einem rasenden Tanz. Schmal wie Pfeile schossen die Vögel durch die Luft, dann in einer abrupten Kehre hoben sie die Flügel, spreizten den Stoß. Die langen schwarzen Federfinger der ersten fünf Handschwingen waren elegant nach oben gebogen. Sie waren vollzählig wie der Rest des Gefieders zu dieser Jahreszeit. Welch ein Fest! Endlich zu zweit! Ehe ich einen klaren Gedanken fassen konnte, kreisten sie bereits hoch über der Koppel. Dann stoben sie gemeinsam davon zum Wald hinüber. Ein Atemzug, und weg waren sie.

Ich stürmte in Jans Zimmer. »Jan, steh auf! Wir müssen auf Ansitz!«

Aber mein Sohn rührte sich nicht. Das Jahr zuvor hatte er mich begleitet, so oft er nur konnte. Vor ein paar Wochen war er sogar mitgekommen, um weiter nach Horsten zu suchen, die Markierungen an alten Horstbäumen zu erneuern, im moderigen Herbstlaub darunter nach Federn, Rupfungen und sonstigen Hinterlassenschaften zu stöbern, die uns Aufschluss über die ehemaligen Bewohner gaben. Ich hatte noch Hoffnung, ihn zurückzugewinnen.

Die Pubertät ist keine Krankheit, entschied ich, und ließ ihm keine Ruhe, bis er, schlaftrunken und faltig wie ein im Winterschlaf gestörter Igel, in seine Feldstiefel schlüpfte. Ich konnte auf ihn nicht verzichten. Ich musste unbedingt wissen, wohin sie geflogen waren. Ich hoffte, anhand ihrer Flugbewegungen zu erfahren, wo sie in diesem Jahr ihren Horst beziehen würden. Jan sollte die Nordseite des Wäldchens im Blick behalten, während ich am südlichen Waldrand Stellung bezog.

So gegen halb neun war ich an meinem Ansitzpunkt. Ich setzte mich in den Schatten eines Knicks mit Blick auf den Wald und schaute über die Wipfel der Bäume hinweg. Durch das zarte Wolkengewebe schimmerte es aquamarinblau. Eine schlaftrunkene Sonne kroch den frühen Märzhimmel empor. Ich fror. Ich wusste, ich riskierte wieder einen Schub, der mich tagelang ans Bett fesseln würde. Zwar hatte ich mich in Daunen und Thermoklamotten gepackt, aber das lange Ansitzen in den klammkalten Morgenstunden des noch jungen Jahres, dieses Verharren in starrer Unbeweglichkeit war Gift für meinen Körper.

Gegen neun tauchte er endlich über den Bäumen auf. Der Rotmilan kam aus Richtung Nordwest geradewegs auf mich zu. Unmittelbar hinter dem Waldrand ließ sich der Greif nach unten sinken, drehte nach Osten, sauste recht tief auf Höhe der Stämme den schmalen Saum zwischen Wald und offenem Feld entlang und verschwand hinter der nächsten Biegung. Nach wenigen Sekunden war alles vorbei und ich außer Atem, als hätte ich selbst diesen Kunstflug vollbracht. Der Eindruck des Moments zuckte als rostbrauner Blitz in mir nach, beinahe unwirklich. Ob Männchen oder Weibchen, es war ein prächtiges Tier. In wenigen Sekunden würde auch Jan ihn sehen können. Jetzt war es wichtig, seine Flugroute im Blick zu behalten. Ich wählte Jans Nummer und ließ das Handy dreimal läuten, das vereinbarte Zeichen, wachsam zu sein. Nach einer halben Stunde war ich vor Kälte steif wie ein Brett und beschloss, ein paar Schritte zu tun. Ich fragte mich, weshalb Jan nicht geantwortet hatte? Auch auf meinen zweiten Anruf, den ich hatte durchläuten lassen, hatte er nicht reagiert. Ich verließ meinen Ansitz und machte mich auf den Weg zu meinem Sohn. Der Pfad führte am Waldrand entlang, der Flugroute des Rotmilans folgend, und endete an einer kleinen Verkehrsstraße. Gleich gegenüber lag der Abzweig des Waldweges, den auch Jan gegangen sein musste, um auf die Nordseite des Buchenbestandes zu gelangen. Ich tauchte in das Reich der Baumriesen ein. Zart glitten die Sonnenstrahlen durch die noch kahlen Kronen, und ihr Schattenspiel warf einen fleckigen Teppich in diesen zeitlosen Raum, in dem ich gerne länger geblieben wäre. Nach kurzem Fußmarsch stieß der Weg bereits auf offenes Weideland. Hinter der nächsten Koppel hatte Jan seinen Posten bezogen.

Ich fand ihn schlafend am Wegesrand. Der Dreifuß war umgekippt. Jan musste im Sitzen eingeschlummert und zu Boden gesackt sein. Die Knie an den Bauch gezogen lag er da wie ein Embryo. Sein Kopf ruhte auf den platt getretenen Überresten eines Maulwurfhügels, als wäre diese Ruhelage von ihm vorausschauend vorbereitet worden. Ich betrachtete sein in Schlaf versunkenes Profil. Nichts darin schien mir vertraut, und ich verspürte eine wachsende Unruhe. War das wirklich mein Kind? Eine Woge von Panik ergriff mich, und ich weckte ihn schnell, noch ehe mich diese Gefühlsflut vollends erfasste. »Ich hab ihn gesehen«, sagte ich.

Jan blinzelte gegen das Sonnenlicht. »Wen?«, fragte er.

»Was ist mit dir?«

Er rappelte sich hoch, rieb sich die Augen. »Was soll schon sein?«, murrte er. »Ich bin todmüde.« Er riss den Mund weit auf und gähnte.

Eine makellose Zahnreihe blitze mir entgegen. Sie hatte keiner kieferorthopädischen Korrektur bedurft. Dies ist, wie die Farbe seiner Augen, ein Erbe großmütterlicherseits, das ich an ihn weitergeben durfte. »Er flog von Südost in deine Richtung«, sagte ich. »Hast du meinen Anruf nicht gehört?«

Umständlich wühlte er in den Taschen seines Parkas. Dann hob er die Schultern und zog die Mundwinkel bedauernd nach unten. »Nicht dabei!«, krächzte er.

Das hätte auch mir passieren können, dachte ich und kniff die Augen zusammen, damit er mein Schmunzeln nicht sah. Es sprach doch einiges dafür, dass er mein Kind war.

Nach seinem Nickerchen auf dem Maulwurfshügel hatte Jan keine Eile nach Hause zu kommen. Er war aufgekratzt, redete wie ein Wasserfall über seine Pläne – er wollte Karatelehrer werden und nach der Schule für ein Jahr nach Japan gehen –, und er schritt aus, als trainierte er für einen Gehmarathon. Ich vermochte ihm kaum zu folgen.

Atemlos steuerte ich auf eine betagte Eiche zu. Ich gab ihm ein Zeichen, langsam weiterzugehen. »Bin gleich wieder da!«, sagte ich. Im Schutz des Stamms ließ ich meine Textilschichten herunter und hockte mich hin. Dieser willkommene Moment der Erleichterung verhalf mir zu ein paar erholsamen Atemzügen.

Ich konnte die Richtung des Geräuschs nicht ausmachen, aber es gehörte unverkennbar zu einem Wagen, der näherkam. Ich gab ein wenig Druck auf meine Eingeweide, wunderte mich über den schier endlosen Strom, der sich daraus ergoss, hörte eine Autotür schlagen und dann Jans Stimme.

»Moin!«, rief er.

»Moin«, erwiderte eine Männerstimme. »Gehört ihr zu den Biologen aus Flensburg?«

»Nö«, sagte Jan, »wir sind von hier.«

Ich stellte mir vor, wie er nach Westen zeigte, hoffte, dass er den Mann noch ein wenig hinhalten würde, bis … Mist, der Reißverschluss klemmte. Von was für Leuten redete er? Ich wurschtelte mein Hemd in die Hose, strich den Daunenparka glatt und trat auf den Weg. Der Mann riss die Augen weit auf, als er mich erblickte. Ich erkannte in ihm den Verwalter des benachbarten Guts. Hinter ihm tuckerte der Geländewagen im Leerlauf. Sein plötzliches Grinsen irritierte mich. Hatte ich mir auf die Schuhe gepinkelt?

Er wies auf mein Fernglas. »Und, sehen Sie was?«, wollte er wissen.

Was ging ihn das an? Außerdem: Hatte er keine Augen im Kopf? »Dies und das«, gab ich maulfaul zurück und dann einer plötzlichen Eingebung folgend: »Übrigens haben wir sie vorhin gesehen.«

Er schaute verwirrt. »Wen?«

»Na, die Leute, nach denen Sie meinen Sohn gefragt haben. Diese Biologen.« Ich zeigte in seine Fahrtrichtung. »Sie fuhren dort hinüber. Ist schon eine Weile her.«

Verständnislos schüttelte er den Kopf. »Nö, kann nicht sein.« Er wandte sich zum Gehen.

Ich spürte, wie Jan mich neugierig ansah. ›Mama, du lügst‹, hatte er mich als kleiner Junge geschimpft, wenn ich ihn mit Unwahrheiten foppte. Jetzt hielt er zum Glück seinen Mund.

»Flensburger Kennzeichen«, rief ich dem Mann hinterher.

Der Verwalter drehte sich um, nickte. »Das sind sie.«

Ich hatte schon immer eine Schwäche für meine wortkargen Landsleute gehabt. »Ich sehe sie hier nicht das erste Mal«, flunkerte ich weiter. »Muss man aufpassen?«

»Nö, lassen Sie mal. Hat alles seine Richtigkeit.«

Ich fragte mich, was daran richtig sein sollte, wenn Biologen aus Flensburg hier herumfuhren und die Herren der Gegend, die Landwirte und Jäger, nichts einzuwenden hatten? In den Wertvorstellungen beider Berufsgruppen gab es für mich keine gemeinsame Schnittmenge. »Was wollen diese Leute denn hier?«, hakte ich nach.

Der Verwalter hatte einen Fuß in den Wagen gestellt. »Vögel zählen«, rief er zurück und lachte. »Toller Job. Hätte ich auch gern.«

Am nächsten Morgen parkte ein weißer Kombi im Heckloch zwischen dem Knick und unserer Koppel. Ich stand am Fenster und hielt mein Swarovski auf das Nummernschild gerichtet. Das waren sie. Ich sprang in die Gummistiefel, warf den Daunenparka über und eilte nach draußen. Ein eisiger Wind schnitt mir ins Gesicht. Ich hatte in der Hast meines Aufbruchs die Mütze vergessen. Ich zog die Kapuze über und zurrte das Band ganz fest, bis mein Gesicht bis auf Augen und Nase verhüllt war. Ich musste einen Respekt einflößenden Anblick geboten haben, denn die Leute – zwei Männer und eine Frau – blickten mir verschüchtert entgegen. Ihre Augen streiften immer wieder das Fernglas, das mir an seinem Riemen vor der Brust pendelte, während ich mit Elefantenschritten auf sie zu stapfte.

»Guten Tag«, gab ich mich förmlich und drückte jedem die Hand. »Womit kann ich dienen?«

Die jungen Leute schauten sich verlegen an. Dann ergriff einer der Männer das Wort: »Jens Finke mein Name! Wir sind auf der Suche nach einem guten Platz für unseren Ansitz.«

Ich stellte mich dumm. »Das hier ist kein Jagdgebiet.«

Finke schüttelte den Kopf, lächelte. »Wir sind keine Jäger. Wir kommen, um Vögel zu beobachten.«

Ich nickte, tat so, als würde ich begreifen. »Wäre nett gewesen, wenn Sie sich angemeldet hätten«, sagte ich.

»Ich dachte, die Gemeinde hätte Sie informiert.« Er schien ehrlich erstaunt.

»Weshalb sollte sie?« Ich nahm wahr, wie die Blicke der drei sich unsicher trafen, dann in die Weite schweiften.

»Ist kein guter Platz«, erklärte der andere der Männer. »Zu windig hier.«

Mein Lachen geriet zu einem Bellen. »Gerade deshalb ist er ja gut!«, platzte ich heraus und schwenkte einen Arm durch die Luft. »Das hier ist die große Segelschule der Greife.« Ich überlegte kurz, ob ich die Vista splendida von meinem Wohnzimmerfenster aus erwähnen sollte, besann mich jedoch auf meine Frage zurück. »Suchen Sie etwas Bestimmtes?«

»Nichts Bestimmtes«, erwiderte Finke. »Wir kartieren die Brutvögel in diesem Gebiet.«

»Welches Gebiet?«

Umständlich knöpfte er seine Jacke auf, öffnete den Reißverschluss, zog eine Rolle aus dem Futteral und entfaltete sie. Ich blickte auf einen Ausdruck der mir bereits vertrauten topografischen Karte, 1:50.000, aber diese war wasserfest laminiert und mit Aufklebern versehen. Ich erkannte darauf das Dorf, den Forst, das Buchenwäldchen und schließlich mein Haus. Ein großes Areal war rot umrandet. Ein weiterer, blau gestrichelter Kreis zog sich laut Maßstab im Abstand von einem Kilometer um diese rot markierte Fläche herum. »Das ist der Kartierungsraum«, erklärte Finke.

»Wen interessiert das?«, wollte ich wissen.

»Die Gemeinde.«

»Das glaube ich nicht!«

»Fragen Sie Ihren Bürgermeister!«

»Der ist Jäger und hätte am liebsten den Uhu verjagt, weil er angeblich seinen Hasen nachstellt«, erwiderte ich.

Die jungen Leute starrten mich an.

Ich starrte zurück »Nun! Für wen arbeiten Sie?«

»Wir kommen im Auftrag der Gemeinde«, wiederholte Finke sichtlich bemüht, seine Ungeduld zu verbergen.

»Die Gemeinde hat kein Geld für solchen Luxus«, erklärte ich schroff. »Sie machen das doch bestimmt nicht umsonst!«

»Wir wollten Sie nicht belästigen«, schaltete sich die Frau nun ein.

»Mich belästigen?«, verhöhnte ich sie. »Da müssen Sie die Tiere fragen, ob es ihnen recht ist, dass Sie ihnen ins Privatleben schauen.« Drei Augenpaare waren nun auf mich gerichtet, und in allen las ich dasselbe vernichtende Urteil: durchgeknallt!

Ich hätte hier aufhören und gehen sollen. »Sie sollten wissen, ich war einmal ein Roter Milan«, rief ich stattdessen und warf meine Arme in die Luft. Als wäre das nicht genug, fing ich an, mich zu drehen, zog die Bögen immer weiter und überließ mich dem Schwung meines Körpers, wirbelte in wildem Tanz um die jungen Leute herum. Abrupt blieb ich stehen. Alles drehte sich. Ich strauchelte.

Jens Finke sprang auf mich zu, wohl um mich zu stützen. Schnell duckte ich mich weg und entwischte ihm. »Sie finden mich dort, wenn Sie Fragen haben«, japste ich und torkelte zum Haus zurück. Ihre dummen Gesichter hätte ich gerne fotografiert.

26

Die Gutachter nahmen mir meinen Veitstanz nicht übel. Immer, wenn ich sie sah, stellte ich mich auf einen Schnack zu ihnen. Sie kamen einmal die Woche, immer an einem anderen Tag wegen des systematischen Fehlers. Sie erklärten es mir, und ich gab es an Charlotte weiter, und weil Charlotte eine gute Köchin ist, erklärte ich es ihr so. »Du kochst dein Rübenmus nach dem Rezept deiner Oma, weil es so wie bei ihr schmecken soll. Du hast eine feste Vorstellung von dem Ergebnis. Den Gutachtern hingegen sollte es egal sein, was bei ihrer Untersuchung herauskommt. Sie wechseln die Wochentage, damit niemand behauptet, sie hätten nur die Montagsflüge der Vögel erfasst. Was aber ist an den anderen Tagen? Vielleicht sind unsere Rotmilane montags müde vom Sonntag und bleiben zu Hause. Vielleicht ist das Gegenteil der Fall. Wer weiß das schon? Oder es geht den Vögeln so wie den Menschen: Ab Mittwoch schlaffen sie ab und machen Freitagmittag die Schotten dicht.«

Charlotte lachte. »Vielleicht ist das der Grund, weshalb meine Röven un Wutteln immer ein wenig anders schmecken als bei Oma. Sie hat mir den Wochentag nicht verraten.«

Sie waren die Profis. Trotzdem beschlich mich der Verdacht, dass es den Biologen keineswegs egal war, was am Ende herauskommen würde. Da sie jedoch Profis waren, waren alle davon überzeugt, dass das Ergebnis ihrer Untersuchungen den Tatsachen entsprach, eben weil man davon ausging, dass es ihnen egal war. Ihr professionelles Egalsein war ihnen durch Titel und Diplome verbrieft. Ärgerlich war nur, dass es ihnen, aus meiner Sicht, in die falsche Richtung egal war, und der Fehler, der sich aufgrund ihrer Haltung nun doch nicht vermeiden ließ, ein gutachterlich verbürgtes Resümee vorausahnen ließ, das den Vögeln nicht gerecht werden konnte. Hinzu kam, dass im Frühjahr ein Kolkrabenpaar sich des Rotmilanhorstes bemächtigt hatte. Die Kolkraben hatten nicht nur in bewährter Manier ›das Badetuch‹ in Form eines Knäuels aus blauen Schnüren über den Nestrand geworfen – auch Kolkraben verbauen Plastik. Nein, mehr noch, sie hatten ihren Heimvorteil schamlos ausgenutzt und flugs ein paar Eier hineingelegt, bevor sich das verzögert wiedervereinte Rotmilanpaar auf sein Brutgeschäft eingestimmt hatte. Die Kolkraben dachten nicht daran, den Rotmilanen ihren angestammten Platz freizumachen. Für den Rotmilan war das kein Drama. Er baute schnell mal ein neues Nest. Wir hingegen standen vor dem Problem, es im mittlerweile dicht belaubten Blätterdach des Waldes zu finden. Es war mehr als ein Problem. Es war eine Herausforderung. Aber wozu hatten wir Profis? Na ja, nicht wir hatten sie. Immerhin arbeiteten sie im Auftrag der Gemeinde. Also doch für uns? Nein, so einfach war das auch wieder nicht. Die Gemeindekasse war leer und mehr als das. Der Säckel war ausgehungert und verschlang sogleich jede noch so bescheidene Einlage. Da half keine noch so gut gemeinte Sparmaßnahme, da waren vollmundigere Happen vonnöten. Der Investor des Windparks versprach satte Gewerbesteuern und erbot sich, das Gutachterbüro auszuwählen und alle für Planung und Gutachten anfallenden Kosten zu tragen. Der Investor traf die Brautwahl bei dieser arrangierten Hochzeit zwischen den Sachverständigen und der Gemeinde, die sich demütig dankbar in ihr Schicksal fügte. Und wie in einer solchen Familie üblich, bestimmte derjenige, der alles bezahlte, was auf den Tisch kam. Und der kochte sein eigenes Rübenmus, ob es den Gutachtern schmeckte oder nicht. Im Rübenmus von Hess & Co gab es weder Rotmilane im Plangebiet noch einen dazugehörigen Horst, und wenn doch, dann sollte er gefälligst nicht gefunden werden. Systematischer Fehler hin oder her, diese Suppe mussten die Gutachter auslöffeln, um – und dies ist keineswegs Ironie – nicht den eigenen Ruf zu gefährden. Wer wollte schon auf der Schwarzen Liste der Büros für Naturschutzgutachten landen, die sich den weniger einträglichen Luxus eines Berufsethos leisteten und sich an die Tatsachen hielten und nicht gefälligst den Vorgaben ihrer Geldgeber beugten? Der Kolkrabe jedenfalls rettete sie aus der eigenen Falle – gefühlt, mag sein auch moralisch gefühlt – und verleitete sie zu einer rhetorischen List, einer heimtückischen Verkettung scheinbar logischer Schlüsse, eine fadenscheinige ›reductio ad absurdum‹: ohne Horst keine Brut. Ohne Brut kein Revier. Ohne Revier keine Rotmilane. Für Charlotte und mich Grund genug, noch öfter durch das Gelände zu streifen und unsere Beobachtungsposten einzunehmen, selbstverständlich an wechselnden Wochentagen und zu unterschiedlichen Tageszeiten wegen des systematischen Fehlers. Auch wir waren lernfähig. Unsere Observationen meldeten wir brav den Behörden und mussten nicht lange warten, bis auf die Verleugnung die Verleumdung folgte.

Anfang Mai wurde es endlich wärmer. Zum ersten Mal ging ich frühmorgens ohne Handschuhe aus dem Haus. Ich holte das Fahrrad – mein eigenes und nicht Mutters klappriges – aus dem Schuppen, denn ich wollte die frühen Stunden für eine Feldkontrollfahrt nutzen. Ich nahm stets dieselbe Strecke, fuhr sie zügig und mit kleinen Pausen an immer denselben Aussichtspunkten. Meine Runde führte einmal um das gesamte Plangebiet herum und über die drei Stichwege mitten hinein, soweit sie befahrbar waren. In der Regel brauchte ich zwei Stunden dafür. Zu Fuß hätte ich nur einen Bruchteil der Strecke geschafft, obwohl ich lieber gegangen wäre, weil sich dabei mehr entdecken ließ. Die Fahrt mit dem Rad war ein Kompromiss zugunsten des Überblicks über das gesamte Gebiet. Immer noch besser, als das Auto zu nehmen.

An einer Weggabelung hielt ich an. Dort stieß der asphaltierte Feldweg auf die ehemalige Verbindungsstraße zur Nachbargemeinde. Seitdem es die neue Fahrstraße gab, wurde diese Strecke nicht mehr genutzt. Das, was von ihr übrig geblieben war, Straße zu nennen, war ziemlich gewagt. Der Asphalt war aufgebrochen und die Vegetation dabei, sich Grund und Boden zurückzuerobern. Grasbüschel wucherten in den Rissen, dazwischen reckten sich Schösslinge von Hainbuche, Ahorn, Eiche und Holunder, gähnten Schlaglöcher, in denen rostbraunes Wasser wie Henna in der Sonne glänzte. Zu dieser Jahreszeit war der Weg noch befahrbar. Über die Sommermonate würde die unverwüstliche Brombeere mächtig ins Kraut schießen und diesen Ort in ein schier undurchdringliches Dickicht verwandeln. Sich selbst überlassen, gedieh hier für allerlei Getier ein paradiesisch unberührtes Fleckchen Erde. Aber nicht dieser Wechsel des Weges hatte mich anhalten lassen. Zu meinen Füßen auf den Asphaltschollen lag ein zerrupfter Vogelkörper. Der Kopf fehlte, und die sterblichen Überreste waren in sich verdreht, als hätte jemand wild daran herumgezerrt. Ein Flügel war vollständig erhalten und lag wie ein Fächer ausgebreitet am Boden. Die gelblich braunen Federn mit den dunklen Schaftstrichen und die befiederten Beine und Füße gehörten ohne Zweifel zu einer Waldohreule, die einem anderen Greifvogel zum Opfer gefallen war. Ein frischer Anschlag, denn an den Knochen hingen noch Reste von rötlichem Fleisch. Ganz anders als bei der geschlagenen Taube, deren Überreste ich neulich auf einem Baumstumpf im Wald gefunden hatte, eindeutig die Rupfung eines Uhus, der lediglich Federn und Füße übrig gelassen hatte. Das hier sah ganz nach einem Habicht aus.

»Der Uhu putzt seinen Teller leer!«, hatte Vater immer gesagt. »Der Habicht nimmt sich nur das Beste!« Mir gefiel es nicht, sowohl Uhu als auch Habicht im Revier des Rotmilans zu wissen. Beide Greife waren vortreffliche Jäger und geschickte Nesträuber. Ihren Appetit musste sogar der Rote Milan fürchten.

20 Minuten später, ich hatte wieder festen Asphalt unter den Rädern, erreichte ich das Heckloch, in dem Charlotte meistens Position bezog. Es war ihr Lieblingsplatz, weil sie von dort aus weit über die Felder fast bis hinüber zum Wald sehen konnte. An jenem Morgen stand sie in der Durchfahrt zwischen Weg und Acker mit dem Rücken zu mir und blickte durchs Fernglas in den Himmel hinauf. Weit oben kreiste ein Seeadler. Die knochige, breite und an den Flügelenden gerundete Silhouette war unverwechselbar.

Ich schob das Fahrrad an den Randstreifen ins Gras und legte den Kopf in den Nacken. Wie ein fliegendes Skateboard segelte der Greif durch die Luft. Majestätisch glitt er über uns hinweg und verschwand in Richtung See.

»Das ist keiner von unseren Altvögeln«, sagte Charlotte und nahm das Fernglas herunter. »Sein Stoß ist noch braun.« Mit einem Blick über die Schulter schickte sie mir ein für sie ungewöhnlich kurz angebundenes »Moin«.

Ich stellte mich neben sie und schaute aufs Feld hinaus. »Tolle Sicht!«, sagte ich.

Charlotte wies zum Wald hinüber. »Der Bauer hat im Winter den Knick abgeholzt. Jetzt sehe ich, wenn sie von dort her anfliegen. Vorher tauchten die Rotmilane plötzlich über dem Feld auf, und ich konnte nicht sagen, aus welcher

Richtung sie kamen.« Sie nickte, wie um sich selbst zu bestätigen. »Sie kommen direkt vom Wald und jagen hier über der Koppel. Ich sag dir, irgendwo dort drüben ist ihr Nest. Wozu haben wir eigentlich Profis, wenn die keinen Horst finden können?«

»Herr Möller sagt, Gutachter finden grundsätzlich keinen Horst. Das stehe nicht in ihrem Vertrag.«

»Aber Zeit haben sie, bei der Naturschutzbehörde anzurufen, um mich zu denunzieren.« Charlotte schnaubte. »Die behaupten tatsächlich, ich könne keinen Seeadler von einem Mäusebussard unterscheiden!«

Das war also der Grund für ihre schlechte Laune. »Woher weißt du das?«, hakte ich nach.

»Die Beamtin dort hat es mir selbst gesagt. Sie glaubt uns nicht mehr.«

Es war nicht zu übersehen, dass sie litt.

»Vielleicht hab ich was falsch gemacht«, sagte sie kleinlaut. »Neulich stellte sich eine Biologin zu mir ins Heckloch, und wir kamen ganz nett ins Gespräch. Ich hatte sie vorher noch nie hier gesehen.«

Auch mir war aufgefallen, dass inzwischen andere Leute im Feld unterwegs waren. »Weißt du, wie sie heißt?«

Charlotte verzog das Gesicht. »Ich erinnere mich nicht mehr. Sie stellte sich mir als Aushilfe vor. Ein Mäusebussard jagte am Knick. Sie behauptete jedoch, es wäre ein Seeadler. Ich hab dann mal durch ihr Fernglas geschaut. Nix hast du gesehen. Nur Schleier. Billiges Fabrikat. Das hat ihr der Papi wohl auf der Kirmes geschossen. Da wundert mich nichts mehr. Ich bin ja höflich, denke, die sind die Profis – da widerspricht man besser nicht. Dass es eine Falle war, begriff ich erst, da war sie schon weg.«

»Kann jedem passieren«, sagte ich und drückte sanft ihren

Arm. Sie zog ihn zurück. »Es gefällt ihnen nicht, dass wir die Vögel beobachten«, sagte Charlotte.

»... und ihnen auf die Finger schauen«, sagte ich.

In ihrem Computer befand sich nicht nur eine akribisch geführte Dokumentation über die Flugbewegungen der Rotmilane. Auch die Aktivitäten der Gutachter hatten wir festgehalten. Wir konnten exakt angeben, mit wie vielen Leuten an welchen Tagen und zu welcher Zeit sie im Feld unterwegs gewesen waren. Wir misstrauten ihnen, denn sie benutzten eine abfällige Sprache, nannten das, was für uns eine klein parzellierte Knicklandschaft war, eine ›ausgeräumte Kulturlandschaft‹. Ausgeräumt! Für mich klang das nach DDR. Da wollte niemand mehr hin. Außerdem leugneten sie das Brutrevier des Rotmilans.

»Sie schicken Hilfskräfte ins Feld, um die Stunden zu schinden, die der Gesetzgeber vorschreibt, und um Kosten zu sparen«, sagte ich. »In Wirklichkeit haben sie abgeschlossen.«

Charlotte erschrak. »Das glaube ich nicht.«

Ich zuckte die Achseln. »Die Rotmilane haben sie abgehakt. Für den Seeadler werden sie auch eine Ausrede finden. Außerdem ist sein Horst zu weit weg. Jetzt müssen sie nur noch uns aus dem Feld schlagen. Deshalb denunzieren sie dich.«

»Na, dann«, sagte Charlotte und wandte sich zum Gehen.

Ich fasste ihren Arm, aber sie machte sich los.

»Was kann ich denn dafür?«, rief ich ihr nach.

Charlotte blieb stehen. »Im Dorf wird viel geredet«, begann sie zögerlich.

»Das ist mal was Neues«, gab ich ein wenig schnippisch zurück.

»Die Jäger sagen, hier gibt es keine Rotmilane«, fuhr sie fort. »Sie wollen sogar einen Eid darauf schwören.«

»Ihr blinder Fleck«, sagte ich.

»Sie lügen.«

»Nenn es, wie du willst!«

»Dein Mann …«

»Ich habe es aufgegeben, mit ihm darüber zu streiten«, fiel ich ihr ins Wort. »Tom ist eben Jäger.«

»Stimmt es, dass eine Koppel von euch im Plangebiet liegt?«

Mir lag ein Fluch auf den Lippen. Ich hielt ihn zurück. Ich hätte Charlotte einweihen sollen. »Wer sagt das?«, fragte ich, um Zeit zu gewinnen.

Sie hatte sich mir nur halb zugewandt, musterte mich argwöhnisch. »Dein Mann.«

Ich sah die breite Traktorfurche, eine klaffende Wunde, die unmittelbar vor mir durch das noch zarte, saftige Grün des Getreides schnitt. Am liebsten wäre ich in diese aufgerissene Erdspur gesprungen und hätte das Weite gesucht. Wie sollte ich es Charlotte erklären? Mein Kopf war leer wie bei Mariannes ›Wofür‹ und plötzlich lag mir dieser Satz auf der Zunge, der keine Antwort auf ihre Frage war, sich jedoch nicht zurückhalten ließ. »Herr Möller sagt, wir dürfen die Hoffnung nicht aufgeben, auch wenn wir kaum Chancen haben.«

27

Tom schloss das Büro zu. Er löschte alle Lichter der Werkstatt, drückte den Schalter für die automatische Verriegelung des Garagentors und trat in den sommerlich milden Abend hinaus. Hinter ihm glitt das Rolltor surrend nach unten. Eigentlich kein Wetter, um sich in einem Sitzungszimmer zu verkriechen, dachte Tom. Henning Pahl hatte kurzfristig zu einem inoffiziellen Treffen in die Amtsverwaltung gebeten, und Tom kannte die Räume, die Niels Zürn ihnen überließ. Sie waren kaum größer als das Kabuff von einem Büro in seiner Werkstatt. Tom schaute auf die Uhr. Er musste sich beeilen, wenn er pünktlich dort sein wollte. Vorher noch schnell duschen und die Klamotten wechseln.

Eine halbe Stunde später betrat er den Besprechungsraum, ein Schuhkarton, wie er befürchtet hatte. Bis auf einen waren alle Stühle besetzt. Uwe Donath saß neben Frank Lunau am runden Tisch, der fast das ganze Zimmer ausfüllte. Lunau hatte, wie schon einige Male zuvor, seinen Rechtsanwalt mitgebracht. Die beiden Juristen unterhielten sich angeregt. Sie schienen sich zu kennen oder hatten gemeinsame Bekannte. So genau konnte Tom es nicht ausmachen. Die beiden anderen Männer am Tisch kannte er nicht. Sie waren deutlich jünger als alle anderen, was durch ihre lässige Aufmachung noch unterstrichen wurde. Während Lunau und die Juristen wie üblich Anzüge trugen, waren die Gäste in Jeans und Turnschuhen gekommen, das übliche Understatement dieser späten Managergeneration. Ob dicke Armbanduhr oder der locker um den Hals geschlungene Schal, Tom wusste einfach zu wenig über Marken, hatte noch nie Polyester von Kaschmir unterscheiden können. Der schwarze Porsche Macan mit Hamburger Kennzeichen unten auf dem Parkplatz war ihm wohl aufgefallen. Neben den Gästen saß Heike Grün vom Planungsbüro und unterdrückte ein Gähnen.

»Moin«, sagte Tom und klopfte auf den Tisch.

Die Planerin zwinkerte ihm zu und wies auf den letzten freien Stuhl. »Nur keine Scheu!«, sagte sie. »Für Nachschub wird gerade gesorgt.«

Tom mochte ihre burschikose Art. Sie passte so gar nicht zu ihrem weichen Tonfall, der eindeutig südlich des Mains anzusiedeln war. Ihre sonst so gestylte Erscheinung war an diesem Abend von ihr abgefallen und ließ sie wie eine ganz normale Frau Mitte 40 aussehen, ein wenig müde von einem langen Arbeitstag, aber zufrieden und entspannt.

»Kennen sich die Herren?«, fragte sie und blickte von Tom zu den beiden Fremden. Ihr Blick kehrte zu Tom zurück. Vielleicht hatte er der Frau ein paar Sekunden zu tief in die Augen geschaut, vielleicht hatte er sich auch einfach zu spät den beiden Unbekannten zugewendet, jedenfalls wurde Heike Grün schlagartig ernst.

»Die beiden Herren sind von Ikarus Windsystems«, sagte sie förmlich. »Und das ist Tom …« Sie sah ihn auffordernd an.

Immerhin hatte sie sich seinen Vornamen gemerkt, freute sich Tom. »Einfach Tom«, erwiderte er und nickte den beiden freundlich zu.

»Ist Ikarus nicht abgestürzt?«, tönte es von der anderen Tischseite herüber. Frank Lunau grinste über das ganze Gesicht. »Er wollte zu hoch hinaus, nicht wahr?«

Uwe Donath legte seinem Nachbarn die Hand auf den Rücken. »Lass gut sein, Frank! Die Zeiten haben sich geändert. Hätten die Griechen damals das EEG erfunden, hätte sich Ikarus eine bessere Technologie leisten können. Wir brauchen die Risikobereitschaft junger deutscher Unternehmen …«

»… sonst überholen uns noch die Griechen.« Henning Pahl hatte den Raum betreten und bugsierte zwei Stühle durch die enge Gasse zwischen Tisch und Wand. Alle lachten.

Nur Frank Lunau blieb ernst. »Und was ist mit Niels?«, wollte er wissen.

»Der hängt in einer Besprechung fest«, erwiderte Henning

und drückte Tom zur Begrüßung die Schulter. »Wir fangen trotzdem an.«

Tom lehnte sich zurück. Er stellte sich aufs Zuhören ein. So kannten sie ihn, schweigsam, besonnen und kein Wort zu viel. So vertrauten sie ihm, dem Mann, der ihre Autos wieder flott und sicher machte. Wer gab schon gern seinen Autoschlüssel ab? Für Tom war es ein ungeschriebenes Gesetz, nie die Hand danach auszustrecken, stets geduldig zu warten, bis der Kunde ihm den Schlüssel überreichte. Auch legte er ihn nicht einfach ab oder ließ ihn in der Hosentasche verschwinden. Er behielt den Schlüssel fest in der Hand und bedankte sich im Stillen für den neuen Auftrag. Eigentlich war das hier nichts anderes. Er war dankbar dafür, dabei sein zu dürfen. Er griff nicht nach den Sternen. Er ließ sich einladen, mitzukommen. Auch wenn Karo herumzickte, würde er die Flinte noch lange nicht ins Korn werfen. Sicher, sie konnte ihm alles vermasseln. Auch wenn die angespannte Stimmung im Raum die Erinnerung an den Streit mit ihr wach rief, wollte er jetzt nicht an Karo denken.

Frank Lunau war anzusehen, dass es ihm gar nicht gefiel, zusammen mit der Geschäftsleitung von Ikarus Windsystems an einem Tisch zu sitzen. Aber der Geschäftsführer von Hess & Co riss sich zusammen, denn es war kein Geringerer als Uwe Donath, der mit vorausschauendem Blick auf Erweiterung und Nachverdichtung des Windparks die Konkurrenz dazugeholt hatte. Nur, wie wollten sie noch mehr Anlagen in diesen Windpark packen?, fragte sich Tom. In den Plänen standen die Mühlen so dicht wie eben noch möglich, um das Areal optimal auszunutzen. Sie müssten dafür das Planungsgebiet erweitern. Dazu brauchten sie einen finanzstarken Investor. Uwe Donath war eben ein Mann mit Weitsicht. Der Stein war ins Rollen gekommen. Da gab es kein Halten mehr. Was blieb einem anderes übrig, als mitzuziehen? Nur wie sollte er, Tom, Karo davon überzeugen, dass sie bereits jetzt verloren hatte und nur gewinnen könnte, wenn sie sich diesen Entwicklungen beugte? Trotz der vielen Jahre im Ausland hatte sie sich ihren holsteinischen Stuurkopp bewahrt. Dennoch konnte Tom nicht glauben, dass Karo irgendwann nicht doch einlenken würde. Spätestens dann, wenn sich die ersten beiden Anlagen drehten, müsste sie Farbe bekennen. Sie hatte keine Wahl. Tom spielte auf Zeit. Er hatte sich eine Ausrede zurechtgelegt, sollte Henning ihn fragen, wie er und Karo zum Pachtvertrag stünden. Es wäre zu früh, seine Karten offen auf den Tisch zu legen. Im Moment hatte er nichts auf der Hand.

Uwe Donath übernahm die Moderation. Nachdem er die Gäste dieser ›erlauchten Runde‹, wie er sich ausdrückte, vorgestellt hatte, gab er das Wort an diese weiter. Einer der Turnschuhträger, dessen Name Tom sogleich wieder entfallen war, ergriff das Wort. Er stünde in ständigem Austausch mit der Staatskanzlei, und die hätte mittlerweile begriffen, dass die Energiewende nur mit erweiterten Ausbauzielen zu schaffen wäre, wusste er zu berichten. Höher, stärker, größer!

Genauso hatte Tom es sich vorgestellt. Der Trend ging zu höheren Windkraftanlagen, die leistungsstärker waren. Kleine Anlagen sollten aufgerüstet und bestehende Windparks entweder verdichtet oder vergrößert werden.

»Dies ist nicht der letzte Regionalplan, meine Herren«, erklärte der junge Mann wissend. In seinen Augen blitzte ein listiges Lächeln. »Wir planen zukunftsorientiert und in enger Abstimmung mit den Entscheidungsträgern in Kiel.«

Sein Begleiter nickte bestätigend. Heike Grün kritzelte etwas auf ihren Block. Tom schaute in die Runde. Uwe Donath freute sich offensichtlich, mit Ikarus Windsystems einen guten Griff getan zu haben, und Hennings Finger trommelten nervös auf der Unterlippe herum, was er immer tat, wenn ihn eine Frage quälte.

Nur Frank Lunau blickte missmutig und schüttelte den Kopf. »Wir planen hier nicht in den luftleeren Raum hinein«, warf er ein. »Ich …«

»Das wäre auch nicht zielführend«, unterbrach ihn sein Konkurrent und grinste etwas zu selbstgefällig.

»… rede nicht von der Windhöffigkeit«, fuhr Lunau unbeirrt fort, der dieses Mal auf seine sonst so geschmeidige, zuweilen ein wenig umständliche Art verzichtete. »Der Wind lässt an diesem Ort in der Tat zu wünschen übrig. Aber das ist, wie wir alle wissen, nicht so wichtig.« Er nahm einen tiefen Atemzug, wie um Fassung zu wahren. »Das Areal liegt im Herzen der Holsteinischen Schweiz, in einem Naturpark, und reicht in einen so genannten charakteristischen Landschaftsraum hinein. Die Region lebt vom Tourismus. Eine Erweiterung des Windparks wird auf Grenzen, wenn nicht sogar auf einigen Widerstand aus der Bevölkerung stoßen.«

Der Turnschuh machte eine wegwerfende Geste. »Charakteristischer Landschaftsraum, Naturpark.« Er pustete die Worte über den Tisch, als wollte er Kerzen ausblasen. »Das sind doch nur Papiertiger. Achten Sie auf Ihre Worte, meine Herren! Denken Sie global und vernetzend! Überzeugen Sie von der Notwendigkeit Ihrer Technologie! Entwerfen Sie Szenarien des Untergangs und, ganz wichtig, schenken Sie den Menschen Visionen vom Glück!« Er wartete, prüfte die Wirkung seiner Worte, ehe er in weichem Ton fortfuhr. »Lassen Sie uns von einem Landschaftsraum reden, der für die Gewinnung erneuerbarer Energien charakteristisch ist. Wir wollen Naturparks mit der neuen, zeitgemäßen Erlebniswelt von Windparks ausstatten. Eigentlich ist es nur eine Frage der Definition.« Er machte eine

Kunstpause, in der er jedem Einzelnen in die Augen sah. »Wir müssen Angst schüren und Hoffnung verkaufen!«

Frank Lunau knallte seinen Kugelschreiber auf den Tisch und lehnte sich zurück.

Uwe Donath kam ihm zuvor und ergriff schnell das Wort. »Beide Sichtweisen haben eine gewisse Berechtigung«, sagte er. »Als Jurist orientiere ich mich an der aktuellen Rechtslage, und die ist mehr als zweifelhaft. Insofern stimme ich dem jungen Mann zu, dass dies nicht der letzte Regionalplan sein wird und wir in anderen Dimensionen denken müssen, wenn wir von den künftigen Planungen profitieren wollen. Tun wir's nicht, werden es andere tun.« Er wandte sich an Lunau. »Und dazu brauchen wir Leute wie dich, Frank.«

Henning Pahl nahm die Finger von der Unterlippe. »Ich sehe das ähnlich wie Frank«, warf er zögerlich ein. »In meiner Gemeinde gibt es Unruhe.« Tom spürte den Seitenblick in seine Richtung. Immerhin hatte Henning Unruhe und nicht Gegner gesagt.

»Ich bin Bürgermeister«, sagte er. »Wie rechtfertige ich gegenüber meiner Gemeinde, dass die Windkraftanlagen nun 200 statt 150 Meter hoch werden sollen?«

»Sie müssen das nicht rechtfertigen«, meldete sich Lunaus Anwalt zu Wort. »Sie haben keine andere Wahl. Wie ich sehe, hat Ihr Gemeinderat einer maximalen energetischen Ausnutzung des Areals zugestimmt. Sie unterwirft sich somit dem Diktat des technologischen Fortschritts. Unabhängig davon wird ein finanzstarker Investor nicht davor zurückschrecken, die Gemeinde wegen Verhinderung zu verklagen, sollten die Beschlüsse nicht seinen Vorstellungen entsprechen.«

Ein Raunen ging durch die Runde.

»Ich lasse mich nicht erpressen«, schnaubte Henning Pahl und schickte einen wütenden Blick in Richtung Turnschuhträger. Hastig sprang er auf, beugte sich zum Fenster hinüber und riss es weit auf. Der Hieb des Anwalts gegen den unliebsamen Konkurrenten hatte seine Wirkung getan.

»Nun malen Sie nicht gleich den Teufel an die Wand, Herr Kollege«, schaltete sich Donath ein. »Niemand wird klagen«, fuhr er beschwichtigend fort. »Wir sind hier zusammengekommen, um einen gemeinsamen Plan zu entwickeln. Lassen Sie uns bitte bei unserer Strategie der kleinen Schritte bleiben! Wichtig ist doch, dass die Errichtung der ersten beiden Anlagen, die zusammen mit Hess & Co geplant sind, reibungslos über die Bühne geht. Dennoch wäre es ratsam, eine konkrete Erweiterung des Windparks mit dem ersten Bauantrag der Genehmigungsbehörde in Aussicht zu stellen. Ikarus will hoch fliegen, also ziehen wir mit und fangen ebenfalls groß an.« Mit einem Blick zu Tom hinüber fügte er hinzu: »Außerdem bringen hohe Anlagen deutlich mehr Pacht.«

Tom wunderte sich. Der Staatsanwalt hängte sich ganz schön rein. Und das aus purer Freundschaft, wie Donath selbst immer erklärte. Er fuhr jetzt einen Hartge Hunter und zog es vor, die teure Karosse zu Krämer in die Vertragswerkstatt zu fahren, anstatt Toms Sonderkonditionen für Freunde in Anspruch zu nehmen. Uwe Donath besaß keine Fläche im Windeignungsgebiet, da war sich Tom sicher. Er fragte sich gerade, was Donath außer Freundespflichten zu der Nummer, die er hier abzog, noch bewegen könnte, da wurde die Tür aufgerissen. Niels Zürn stand im Türrahmen, weiß wie die Wand. Er grüßte knapp in die Runde. »Henning«, sagte er streng. »Komm bitte mal raus!« Dann verschwand er wieder.

Der Bürgermeister löste sich nur unwillig von seinem luftigen Platz am offenen Fenster. Hinter ihm fiel die Tür ins Schloss, und ein unsicheres Schweigen erfüllte das Sitzungszimmer. Im Innenhof flötete eine Singdrossel ihr Abendlied.

Tom fühlte sich beklommen. Der eisige Blick, den Niels ihm zugeworfen hatte, verhieß nichts Gutes. Aber was soll schon passieren?, versuchte Tom sich zu beruhigen. Er rief sich seine Ausrede ins Gedächtnis. Sie kam ihm auf einmal lächerlich vor.

Vor kaum mehr als einer Minute hatten sie den Raum verlassen, da kehrten sie schon wieder zurück. Henning ging vor. Niels folgte ihm mit einem Stuhl in der Hand. Sie setzten sich und blickten in erwartungsvolle Gesichter.

Henning Pahl ergriff als Erster das Wort. »Wenn ich euch richtig verstanden habe, sollen zunächst nur zwei Windräder gebaut werden. Wohin sollen sie kommen?«

Uwe Donath sah überrascht auf. »Die Standorte hatten wir doch besprochen!«

»Ich will es noch einmal hören«, sagte Henning.

Frank Lunau blätterte in der Tischvorlage und löste ein Blatt aus dem Stapel Papier. »Hier ist der Entwurf«, sagte er. »Den hast auch du in deinen Unterlagen. Eine Anlage soll bei dir, die andere bei Tom stehen. Wie du siehst, halte ich mich an meine Zusagen.«

Henning nickte. »Gut«, sagte er und wandte sich an Tom. »Wie steht es um den Vorvertrag?«

Tom brach der Schweiß aus. »Der ist beim Anwalt«, sagte er. »Wir lassen ihn prüfen.« Die Ausrede kam besser rüber, als er gedacht hätte.

»Und wird Karo unterschreiben?«, fragte Henning.

Er hätte einfach Ja sagen sollen und fertig. Aber Tom zögerte eine Sekunde zu lang, eine Sekunde, die ihn zurück in die vergangenen Wochen schickte, auf die Achterbahnfahrt seiner Gefühle. Instinktiv fasste er die Tischkante, wie um sich festzuhalten. Sein Hemd klebte am Rücken. Er war einfach schlecht im Lügen.

Henning Pahl blickte in die Runde. Der Bürgermeister ließ ein paar Sekunden verstreichen. »Ihr müsst wissen, dass dieser junge Mann …« er zeigte auf Tom, »nicht Herr in seinem eigenen Haus ist. Auf gut deutsch: He steht ünnern Pantüffel.«

Tom sprang auf. Mit einem Schlag war sein Kopf leer. Er kannte dieses Gefühl, das sich jedes Mal vor einem Wettkampf einstellte. Dabei war er seit einer Weile nicht mehr beim Karate gewesen. Erst als er in die erschrockenen Gesichter sah, bemerkte er es. Er hatte die Fäuste geballt.

»Setz dich!«, befahl Henning. »Ich bin noch nicht fertig.«

Tom sank zurück auf den Stuhl.

»Ein Mitarbeiter aus der Baubehörde hatte Niels heute Abend darauf hingewiesen, dass Tom kein Grundeigentümer ist. Er erinnerte sich daran, dass Karo, Toms Frau, auf dem Amt einen mittleren Aufstand veranstaltet hatte, weil sie angeblich nichts davon wusste, dass ihr Land im Eignungsgebiet liegt. Die Fläche, um die es hier geht, gehört allein ihr. Tom hat keinen Zugriff darauf.«

»Wie schon gesagt, wir prüfen«, sagte Tom und fragte sich, was ihn hier festhielt.

»Wissen solltet ihr auch«, fuhr der Bürgermeister fort, »dass seine Frau uns den ganzen Schlamassel mit den Unterschriften eingebrockt hat. Sie ist gegen den Windpark.« Er wandte sich an Tom. »Ich weiß, mein Lieber, deine Geschäfte laufen nicht gut. Ich wollte dir helfen. Aber du hast mein Vertrauen missbraucht. Ich fordere dich hiermit auf, den Raum zu verlassen.«

Tom fühlte nichts. Hatte er richtig gehört? War Henning gerade dabei, ihn rauszusetzen? Er wollte sprechen, aber seine Zunge war wie festgeklebt. Er wollte aufstehen, aber seine Beine gehorchten ihm nicht. Und plötzlich setzten sie sich von allein in Bewegung und trugen ihn wie einen Schlafwandler in Richtung Tür. Er sah, dass Heike Grün den Blick vor ihm senkte, und er spürte, wie Hennings Stimme ihm in den Rücken fiel.

»Und Tom«, rief der Bürgermeister hinter ihm her, »sollte mir irgendetwas von dem, was hier gesprochen wurde, von anderer Seite zu Ohren kommen, hast du ein Problem.«

Die Tür fiel zu, und Tom fand sich auf dem langen Korridor des Amtsgebäudes wieder. Wenn ihn jemand gefragt hätte, wie er dorthin gekommen war, er hätte es nicht erklären können.

28

4. November

13 Uhr. Ich betrachte Franziska. Sie sitzt mir gegenüber am Biedermeiertischchen und hängt ihren Gedanken nach. Das Misstrauen aus der Unterredung mit Hauptkommissar Sand schwingt noch in mir. Auf dem Tisch steht seine Tasse, nur zur Hälfte geleert. Nach dem Anruf aus Kiel hatte sich Peter Sand den letzten Keks hastig in den Mund geschoben und war aufgebrochen. Vorher hatte er nach meinem Handy verlangt und es, ohne zu fragen, eingesteckt. Mit einer Hand fahre ich über den Tisch, streiche die Kokoskekskrümel zu einem Häufchen zusammen, schiebe sie bis an die Tischkante heran. Ich gebe ihnen einen Schubs über den Rand, fange sie auf und bewahre sie vor dem Absturz. Ich trage sie zum Teller zurück. Glückliche Krümel, denke ich.

Franziska sieht mich an. »Seit wann wohnt Tom nicht mehr hier?«, fragt sie behutsam wie in Sorge, ein Pulverfass zu berühren.

Für einen Moment vergesse ich, dass sie Polizistin ist, schmiege mich in das Angebot einer Freundin, als die ich sie gerne für mich hätte, einfach zu reden, über Dinge, die mich schmerzen, verletzen, über die ich bisher mit niemandem gesprochen habe, weil ich allein bin. »Vor etwa einem Jahr zog er aus«, sage ich und sehe wieder die Stapel von Koffern und Kisten im Flur stehen. Damals wunderte ich mich, dass er keine Möbel mitnahm. »Aber er kam schon vorher nicht mehr regelmäßig nach Hause«, fahre ich fort. »Er kam manchmal nur, um etwas mitzunehmen.« Ich erinnere mich, dass er sich über den Lärm der Rotoren beklagte, dass er nicht dabei schlafen könnte. Jan und mir ging es nicht anders. Aber das interessierte ihn nicht. Will ich wirklich darüber sprechen?, frage ich mich und sehe Franziska an. Sie ist viel zu jung, um das zu verstehen. Vermutlich wird sie mir die Schuld daran geben. Vielleicht hat sie recht, denke ich und rede weiter. »Anfangs dachte ich, er würde in der Jagdhütte schlafen. Eines Abends sah ich den Wagen in der Hofeinfahrt stehen. Eine Frau saß am Steuer. Ich weiß, dass er jetzt bei ihr wohnt. Dort ist kein Platz für seine Möbel. Deshalb ist alles noch hier.«

Ich sehe sie zustimmend nicken, wie um mich zu ermuntern weiterzusprechen. Meine Geschichte lässt sie nicht kalt, das sehe ich ihr an. »Du fragst dich bestimmt, wie es Jan damit geht«, sage ich.

Sie macht eine unbestimmte Bewegung mit dem Kopf. »Und wie geht es dir?«

»Jan«, sage ich, »er und sein Vater sehen sich oft. Ich glaube, sie sehen sich sogar öfter als früher. Tom geht wieder ins

Karate, ich nehme an, um mehr Zeit mit seinem Sohn zu verbringen. Ich finde das gut.«

»Ja«, sagt Franziska. »Das ist gut.«

»Es entlastet mich. Meine Nerven …«, sage ich und denke, dass ich anders anfangen sollte. »Das Jahr, bevor Tom uns verließ, war ein einziger Albtraum gewesen. Einen Tag, bevor die Frist zum Einspruch ablief, erfuhren wir von der Bewilligung. Die Behörde hatte Hess & Co den Bau von zwei Windkraftanlagen genehmigt. Wir hatten gar nicht gewusst, dass es einen solchen Bauantrag gab. Aber ich muss weiter ausholen.« Gleich wird sie mich unterbrechen, denke ich und warte. Aber Franziska schweigt.

»Willst du nicht wissen, warum es nur zwei Anlagen waren?«, frage ich. »Immerhin war von mindestens zehn Windkraftwerken die Rede gewesen.«

»Warum nur zwei?«, fragt sie.

»Es war ein geschickter Schachzug. Für zwei Anlagen konnten die Behörden das Verfahren zügig und ohne Ausschreibungen durchwinken.«

Wie blauäugig wir doch gewesen waren! Wenn ich daran zurückdenke, kann ich es kaum glauben. Wir hatten alles auf eine Karte gesetzt, hatten uns auf das gestürzt, was für uns naheliegend, greifbar und absolut rechtens war. Wir hatten keine Erfahrung im Umgang mit der Bürokratie, kannten nicht ihre ungeschriebenen Regeln geschweige denn ihre Schlupflöcher, die dem Gegner Spielraum für seine Winkelzüge boten. Wir hatten uns darauf verlassen, dass es Gesetze gab, die zumindest die Vögel schützten, auch wenn für uns Menschen die Kriterien, nach denen über Abstände entschieden wurde, veraltet waren.

»Wir glaubten an Recht und Gesetz«, sagte ich. »Das war unser Fehler.«

»Und was geschah dann?«, will sie wissen.

»Wieder einmal spielte sich alles in den Sommerferien ab. Die Touristen zogen bei uns ein, und die Einheimischen machten sich aus dem Staub. Wer blieb, ließ seine Sorgen verreisen. Ein Sommermärchen machte die Runde im Dorf. Der Windpark kommt nicht mehr!, erzählten sich die Leute und werkelten in ihren Gärten und Häusern, zelebrierten Versöhnungspartys mit Nachbarn und den Bekannten, die diese Aufregung nie geteilt hatten. Man trank im Dorfkrug wieder ein Bier miteinander. Das Thema ist durch – Gott sei Dank, sagten die Leute –, und sie kehrten zu ihrem gewohnten Leben zurück.

»Woher wussten sie das, ich meine, dass der Windpark nicht kommen würde?«, fragt sie.

»Sie wussten überhaupt nichts. Es war ein Gerücht. Eine Beschwichtigungsformel. Der Mensch hört eben gern, was er glauben möchte. Nur wenige halten die Anspannung aus, die eine über Jahre anhaltende Ungewissheit begleitet. Die großen Rückschläge und die winzigen Erfolge. Den meisten fehlt der lange Atem. Ich frage mich oft, weshalb wohnen sie noch hier, so nah am Eldorado, wenn ihnen die Natur nichts bedeutet? Sie gaben Charlotte und mir die Schuld an dem angeblich unnötigen Aufruhr. Tom war damals übrigens der gleichen Meinung.«

»Dass der Windpark nicht kommt?«, fragt sie erstaunt.

»Dass ich Schuld habe«, erwidere ich. »Ich weigerte mich, an den Investor zu verpachten. Meine Hauskoppel liegt im Plangebiet.«

Sie sieht mich groß an.

Ich lache. »Ja, da staunst du! Wir beide könnten längst gut verdienende Windmüllerinnen sein. Weshalb bist du es nicht?«

»Weil mir Geld nichts bedeutet«, entgegnet sie prompt.

Ich nicke zustimmend. »Ja«, sage ich und blicke hinaus in die Feldmark. »Ich schaue lieber den Vögeln zu.« Meine Gedanken kehren in den Sommer zurück, den letzten, bevor nichts mehr so war wie zuvor. »Es war ein herrlich warmer Frühsommer«, fahre ich fort. »Ende Juni machten die jungen Rotmilane ihre ersten Erkundungsflüge in die Umgebung. Manchmal kreisten fünf Gabelschwänze am Himmel. Drei Jungvögel waren eine außergewöhnlich kinderreiche Saison. Noch verfolgten sie ihre Eltern und schrien um Futter. Wir hatten den Horst des Rotmilans nicht gefunden, aber wir wussten, dass er irgendwo dort draußen im Wald sein musste. Im nächsten Jahr würden wir ihn finden, sprachen wir uns Mut zu. Wir gaben die Hoffnung nicht auf. Täglich gingen Charlotte und ich hinaus und berauschten uns am Schauspiel der Bettelflüge. Es war nur eine kurze Periode, jedoch erfüllt von Momenten des Glücks, die uns für die Strapazen der vergangenen Wochen belohnten. Das ungewohnt stille und konzentrierte Ausharren in offener Landschaft hatte uns ausgezehrt. Wir lechzten nach einer Pause, die es uns erlaubte, einmal ohne den Druck der Sorge dem Treiben der Vögel zuzuschauen und das Unheil auszublenden, das über allem schwebte.«

Ich verstumme. Der Gedanke an Charlotte ist schmerzhaft. Ich vermisse sie. Ich muss genauer sein. Ich vermisse die Charlotte aus der Zeit vor unserem Streit. Den hatten wir damals bald beigelegt. Was die Hauskoppel betraf, so glaubte Charlotte mir. Sie gab sich locker und freundlich, dennoch hatte sich ein heimliches Befremden zwischen uns geschlichen und ist bis heute geblieben. Diesen Verlust habe ich Tom zu verdanken. Ich nehme ihm das immer noch übel. Er hatte seinen Frust im Dorfkrug ertränkt und im Suff herumerzählt, dass ich eine Fläche im Plangebiet hätte. Meine Glaubwürdigkeit im Dorf war dahin. Ich denke, er wollte Fakten schaffen, um mich zum Einlenken zu nötigen. Ein letzter Versuch, Hennings Gunst zurückzugewinnen.

Ich blicke auf und erschrecke. Ich sehe Franziska dort sitzen, wo ich Charlotte gewähnt hatte. So etwas passiert mir jetzt öfter. Ich erlebe Vergangenes, als würde es gerade geschehen. *Die Gegenwart war schon immer angereichert mit der Vergangenheit.* Wo habe ich das gelesen? Die Gegenwart ist das, was wir uns einverleiben, denke ich. Die Vergangenheit ist entweder ein gutes Gewürz oder ein Gift.

»Was ist?« Franziska sieht mich prüfend an.

»Wir hatten von Anfang an keine Chance«, sage ich. »Der Zug war abgefahren. Wir riefen STOPP, aber unser Rufen verhallte mit der Druckwelle der voranschreitenden Ereignisse.«

29

Die Bagger kamen Mitte Oktober. Ich saß am Wohnzimmerfenster und schaute hinaus auf die fremde Kulisse. Im trüben Licht des anbrechenden Tages kam mir das, was ich sah, unwirklich vor. Aber je mehr sich der Dunst lichtete und die Szenerie in Bewegung geriet, fühlte ich Panik aufsteigen. Ich blickte in einen riesigen Operationssaal und fragte mich bange, wer oder was dort zum Leben erweckt wurde? Inzwischen waren die Bauarbeiter dabei, den zweiten Turm hochzuziehen. Der erste, der meinem Anwesen am nächsten stand, reckte sich bereits wie ein gewaltiger Schiffsmast in den Himmel hinauf. Es ging erschreckend schnell. Erst vor zwei Wochen hatten sie damit begonnen, die Erdlöcher für die Fundamente auszuheben, den unterirdischen Fuß dieser Monster auf Stelzen, und schon wuchsen die Beine empor, zweifach rot geringelt dort, wo sie künftig bei Nacht zur Warnung blinken sollten. Aber ich sah nicht nur diese zwei Windkraftwerke, die sie geschickt durch die Maschen des Genehmigungsverfahrens bugsiert hatten. Vor meinem geistigen Auge erhoben sich außerdem die acht anderen, die bald folgen würden. Ich erahnte die Ausmaße dieses Gewächses, das sich wie ein Geschwür in das Gewebe der Landschaft fraß. Hier wurde nicht geheilt, hier wurde das Land mit einer Pest infiziert. Bald würden sie den Stelzen die Köpfe aufsetzen, tonnenschwere Rotoren und die Flügel anbringen, und der zehnfüßige Koloss würde seine 30 Arme in alle Richtungen des Windes werfen und röhrend und stampfend die Luft zerreißen. Für mich war es ein monströser Organismus, ein Schwarm aus Frankensteins, der hier unmittelbar hinter meinem Haus zum Leben erweckt wurde. Es war Wahnsinn. Ich hielt das nicht aus. Ich musste raus.

Vor mir auf der Bundesstraße in Richtung Neumünster kroch mal wieder einer dieser roten Traktoren, die offensichtlich immer dann losfuhren, wenn ich zu einem meiner seltenen Ausflüge aufbrach. Immer, wenn ich es eilig hatte und dichter Gegenverkehr ein Überholmanöver verbot, tauchten diese Ungetüme vor mir auf. Ich war mir sicher, dass dies nur geschah, um mich zu ärgern. Vor mir wälzte sich hoch verdichtete Masse über nahezu zwei Drittel der Fahrbahn, und ich klemmte dahinter, sah nichts, nur Reifenprofil. Ich schimpfte und fluchte und wusste doch, dass es lächerlich war.

Es war immer dasselbe. Ich war die Wildsau, die sich an der Eiche kratzte. Dabei gab es keinen Grund für Eile. Ich hatte keine Verabredung, auch kein Ziel, das ich in Kürze erreichen musste. Ich wollte nur weg, dorthin, wo sich mir nichts in den Blick stellte, wo sich am weiten Horizont die Gedanken verloren und ich wieder atmen konnte.

Irgendwann schaffte ich den Traktor doch. Nur noch die Ampeln in Neumünster hinter mich bringen, dann könnte ich mich der gefälligen Weite der holsteinischen Geest hingeben, dem sanften Wechsel aus Hügeln, Wäldern und Ackerflächen. Ich freute mich auf diese Landschaft, die mir von sonntäglichen Ausflügen mit den Eltern vertraut war, und auf einmal wusste ich: Ich wollte ans Meer.

Hinter Neumünster folgte ich der Bundesstraße schnurgeradeaus, ließ den Naturpark Aukrug rechts liegen, düste am Boxberg vorbei, der mit seinen knapp 80 Metern seinem großen Bruder, dem Bungsberg, unserer höchsten Erhebung, nur bis zur Hüfte reicht. Wir Holsteiner sind stolz auf unsere Berge. Was braucht man auch Tausender, wenn man schon auf 150 Metern das ganze Land überblickt? Bei Christinenthal streifte die erste größere Ansammlung von Windkraftanlagen den Rand meines Blickfeldes und fiel wieder hinaus, weil weit genug weg und überstrahlt vom herbstlichen Leuchten der Landschaft. Ich floh mit Scheuklappen. Hinter der alten Natursteinkirche in Schenefeld links abbiegen und dann weiter, immer geradeaus und schnell auf die Autobahn. Ich fuhr wie in Trance. Bei Bokhorst waren sie nicht mehr zu übersehen. Hier hatten Anfang des Jahres Diebe fünf Windräder ausgeräumt, hatten Kupferkabel und das, was nicht niet- und nagelfest war, einkassiert. Jan hatte mir davon erzählt, auch dass sie einen Namen auf die Stahltür des Turms gesprüht hatten. Ein afrikanisch klingendes Wort und ein Emblem.

Einen Windhund. Es gab Fotos bei Facebook, und Jan hatte sie mir im Internet gezeigt. Der Name fiel mir wieder ein: Azawakh. Jan hatte das cool gefunden.

Ich hatte meine Schadenfreude hinter wenig überzeugenden Floskeln verborgen. »Man muss doch nicht gleich kriminell werden.«

»Lass gut sein, Mama!«, hatte Jan gesagt. »Du hasst diese Mördermaschinen doch auch!«

Eine leichte Brise ließ die Rotorflügel langsam drehen. Der Schaden war offensichtlich behoben. Bestimmt hatten sie die Türen zu den fünf Türmen neu gestrichen.

Meine Unruhe hatte sich inzwischen gelegt. Ich brauchte eine Verschnaufpause. Ich steuerte den Wagen auf den kleinen Parkplatz am Nord-Ostsee-Kanal und stieg aus. Rechts führte ein schmaler Pfad den Hang entlang. Hinter einer Biegung sah ich ihn endlich. Wie eine dunkle Ader durchschnitt der Kanal das weite Gelände. Aus dieser Höhe betrachtet, lag er regungslos zwischen den gefällig schwingenden Linien bewaldeter Hügelketten. Was für ein schönes Fleckchen Erde!, dachte ich gerührt. Für mich gehörte der Kanal zu dieser Landschaft, obwohl er doch nur eine künstliche Furche war, eine tiefe Wunde, die einst der Natur zum Wohle der Menschen zugefügt wurde. Bestimmt hatte er Opfer verlangt. Durch ihn hatte sich die Landschaft verändert, eine Landschaft vor meiner Zeit. Ich hatte mir nie einen Kopf deswegen gemacht. Ich sah die Windkraftanlagen, die sich in der Ferne drehten, und fragte mich, ob nicht die Generation, die mit ihnen aufwuchs, sie einmal genauso erleben würde wie ich den Kanal, organisch eben und zu ihrer Heimat gehörend. Heimat, dachte ich, das war doch nur ein Wort, das für jeden ein wenig anders schmeckte, je nachdem, welche

Zutaten das Leben den prägenden Momenten beigemischt hatte. Es hatte nichts mit Natürlichkeit zu tun. Jeder hatte sein ganz persönliches Heimat-Tattoo, eingebrannte Erinnerungen, die wir hervorkramten, wenn uns der Boden unter den Füßen wegrutschte. In dieser sich rasant wandelnden Welt war Heimat nur ein Phantom, das in unseren Köpfen herumspukte. Nichts, an das man sich klammern sollte. Das machte nur unglücklich. Und dennoch entstand eine Sehnsucht nach materieller Verortung, wenn das Tattoo verblasste.

Ich setzte meine Fahrt fort. Hinter dem Meldorfer Wurf ging es weiter durch Dithmarschen gen Nordsee. Ich hätte wissen können, was mich erwartete, hatte es doch immer wieder Berichte gegeben. Aber ein Albtraum lässt sich nur schwer vermitteln. Man muss ihn live erleben. Mit jedem Kilometer, den ich ins Marschland hineinsteuerte, wuchs das Gruseln in mir. In welche Himmelsrichtung ich auch blickte, sah ich Windkraftwerke. Dörfer waren dicht mit Anlagen umstellt. Hier hatte es angefangen, hier wäre die Akzeptanz am größten, hieß es, weil die Bürger selbst daran verdienten. Ich spürte wieder die Zwinge auf meine Schläfen drücken. Zum Glück wehte nur ein kleines Lüftchen, und viele der Windräder standen still. Konnte Geld gegen Kopfschmerzen helfen?, fragte ich mich und schaute mich im Herzen Dithmarschens um, lauschte dem Puls seiner geflügelten Schrittmacher. Und wenn die Luft einmal stillstand, wurde das Ventil zum staatlichen Tropf aufgedreht, nährten stille Infusionsströme Banken, Betreiber und Verpächter. Vergeblich suchte ich nach einer Lichtung in diesem Wald aus Masten, um dem Blick etwas Ruhe zu gönnen. An den Straßen immer wieder Stände mit gigantischen Steckrüben, riesigen Kohlköpfen und orangefarbenen Kürbisballons. Dithmarschen neigte in jeder Hinsicht zur Übertreibung. Und es kam noch schlimmer. Bei Wesselburen war ich kurz davor, die Fahrt abzubrechen. Der Wald aus Windkraftwerken hatte sich zu einer Wand verdichtet. Mir kam der Text in den Sinn, den mir Herr Möller geschickt hatte. »Noch spärlicher an der Zahl als stille Leser sind diejenigen, die sich vor Schmerz krümmen, wenn sie sehen, wie mitten im Frieden Landschaft verheert wird, so gemein und hochmütig, so um sich greifend und im Unmaß aufragend, Horizonte sperrend, rücksichtsloser als Feuersbrunst, Rodung, Industrialisierung zusammen ...« Ich hatte mir das Buch von Botho Strauß noch immer nicht besorgt. Ich fürchtete schon um mein Eiderstedt. Aber nach und nach öffnete sich der Horizont, und hinter dem Eider-Sperrwerk war der Spuk plötzlich vorbei. An ihrem äußersten Ende war die Welt noch in Ordnung – und ich tauche in dieses Bild hinein, ein endlos langer Steg, und ich springe über die Bohlen, nehme gleich drei auf einmal. Unter meinen nackten Sohlen knirscht Sand, reibt sich am rauen Holz, das meine Sprünge abfedert. In der Ferne ein Rauschen, und ich wiesle um Leute herum, renne blindlings in die Sonne hinein hin zu dem Rauschen – und da stehe ich im kalten Sand, werfe den Kopf herum, blinzle. Noch ein paar Schritte, dann lasse ich mich fallen, greife in den Schlick, lausche den Luftbläschen, wie sie zerplatzen, das Rauschen jetzt in mir, und gestatte dem Wasserhund, ganz behutsam und lautlos meine Zehen zu lecken.

St. Peter-Ording. Ich war angekommen. Weit hinten standen die Pfahlbauten im glitzernden Meer. Ich trat auf den Steg.

30

Nach meiner Flucht ans Meer kehrte ich in den Albtraum zurück. Ich hatte immer gehofft, irgendwann aufzuwachen und mein gewohntes Leben wieder aufzunehmen. Stattdessen stürzte ich in eine andere Welt, jenseits aller bisherigen Erfahrungen. Durch mein Wohnzimmerfenster blickte ich auf die beiden Masten der ersten Windkraftanlagen, die Vorboten des Wahnsinns, wie Jan und ich sie nannten. Wir kamen uns vor wie Versuchspersonen in dem Projekt ›Wie ich lernte, die Windkraft zu lieben‹. Denn noch standen die Flügel still, als wollte man uns langsam daran gewöhnen. Zuerst an ihren Anblick, der Lärm würde später dazukommen. Und sie ließen sie blinken, damit wir sie über Nacht nicht vergaßen. Der Schock am anderen Morgen hätte die Eingewöhnung vereitelt.

Manchmal hilft es, an so etwas wie Schicksal zu glauben, an Aufträge, die das Leben einem stellt. Es schickt die Frage nach dem Warum in die Wüste und gibt dem Wie ganz viel Raum. Ich kannte meinen Auftrag. Ich ging wieder auf Horstsuche und wurde fündig. Ein Zufall und, wie ich glaubte, ein großes vom Schicksal gewolltes Glück. Das Rotmilanpaar hatte sich einen ungewöhnlichen Brutplatz ausgesucht, sogar für Profis kaum zu entdecken, was mich ein wenig nachsichtig stimmte. Kein Ort, an dem man einen Horst vermuten würde. Ich war beruhigt, und dennoch durchlebte ich das gesamte Spektrum der Stimmungen von hoch bis tief und wieder zurück. Ich machte mir Sorgen um meine Rotmilane. Schließlich ließ ich mich von Charlotte dazu überreden, die Behörden über den Horstfund in Kenntnis zu setzen. Die Reaktion war ernüchternd. Womöglich ein einmaliges Ereignis. Noch lange kein Beweis für ein Revier. Man müsste das nächste Frühjahr abwarten.

Indessen nahmen die Stahlriesen hinter meinem Haus ihre Fahrt auf. Nach den Bauarbeitern kamen die Journalisten. Zielstrebig marschierten sie zu den Türmen wie die Ameisenschar zu der Stange aus Zucker, die ich als Kind in züchterischem Eifer und in der Hoffnung auf mehr in Mutters Gemüsebeet gepflanzt hatte. Die Stahltür zum Inneren der Säule tat sich auf, und ein Reporter nach dem anderen krabbelte hinein. Am liebsten wäre ich hinübergelaufen, hätte die Klappe zugeschlagen, um diese bodenlose Euphorie ein für alle Mal wegzusperren. Aber ich hatte gesehen, dass Jan, die Gunst der Stunde nutzend, mit der Journalistenschar hineingeschlüpft war. Mir kam die Giftköderdose in den Sinn, die ich jedes Jahr an der Tür zur Terrasse gegen die Invasion der Ameisen aufstellte, damit sie das Gift zurück in ihren Bau trügen, um die Königin damit zu versorgen. Die Lokalpaparazzi taten nichts anderes: Technikverliebt huldigten sie der industriellen Gigantomanie und verseuchten am Ende das Volk, indem sie den Stoff, den die Lobbyisten ihnen vorsetzten, unverdaut wieder ausspuckten. Ausnahmen bestätigten die Regel. Sie waren eine geisterhafte Plage, fielen in Scharen ein und waren plötzlich wieder verschwunden.

Nach dem großen Aufriss wurde es – abgesehen vom Lärm der Rotoren – wieder ruhig hinter meinem Haus. Am schlimmsten war der Puls der Maschinen, ein ständiges An-Aus, das sich nicht überhören ließ und sich auf jeden von uns anders auswirkte. Mit dem Wind kam das Wummern. Es hämmerte gegen meine Stirn, drückte auf mein Brustbein, haute mir in den Bauch. Ich deckte mich mit Schmerzmitteln ein. Es half, das Dröhnen im Kopf zu dämpfen, und machte mich weniger empfänglich für Toms miese Stimmungen.

Ständig riss er die Fenster auf. Entweder war ihm zu warm oder zu stickig oder beides. »Du heizt, als wohnten wir am

Nordpol«, schimpfte er mich aus. In windigen Nächten wachte er mit Herzklopfen auf. Das machte ihm Angst.

»Das kommt von den Windrädern«, sagte ich.

Tom glaubte mir nicht. Er ging zum Arzt, aber der konnte nichts finden.

»Wundert mich nicht«, sagte ich. »In deiner Werkstatt geht es dir gut. Nur zu Hause drehst du am Rad.«

Ich hätte besser geschwiegen, denn nun gab er mir die Schuld an Luftnot und Herzbeklemmungen. Seine Schweißausbrüche gingen, wie gesagt, schon auf mein Konto. Jans wachsende Übellaunigkeit tat er als pubertär ab. Das würde sich legen. So verbrachten wir den Jahreswechsel stets gut gelüftet im Durchzug zwischen gekippten Fenstern und offenen Türen. Die unterkühlte Raumluft dämpfte die allgemeine Gereiztheit, wodurch sich das Familienklima, wenn nicht auf einem herzlichen, so doch auf einem gemäßigten Level stabilisierte. Zum Glück standen die Anlagen, trotz des Windes, oft still. Es hieß, die Tschechen drohten mit dem Einsatz von Phasenschiebertransformatoren.

Und dann war es wieder so weit. Das Ende des Jahres stand bevor, und wir klemmten in der Niemandszeit zwischen dem alten und dem neuen Jahr, mochten uns weder für das Vorher noch für das Nachher erwärmen. So rieselten die Niemandstage wie Sand durch die Maschen der Zeitskala und verstrichen ereignislos. Tom ging danach wieder in seine Werkstatt, Jan in die Schule, und ich beschäftigte mich im Haus. An windigen Tagen, wenn der Lärm unerträglich wurde, setzte ich mich ins Auto und fuhr durch die wintermüde Landschaft. Kalte Feuchtigkeit beschwerte die Luft und weichte das Erdreich auf. Alles triefte, glitschte und spritzte. In den Ackerfurchen stand dunkel das Wasser, zuweilen erhellt vom Spiegelbild aschgrauer Wolkenberge. Dazwischen vollführten die ersten Heimkehrer aus dem Süden ihre artistischen Flugmanöver. Beschwingt ruderten sie durch die nasse Luft. Mit ihren Flügelschlägen zerrissen sie das Vlies aus Wassermolekülen, stimmten sich auf den ersehnten Frühling ein. Ihre Zuversicht steckte mich an, und ich ließ mich von ihrem lustvollen Treiben für einen Moment aus meiner Schwermut entführen. Aber bald holte sie mich wieder ein, und ich fürchtete schon, dass der Frühling uns hier oben im Norden vergessen hatte, da kehrten die ersten Rotmilane pünktlich wie immer zurück.

Eines Morgens klingelte das Telefon. Eine aufgebrachte Charlotte war am Apparat. »Der Hund meiner Nachbarin hat Gift gefressen. Jetzt ist er tot.« Sie schnappte nach Luft. »Komm bitte schnell. Der tote Hase liegt unter meinem Carport. Wir müssen was unternehmen.«

»Was nun?«, fragte ich ungehalten. »Hund oder Hase?«

»Na beides«, entgegnete Charlotte. Sie klang verzweifelt. »Bitte komm jetzt! Ich brauche deine Hilfe.«

31

Der Verschluss sprang leise klackend auf. Er zog an der Lasche, und schon entrollte sich der Beutel mit den gesammelten Utensilien, die er für die Präparation benötigte. Seine Finger glitten über die Pinzetten in unterschiedlichen Größen, die Scheren, die Röhrchen aus Kunststoff, die Spritzen, Kanülen und Ampullen.

Der erste Versuch hatte den Falschen getroffen. Es war immer dasselbe. Ließen ihre Hunde im Wald frei laufen, obwohl es verboten war. Anzeigen sollte man sie! Er hatte sich aufgehalten, war zu spät am Köderplatz eingetroffen. Da war das Kaninchen schon weg gewesen. Der Hund auch. Der hatte sich einen ordentlichen Happen davon einverleibt, sodass die Tierärztin dem krampfenden Köter den Gnadenstoß verpassen musste.

Die Besitzerin hatte ihm alles haarklein und schniefend erzählt. Er sollte doch erfahren, was in seinem Revier so passierte. Vermutlich Vergiftung, hätte die Tierärztin gesagt und Organproben von Opfer und Köder an ein Speziallabor geschickt. Das ärgerte ihn am meisten. So etwas durfte nicht noch einmal vorkommen.

Der trauernden Hundewitwe gegenüber hatte er sich besorgt gegeben und ihr versprochen, künftig die Augen offen zu halten. Daraufhin hatte er sofort seinen Lieferanten angerufen, ihn gefragt, ob die Methode wirklich sicher wäre. »Todsicher«, war die Antwort gewesen. Kein Giftlabor würde auf diesen Substanzcocktail prüfen, und damit es so bliebe, dürfte der Giftköder unter keinen Umständen in die Hände der Fahnder geraten. Den Anschiss, fahrlässig gehandelt zu haben, musste er sich gefallen lassen. Noch so ein Fehlschlag, und er würde Invisible Poison oder IP, wie sie ihre Wundermixtur nannten, nicht mehr in die Finger kriegen. Weshalb er diese Arbeit denn nicht den Profis überließe?, wollte der Mann wissen. Aber er sah nicht ein, dass er andere für etwas bezahlte, das er selbst erledigen konnte. Das Gift und die Ausstattung waren teuer genug. Außerdem wollte er keine Fremden in seinem Jagdrevier.

»Es gibt da Leute, die haben Erfahrung mit so etwas«, hatte Frank Lunau gesagt und ihm die Adresse besorgt.

Im Rollbeutel steckte der Schlüssel zum Schrank. Die Schranktür quietschte leise, als er sie aufzog. Er hob die Pumpvorrichtung aus dem Regalfach, griff sich die Packung mit Latexhandschuhen und stellte alles auf den Tisch. Er ging noch einmal zum Schrank und kehrte mit einer Plastikbox und der Flasche mit Kochsalzlösung zurück. In einem der drei Jutesäcke am Boden kam Unruhe auf. Sein Blick fiel auf die Werkzeugwand. Dort hing, zwischen den Schlüsselsätzen, der Schlagstock. Er griff sich den größten Gabelschlüssel und schleuderte ihn in Richtung Jutesack. Der Schreck ließ das Kaninchen erstarren.

Er erschlug sie lieber im Sack. Er musste das Tier nur bis ganz nach unten drängen und die Schlinge fest zuziehen, sodass kein Ausweichen möglich war. Dann ertastete er vorsichtig die Umrisse des Kopfes. Unter seiner Linken, die für gewöhnlich auf dem Rücken des Tieres ruhte, flatterte ein Atem in Panik. Erstaunlich war, dass es ihn beruhigte. So unternahm er die nächsten Schritte in höchster Konzentration. Wenn er den Schlagstock richtig platzierte, folgte die Erschlaffung unmittelbar. Selten musste er ein zweites Mal zuschlagen.

Er zog zwei Latexhandschuhe aus dem Karton und streifte sie über. Er schloss die Druckpumpe ans Stromnetz an. Dann öffnete er die Schachtel. Er nahm die Rolle mit dem feinen Schlauch aus Teflon heraus und schnitt ein Stück davon ab. In der Box befanden sich außerdem ein Ventil mit Hahn und ein Klistierrohr, alles im Kleinkindformat. Nach getaner Arbeit sollten laut Anweisung die Sachen wieder in die Verpackung zurück und verbrannt werden. Beim letzten Mal hatte er sich daran gehalten. Aber das hatte ihn Zeit gekostet. Deshalb war ihm der blöde Hund zuvorgekommen. An diesem Morgen wollte er das Verbrauchsmaterial in einen der gelben Plastikmüllsäcke stecken, die bereits vor dem Hof an der Straße auf ihren Abtransport warteten.

Er brach zwei der kleinen Ampullen auf. Der Inhalt war geheim. Man hatte ihm nur so viel verraten, dass sich in der dunklen Ampulle das Gift befand. Die durchsichtige Ampulle enthielt einen Lockstoff, der Greifvögel dazu verleitete, gezielt von dem vergifteten Organ zu fressen. Beides durfte nur wenige Stunden vor dem Einsatz vermischt werden. Er drehte das Handgelenk so, dass sein Blick auf das Zifferblatt seiner Armbanduhr fiel. Kurz vor fünf. In knapp zwei Stunden würde es hell werden. Er wollte bei den Horsten sein, bevor die Vögel zur ersten Jagd aufbrachen. Er hatte drei Köder vorbereitet. Zwei für die Rotmilane. Er wusste jetzt, wo der Horst war. So ein Fehler wie mit dem Wechselhorst würde ihm nicht noch einmal passieren. Ein Kaninchen wollte er dem Uhu servieren, der seinen Feldhasen nachstellte. Er schaute auf die Uhr. Er sollte jetzt loslegen.

Er staunte nicht schlecht, wie geschickt seine Finger mit Spritze und Kanüle zu hantieren verstanden. Für einen Bauern waren sie ungewöhnlich schlank. Ihm, der stets im Groben unterwegs war, gefiel es, so winzige Mengen hin- und herzubewegen, zuzusehen, wie die Flüssigkeiten bis auf den letzten Tropfen aus den Ampullen in die Spritze strömten. Er stach eine saubere Kanüle in die Flasche mit Kochsalzlösung, setzte die Spritze auf und entnahm von der klaren Flüssigkeit bis zur vorgesehenen Marke der Skala. Dann spritzte er das Gemisch in den Teflonschlauch und schloss ihn über das Ventil an die Schlauchvorrichtung der Pumpe an. Das andere Ende schob er in ein winziges Kupplungsstück. Es passte genau auf das Klistierrohr. Für einen Augenblick kam er sich wie ein Doktor vor. Die Aufgabe bestand nun darin, die giftige Mischung so tief wie möglich in den Darm des Kaninchens einzubringen.

Sollte sein Herz trotz des zertrümmerten Schädels noch schlagen, wäre spätestens dann endgültig Schluss. Der Vogel würde, verführt durch den Lockstoff, sogleich vom Darm des Köders fressen und das Gift dabei aufnehmen. Es war so stark, dass er an Ort und Stelle krepierte. Keine aufwendige Suche mehr im Gelände. Nur noch die Köderstellen absammeln und die Beweise rechtzeitig entfernen. Ein weiterer Fall für die Dunkelziffer und eine perfekte Inszenierung. Fast perfekt. Kein Labor testete bisher auf dieses Gift, hatte der Lieferant ihm versichert. Aber ein toter Stallhase in freier Wildbahn weckte das Misstrauen der Fahnder, die sich inzwischen nicht lumpen ließen, teure Analysen in Auftrag zu geben. Klar, er hätte statt des Kaninchens einen Feldhasen als Köder nehmen können. Das brachte er jedoch nicht übers Herz.

Henning Pahl überprüfte ein letztes Mal seine Instrumente. Dann nahm er den Schlagstock von der Wand.

32

Wir erstatteten Anzeige gegen Unbekannt. Alle Indizien sprachen für einen Giftanschlag. Was suchte auch ein Stallhase mit zertrümmertem Schädel in freier Natur? Die Tierärztin war sich dessen sicher, aber der diensthabende Mitarbeiter der Umweltpolizei machte uns wenig Hoffnung. Dennoch gab er uns die Adresse einer Landesbehörde, bei der wir einen Antrag auf Erstattung der Kosten für die Giftanalyse stellen sollten. Die Proben gingen an ein toxikologisches Labor nach Göttingen. Wir riefen dort an, um das Material anzukündigen. Charlotte hatte das Telefon auf Lauthören gestellt.

»Die Analyse braucht etwas Zeit«, vertröstete uns der zuständige Wissenschaftler. Oft wäre das Gewebe erheblich zersetzt, sodass sich nichts mehr nachweisen ließe.

»Die Proben sind so frisch wie vom Schlachter«, entgegnete Charlotte. »Die Tierärztin hat sie gleich zweimal genommen. In meiner Tiefkühltruhe liegt noch mehr, sollten Sie Nachschub benötigen.«

»Dann schicken Sie's doch gleich nach Berlin.« Jetzt war er eingeschnappt.

Beschwichtigend hob ich die Hände. Bloß keinen Streit vom Zaun brechen! Wir konnten uns nicht leisten, ihn zu verärgern.

»Ich weiß auch nicht, weshalb die Post immer die Sendungen verschludert, die mir am wichtigsten sind«, sagte Charlotte und zwinkerte mir zu. »Könnten Sie mir bitte eine kurze Nachricht schicken, sobald die Proben bei Ihnen eingetroffen sind?« Wenn sie wollte, konnte sie richtig höflich sein.

Er grummelte ein wenig, versprach uns jedoch nichts.

»Dieses Mal geht bestimmt nichts verloren«, sagte sie, nachdem sie das Telefonat beendet hatte. »Der wird sich an uns erinnern!« Sie grinste zufrieden.

Was sollten wir jetzt tun? Wie konnten wir unsere Vögel vor weiteren Giftanschlägen schützen? Ich rief Herrn Möller an.

»Die Motivation der Täter übersteigt bei Weitem die unseres Verwaltungsapparates«, brachte er es auf den Punkt. »Das ist die Krux in diesem Land«, schimpfte er. »Die Vergiftungsfälle von Greifvögeln nehmen zu. Die Tiere kollidieren sozusagen mit der Windkraft, noch bevor die Anlagen stehen. Schauen

Sie nach Dithmarschen! Dort tobt der Windwahn. Dort werden die meisten Großvögel gemordet. Was weg ist, ist weg und macht keine Probleme mehr. Petitionen und brisante Akten verschwinden, kritische Mitarbeiter werden in ein anderes Ressort versetzt, und die Vögel werden noch schnell beseitigt, bevor sich jemand ihrer Rechte annehmen kann. Wir haben es hier nicht mehr mit Einzeltätern zu tun. Dahinter steht eine gut vernetzte Gruppe von Kriminellen. Sie sind mit den Schwächen unseres Fahndungssystems vertraut. Ihre Methoden sind so ausgeklügelt, dass selbst erfahrene Fahnder hilflos davorstehen. Die Verfolger engagieren sich ehrenamtlich, aber die Täter werden gut dafür bezahlt. Und raten Sie mal von wem?«

Ich war wieder einmal in einen dieser Möllerschen Monologe hineingeraten. Dabei wollte ich nur wissen, was wir nun tun sollten. Wir waren höchst alarmiert.

»Inzwischen hat der Artenschutzreferent im Umweltministerium wenigstens öffentlich eingeräumt, dass die bekannten Vergiftungsfälle lediglich die Spitze des Eisbergs sind«, fuhr Herr Möller nach einer kurzen Atempause fort. »Wenn Einsicht jedoch nicht unmittelbar zum Handeln führt, dann ist etwas faul im Staate …« Er stieß einen schweren Seufzer aus, und zum ersten Mal vernahm ich, wie diese feste, melodische Stimme brach. Auf einmal klang er wie der 80-Jährige, der er inzwischen geworden war. »Solange die Belohnung für das Morden bei Weitem das Risiko übersteigt, dafür bestraft zu werden, wird sich die perverse Fantasie der Täter neue, weitaus feinere Methoden einfallen lassen, und es wird immer schwieriger, ihnen auf die Schliche zu kommen. Wissen Sie, was das eigentliche Problem ist?«

Ich wartete. Er würde mir die Antwort schon geben.

»Der Schutz von Leben und Gesundheit ist eben nicht sexy.« Er lachte kehlig. »Was Sie tun sollten?«, griff er endlich meine Frage auf. »Jeden Morgen bei Sonnenaufgang die Horstplätze, egal ob Seeadler, Rohrweihe, Bussard, Uhu, Habicht oder Rotmilan, nach Giftködern absuchen. Aber passen Sie auf, dass Sie diesem Pack nicht in die Arme laufen!«

Ich hatte mich mit Charlotte für den nächsten Morgen verabredet. Am Abend rief sie mich an und sagte ab. Sie hatte hohes Fieber. Mir war nicht wohl bei dem Gedanken, die Horste allein zu kontrollieren. Aber ich wollte auf keinen Fall Jan ansprechen. Er war ausgerastet, als ich ihm von dem vergifteten Hund und dem toten Kaninchen erzählt hatte. Nicht auszudenken, was er tun würde, wenn wir im Wald den Täter überraschten. Außerdem sollte er für die Mathe-Klausur am Vormittag ausgeschlafen sein.

Der Wecker klingelte um halb sechs. Zeit genug für eine heiße Dusche und eine Tasse Tee. Der Rucksack war bereits gepackt. Neben Taschenlampe und Kadavertüte hatte ich die Pfefferpistole eingesteckt. Sie stammte aus den Zeiten, in denen ich oft nachts allein in einer fremden Stadt von einer Konferenz in mein Hotel zurücklief. Nicht immer war auf die Schnelle ein Taxi zu bekommen. Ich hatte Glück, musste den Jet Protector nie einsetzen.

Am Waldrand stellte ich das Fahrrad ab. Ich holte die Pfefferpistole aus dem Rucksack und schob sie in die Tasche meiner Jacke. Ich probierte aus, wie schnell ich sie ziehen konnte. Sie war griffbereit. Ich knipste die Stirnlampe aus und machte mich auf den Weg. Eine nervöse Unruhe trieb mich voran. Zuerst wollte ich nach dem Rotmilan sehen. Für ihn bestand höchste Alarmstufe, denn er war den Windmüllern ein Dorn im Auge, stand ihren ambitionierten Plänen im Weg. Außerdem hatte der tote Stallhase ganz in der Nähe des alten Rotmilanhorstes gelegen. Für mich ein Hinweis, dass es kein

Hundehasser war, der diesen Köder ausgebracht hatte. Es war noch dämmrig, und unser Rotmilan war ein Langschläfer. So früh im Jahr flog er vor acht, halb neun nicht aus. Wie vertraut ein Vogelmörder wohl mit den Gewohnheiten seiner Opfer war? Für mich waren diese Menschen der Abschaum der Gesellschaft. Sie waren Wilderer, agierten im Verborgenen und besudelten die Reinheit der frühen Stunde mit ihrer feigen Verachtung. Im Zwielicht des anbrechenden Tages, der heiligsten aller Stunden, wähnten sie sich geschützt. Eigentlich wäre dies der Moment, andächtig den noch unberührten Tag zu begehen. Aber dieses erhebende Gefühl wollte sich nicht bei mir einstellen.

Ich überlegte, welchen Weg ich einschlagen sollte. Höchste Wachsamkeit war angesagt. Es konnte sein, dass ich zu früh kam. Aber besser zu früh als zu spät. Ich verließ den Fußweg und schlug mich durchs Unterholz. Ich wollte mich dem Horst aus dem Dickicht des Waldes heraus, sozusagen von hinten her, nähern. Unter meinen Füßen raschelte das Laub, knackten Zweige. Ab und an verweilte ich an einem der Baumriesen und lauschte. Ein frischer Wind strich durch das noch lichte Geäst und trug die Geräusche fort. Er würde meine Schritte dämpfen, aber auch die anderen, fremden Schritte. Ich spitzte die Ohren. Waren sie vor oder hinter mir?

Dann sah ich das große weiße H. Es leuchtete im Dämmerlicht. Ich hatte das Zeichen auf alle Seiten des Stammes gesprüht. Ich duckte mich in den Schatten einer mächtigen Buche und spähte zum Horstbaum hinüber. Dort oben befand sich der alte Horstplatz des Rotmilans, den die Kolkraben in diesem Frühjahr wieder bezogen hatten. Knapp 15 Meter lagen zwischen mir und dem Baum. Zu seinen Füßen erstreckte sich ein Meer aus Laub. Prüfend suchten meine Augen den Boden ab. Da war nichts außer einem hellen Fleck ein paar Meter abseits des Stammes. Ich hielt es für einen Fetzen Plastik, den die Vögel vermutlich angeschleppt und dann aus dem Nest geworfen hatten. Mein Blick wanderte sichernd umher, suchte angestrengt im dämmrigen Raum nach einer Bewegung. Ich lauschte. Nur Wind, sonst nichts. Schnell duckte ich mich und huschte aus dem Schutz meines Verstecks zum Horstbaum hinüber.

Der helle Fleck war kein Plastik. Ich beugte mich vor. Mein Herz pochte wild wie nach einem Spurt. Dort lag ein weißes Kaninchen. Ein typischer Stallhase mit schwarzen Tupfen an Flanken und Pfoten. Sein Kopf war zertrümmert. Dunkles Blut verklebte die Augen. Genauso hatte das Kaninchen ausgesehen, von dem der armselige Hund gefressen hatte. Nur, dass die Tupfen in seinem Fell braun und nicht schwarz gewesen waren. Er war also unterwegs, vielleicht gar nicht weit weg. Ängstlich sah ich mich um und zog schnell den Rucksack vom Rücken. Ich hatte die Kadavertüte in die Seitentasche gesteckt. Ich fasste den Schiebergriff des Reißverschlusses. Dann hielt ich inne. Und wenn er klemmte? Bei mir klemmten sie immer, wenn es schnell gehen musste. Sie bockten an Stiefeln und Jacken. An Hosen war es besonders peinlich. Auf einmal ging nichts mehr. Weder auf noch zu. Ich steckte fest, halb zu, halb offen. Ich zerrte, fühlte mich hilflos zwischen zwei Zuständen gefangen wie in einem Aufzugsschacht. Oft zerbrach der Schieber, meist aus billigem Plastik, von meinem Gezerre. Ich starrte auf den Rucksack und fragte mich, was wäre, wenn sich beim Öffnen die Zähnchen des Reißverschlusses in der Tüte dahinter verhakten? Ich hatte noch ein gutes Stück Strecke vor mir, mochte das tote Kaninchen nicht so offen mit mir herumschleppen. Nun mach schon!, trieb ich mich an. Ich nahm einen tiefen Atemzug und konzentrierte mich auf meine Hände. Vorsichtig zog ich den Reißverschluss auf. Das starre Plastik der Tüte drängte durch die wachsende Öffnung nach draußen. Behutsam schob ich meine Finger zwischen Tüte und Reißverschlußzähnchen und führte den Vorgang ohne Stocken zu einem erfolgreichen Abschluss. Ich atmete aus. Ich hob das Kaninchen am Hinterlauf hoch. Steif wie ein Holzklotz hing es in der Luft. Meine Hände zitterten, als sie das geschundene Tier in die Tüte hineinschoben. Und auf einmal packte mich ein unbändiger Zorn. Eilig schulterte ich den Rucksack, schnappte die Tüte und lief, jegliche Vorsicht missachtend, los. Von einer bösen Ahnung getrieben stapfte ich weiter durchs Unterholz, spürte hier und da den Hieb eines Zweiges gegen Brust und Schultern. Nur meinen Kopf nahm ich in Schutz, sonst war mir alles egal. Plötzlich blieb ich stehen. Mein ganzer Körper bebte. Rund 20 Schritte entfernt sah ich das H, das den neuen Horstbaum markierte. Ich spähte umher und stieß dampfenden Atem in alle Richtungen. Wenn einer den Rotmilan erwischen wollte, dann wäre er hier am richtigen Ort. Nur Charlotte und die Behörde wussten davon. Ich hatte den Horst im Jahr zuvor entdeckt und den Behörden gemeldet. Der neue Brutplatz des Rotmilans war von unten nicht sichtbar, so gut war er versteckt. Die Markierung des Baums zeigte lediglich an, dass sich darauf ein großes Nest befand. Es hätte jeder andere Vogel, auch ein Kolkrabe sein können. Alle Vorsicht vergessend, lief ich mehrmals um den Baum herum, suchte in seinem engeren Umkreis den Boden ab, stöberte aufgeregt im losen Laub. Zu meinen Füßen lag ein abgebrochener Ast. Ich blickte in die noch düstere Baumkrone hinauf. Womöglich war er beim Sturm heruntergekommen. Hier am Boden war nichts. Es hätte ja sein können … In meinem Rücken brach leise ein Zweig. Meine Hand glitt in die Jackentasche, fasste die Pfefferpistole. Ruckartig wandte ich mich um. Meine Schläfe prallte hart gegen … eine Wand? Ein stechender Schmerz, Lichtblitze und Schluss.

33

4. November

14 Uhr. »Windstärke neun«, sagt Franziska und legt das Handy neben Jans Tasse auf dem Biedermeiertisch ab. »Laut Sturmwarnung ist das Schlimmste noch nicht überstanden.«

Draußen im Feld ist niemand mehr. Büschel aus Reisig rollen durch den Garten hinter dem Haus. Trockenes Laub wirbelt durch die Luft. Eine gräuliche Patina bedeckt die Landschaft, und durch das trübe Licht blitzt das rote Blinken der Windkraftanlagen. Die Rotoren stehen still, bis auf einen. Er rast. Meine Augen suchen den dunklen Fleck auf einem der Rotorflügel. Er ist immer noch da, hält sich dort oben. Verbissen. Schwindelerregend. Ich will da nicht hinsehen. Mein Blick geht zur Uhr. Erst zwei Uhr, staune ich, und schon so dunkel.

Franziska sieht mich an. Die Glut in ihrem Blick ist erloschen, als hätte sie … aufgegeben? Es tut gut, nicht mehr von ihren Fragen nach Jan bedrängt zu werden. Stattdessen blickt sie mich mit einer Ernsthaftigkeit an, die mir neu an ihr ist. Habe ich sie enttäuscht? Hatte sie wirklich gehofft, hier noch etwas zu retten?

Ich muss an eine Meldung denken, die im vergangenen Jahr durch die Medien ging. Ein Whistleblower aus der skandinavischen Windindustrie hatte offengelegt, dass es von Seiten der Hersteller üblich wäre, in die Steuerungssoftware von Windkraftanlagen einen Testmodus einzubauen, sodass sie im Testbetrieb nicht mit voller Leistung liefen und folglich weniger Lärm machten. Im hauseigenen Testprotokoll würden diese niedrigeren Werte jedoch als Emissionen unter Vollbetrieb vermerkt. »Wusstest du, dass in der Windbranche die Software der Anlagen ähnlich manipuliert wird, wie es in der Autoindustrie inzwischen gang und gäbe ist?«, frage ich sie.

Franziska sieht mich ungläubig an.

»Bei den Dieselmotoren geht es um Abgase, bei Windkraftanlagen um Lärm«, fahre ich fort. »Die Anlagen laufen beim Test in einem automatisch abgebremsten Modus und gaukeln vor, leiser zu sein, als sie es bei Normalbetrieb sind. Das sind die neuzeitlichen Methoden, um Grenzwerte einzuhalten. Man modifiziert einfach die Prüfsoftware, um die Emissionswerte innerhalb der zulässigen Belastungsgrenzen zu halten.« Jan hatte mich damals darüber aufgeklärt. Er musste ein wenig weiter ausholen, um mir das Ausmaß dieser Datenfälschung begreiflich zu machen. Diese theoretischen Superzahlen aus den Musterzertifikaten der Hersteller gingen nämlich in alle nachfolgenden Berechnungen der Planer ein, bildeten die Grundlage für deren gesamte Auslegungen, auch zu den Abständen von Häusern und Siedlungen. Die Angaben für Schallemissionen fußten somit auf einer Lüge. »Und wenn die Anlagen einmal stehen, haben sie Bestandsschutz und wir Anwohner stehen in der Beweispflicht«, sage ich. »Wir werden nach Strich und Faden betrogen.« Ich sehe, dass Franziska sich nicht für dieses Thema interessiert.

»Ich möchte wissen, wie es weiterging, nachdem die ersten beiden Windkraftanlagen hochgezogen waren?«, fragt sie stattdessen.

Ich hebe die Augenbrauen. »Was soll ich dir noch erzählen? Du kennst meine Polizeiakte.«

Sie nickt. »Du meinst deine Anzeige gegen den Bürgermeister.«

»Die habt ihr elegant unter den Tisch fallen lassen«, sage ich.

»Das stimmt nicht!« Energisch schüttelt sie den Kopf. »Sie wurde sogar zur Chefsache gemacht.«

»Das glaube ich nicht.«

»Die Akte liegt bei der Staatsanwaltschaft in Kiel.« Sie zieht die Lippen ein, als wollte sie sich den Mund verbieten.

»Bei Donath?«, frage ich ungläubig.

Sie nickt verhalten.

»Weshalb weiß ich nichts davon?«

»Jetzt weißt du es«, erwidert sie schroff. »Er kam persönlich vorbei, um sie abzuholen. Das war, nachdem Henning Pahl diese Morddrohungen erhalten hatte. Bei uns war es die Akte ›Pahl‹. Es gab keinen Grund, dich darüber in Kenntnis zu setzen.«

»Wieso ›Pahl‹?«

»Nach deinem Unfall im Wald hattest du Anzeige gegen Henning Pahl erstattet. Damit fing es an. Deshalb steht sein Name auf der Akte. Eine rein verwaltungstechnische Vorgehensweise. Die Morddrohungen kamen später dazu.«

»Unfall?«, empöre ich mich. »Es war ein Überfall.«

»Ja, so steht es im Protokoll, das der Kollege aufgenommen hatte. Auch, dass du Henning Pahl dafür verantwortlich machtest. Allerdings gab es keine Beweise.«

»Und was ist mit der Spaziergängerin, die mich fand?« Unweigerlich spüre ich wieder den warmen weichen Waschlappen im Gesicht. Ich öffne die Augen und erkenne den massigen Kopf einer Deutschen Dogge über mir, blicke in ihr sabberndes Maul, und dann fällt diese breite rosa Zunge heraus und …

»Ihr Hund fand dich am Boden«, erklärt Franziska. »Du warst ohnmächtig, als sie dazukam. Neben dir lag ein morscher Ast. Sie nahm an, dass er heruntergekracht war und dich am Kopf getroffen hatte. Das erklärte auch die Beule und die Gehirnerschütterung. Du hattest Glück gehabt.«

Ich erinnere mich. Die besorgte Frau hatte mich ins Krankenhaus gefahren. Sie hatte gewartet, bis der Arzt mich versorgt hatte, um mich nach Hause zu bringen. Es war bereits nach neun, und ich konnte an nichts anderes denken. Ich musste unbedingt so schnell wie möglich zum Horstbaum zurück. Aber die Frau weigerte sich, mit mir noch einmal zum Wald zu fahren. Ich ließ mich bei Charlotte absetzen. Es brauchte eine Weile, bis sie die Haustür öffnete. Charlotte kam direkt aus dem Bett. Sie sah erbärmlich aus. Trotz ihres angeschlagenen Zustandes holte sie das Auto aus der Garage, und wir düsten zum Wald. Ein Rotmilan flog auf, als wir dort ankamen. Wir waren zu laut gewesen, hatten den Altvogel aufgeschreckt. Wir suchten den Boden ab. Da war kein totes Kaninchen weit und breit. Mag sein, dass ich den Täter verscheucht hatte. Aber was war mit dem Uhu? Ich rannte los. Charlotte folgte mir langsam. Sie war zu angeschlagen, um mitzuhalten. Eine Woge von Übelkeit überkam mich, als ich die beiden Jungen allein im Nest sitzen sah. In dieser Zeit huderte das Weibchen ihre Brut unablässig. Nur zum Fressen verließ sie das Nest. Auf dem nahe gelegenen Rupfplatz entdeckten wir eine geschlagene Ringeltaube. Vermutlich hatte der Uhu sie für sein Weibchen dort abgelegt. Weshalb hatte sie das Futter nicht angerührt? Wir suchten die nähere Umgebung ab. Charlotte fand ein paar winzige Büschel von Tierhaaren. Nicht der Rede wert. Sie steckte sie trotzdem ein. Sie bot sich an, das Nest weiter im Auge zu behalten. Als am nächsten Tag das Weibchen immer noch ausblieb, rief sie beim Eulenschutz an. Ein Tierschützer kam und nahm die Jungvögel mit, um sie in eine Aufzuchtstation zu bringen.

»Und was ist mit dem Uhu?«, wende ich mich an Franziska.

»Steht alles in der Akte«, erwidert sie.

»Die Akte, die unter Verschluss ist«, sage ich.

Franziska schüttelt den Kopf. »Sie ist bei der Staatsanwaltschaft.«

»Die Petition, der Wechselhorst, der Uhu, das tote Kaninchen, die Pfefferpistole«, zähle ich auf. »Alles weg! Genauso wie jetzt die Akte. In meinen Augen hat das Methode.«

Franziska schweigt.

Am liebsten würde ich sie packen und schütteln. »Das fantasiere ich mir doch nicht zusammen!«

»Bist du deshalb in das Haus des Bürgermeisters eingebrochen?«, fragt sie.

Das tote Kaninchen zu finden, wäre müßig gewesen. Aber der Jet Protector war unverwechselbar. In jener einsamen Zeit, unterwegs in fremden Städten und so weit weg von zu Hause, war ich von der fixen Idee besessen gewesen, in alles, was mir wichtig war, meine Initialen gravieren zu lassen. »Ich suchte meine Pfefferpistole«, entgegnete ich. »Die Polizei unternahm ja nichts.«

Franziska sieht nachdenklich aus. »Das mit dem Einbruch steht übrigens in einer anderen Akte«, sagt sie schließlich. »Eine mit deinen Namen. Die ist noch bei uns.«

34

Anne-Rose Pahl zeigte mich an. Aber ich will nicht vorgreifen, will erzählen, wie es dazu kam.

Woher ich wusste, wo die Pahls ihren Ersatzschlüssel zum

Haus versteckten? Ganz einfach. Ich schaute an der Stelle nach, wo ihn alle versteckten. Auch wir. Der Pahlsche Blumenkübel war zwar etwas schwerer als unserer, aber so wie bei uns gab es auch auf ihrem Hof nur zwei davon. Ich entschied mich für den, der am weitesten von der Haustür entfernt stand. Als ich den Kübel zur Seite rollte, ging das Hoflicht an. Ich hatte mich aus der Dunkelheit von der Rückseite des Gebäudes her angeschlichen und dicht an der Hauswand entlang vorangearbeitet, um genau das zu vermeiden. Ein kaltweißes Flutlicht erhellte plötzlich den Vorplatz und warf meinen Schatten auf diese verräterische Bühne. Ich lauschte, war bereit für einen schnellen Rückzug. Denn spätestens in diesem Moment hätte der Hund anschlagen müssen. Tat er aber nicht. Am Nachmittag war ich unter dem Vorwand, Flugblätter zu verteilen, zum Pahlschen Hof gefahren. Das Stück Pansen, das ich dem Deutsch-Drahthaar kurzerhand über den Zaun geworfen hatte, war mitsamt dem Betäubungsmittel in Windeseile hinuntergewürgt. Vermutlich träumte er noch von diesem Leckerbissen, denn sonst hätte er gebellt. Ich griff mir den Schlüssel und hastete zur Haustür.

Im Flur roch es nach Kohlsuppe. Die getönten Butzen der Haustür dämpften das grelle Licht der Hoflampen, die auch den Flur erhellten. Dann schaltete sich das Flutlicht aus, und es wurde schlagartig dunkel. Ich knipste die Stirnleuchte an. Der Lichtkegel glitt durch die breite Diele, von der die umliegenden Räume abgingen. Die Tür zur Küche war angelehnt. Alle anderen Türen waren zugezogen.

Bei meinem vorletzten Besuch hatte Henning mich an der Küche vorbei ins Wohnzimmer geschleust. Von dort hatte ich durch eine halb geöffnete Tür in ein weiteres Zimmer blicken können, das dahinter lag. Ich nahm an, dass es sein Jagdzimmer war. Dort wollte ich hin. Denn wo anders sollte er meine

Pfefferpistole aufbewahren als bei seinen Jagdwaffen? Mein Gefühl sagte mir, dass er sie immer noch hatte. Ich drückte die Klinke zum Wohnzimmer. Im selben Moment ertönte ein lauter Gongschlag. Ich erschrak und zog die Tür schnell wieder zu. Hinter ihr schlug die alte Wanduhr ein zweites Mal. Mein Blick ging zur Treppe. Die Schlafzimmer lagen im oberen Stockwerk. Hoffentlich schliefen sie tief. Mehr Schläge würden nicht kommen, beruhigte ich mich. Wenn es drei schlug, wollte ich längst von hier fort sein.

Als ich das Wohnzimmer betrat, stieg mir kalter Zigarrenrauch in die Nase. Schnell schloss ich die Tür hinter mir. Ich hielt mir die kribbelnden Nasenlöcher zu und unterdrückte ein Niesen. Ich richtete den Schein meiner Lampe in die Tiefe des Raumes hinein, geradewegs dorthin, wo ich das Jagdzimmer vermutete. Die Tür stand offen. Langsam bewegte ich mich in die Richtung. Ein Lichtschein kam auf mich zu und ließ mich für Sekunden erstarren, bis ich begriff, dass es mein Spiegelbild war. Im Glas einer Vitrine strahlte mir der Widerschein meiner Lampe entgegen. Ich erkannte einen Schaukasten mit Sammlerstücken. Darin waren Figurinen in Jagdszenen: Jäger mit Hund, Hund mit Beute, Rehwild beim Äsen. Einige waren aus Porzellan, ein paar Bronzestücke waren darunter, aber das meiste war aus billigem Eisenguss. Mein Blick fiel auf ein altes Besteck mit Griffen vermutlich aus Hirschhorn. Daneben lag ein ziemlich abgegriffenes Lederetui, in das ein rufender Auerhahn eingraviert war. Auf der unteren Ablage befand sich ein Sammelsurium recht altertümlicher Taschenmesser. Darunter war eines, ein silbernes mit feinen Verzierungen, das ich mir gerne näher angeschaut hätte. Bestimmt war es antik. Ansonsten nur Schund. Ich beugte mich vor, um tiefer in das Regal zu sehen, da entdeckte ich die Schublade. Sie war so sauber in den Holzrahmen eingelassen, dass ihre Umrisse fast nicht erkennbar waren. Nur das von einer zarten Rosette verzierte kleine Schlüsselloch ließ darauf schließen, dass sich ganz unten am Boden der Vitrine ein Schubfach befand. Ich ging in die Hocke und fasste unter den Holzrahmen. Ich klopfte. Der Boden klang hohl. Ich versuchte, die Lade nach vorne zu schieben. Sie bewegte sich nicht. Sie war verschlossen. »Verdammt!«, entschlüpfte es mir. Eigentlich wollte ich keine Spuren hinterlassen. Aber ich war darauf vorbereitet. Ich zog das Brecheisen aus dem Gürtel, tastete mit den Fingern das Holz ab. Da war sie, die Rille der Lade. Sie zog sich über die gesamte Breite der Vitrine, war länger, als ich vermutet hatte. Ich drückte die Brechstange in den feinen Spalt direkt über dem Schloss und wollte gerade den Hebel ansetzen, da wurde es hell über mir. Etwas Hartes stieß mir in den Rücken.

»Hände hoch!«, brüllte eine Stimme. Sie klang schrill.

Langsam hob ich die Hände.

»Brecheisen runter!«

Die Metallstange polterte auf die Holzdielen.

»Aufstehen!«

Ich erhob mich.

»Umdrehen!«

Ich nahm einen tiefen Atemzug und drehte mich um.

Anne-Rose trat einen Schritt zurück. »Du?«, rief sie erschrocken und starrte mich aus tellergroßen Augen an.

Erleichtert nahm ich wahr, wie der Lauf der Jagdbüchse langsam nach unten sank. Ich fragte mich, ob dies nur aus Schreck geschah, oder ob sie die Situation nun als weniger bedrohlich einschätzte.

»Was suchst du denn hier?«, flüsterte sie mit gepresster Stimme, als wollte sie niemanden aufwecken. In ihrem geblümten Nachthemd sah sie aus wie Calamity Jane beim Krähenverscheuchen.

Ich verkniff mir ein Grinsen. »Ich suche etwas, das mir gehört«, gab ich mit fester Stimme zurück.

Henning tauchte hinter ihr auf. Im Schlafanzug sah er wie ein Gartenzwerg aus. Er duckte sich, als er mich sah.

Anne-Rose warf den Kopf zur Seite, erwartete wohl, dass ihr Ehemann nun einschritt. Aber Henning dachte nicht daran. Er hielt sich wacker hinter dem Rücken seiner Frau, sagte kein Wort.

Er hätte wenigstens »Moin« sagen können, ging es mir durch den Kopf. Ich unterdrückte den Impuls, mich über diesen Mangel an Höflichkeit zu beklagen. »Henning weiß, was ich suche«, sagte ich stattdessen.

Anne-Rose wandte sich um und sah ihren Mann an. Dann ging ihr Blick zu mir zurück. »Was geht hier vor?« Sie hatte wieder diesen schrillen Ton angeschlagen.

Ich heftete meine Augen auf Henning und schwieg.

»Ich verstehe nichts«, stieß sie hervor. Ihre Arme begannen, hilflos zu zucken, und der Gewehrlauf pendelte bedrohlich hoch und runter.

Beschwichtigend hob Henning die Hände. »Leg bitte das Gewehr zur Seite.« Er bemühte sich, ruhig zu bleiben.

Aber Anne-Rose hörte ihn nicht. »Du hast hier nichts verloren!«, schrie sie mich an.

»Ich will nur meine Pfefferpistole zurück«, erwiderte ich ruhig.

Ihre Augen verengten sich zu Schlitzen. »Pfefferpistole!«, stieß sie höhnisch hervor, und ein paar Speicheltröpfchen spritzten mir ins Gesicht. »Spar dir deine Märchen! Selbst die Polizei nimmt sie dir nicht ab. Geh besser zum Arzt!«

»Und was ist mit dem toten Kaninchen?«, setzte ich nach.

»Du bist verrückt!« Sie war kurz davor auszurasten. »Henning, ruf sofort die Polizei und bestell den Notarzt gleich mit!«, schrie sie. Rote Flecken prangten auf ihrem Hals.

Aber Henning, ganz Joe Dalton im Zustand des Gedächtnisschwunds, rührte sich nicht.

»Was ist?«, fuhr Anne-Rose ihn an. »Weshalb unternimmst du nichts?«

»Muss das jetzt sein?«, stöhnte er. »Hältst du es wirklich für nötig, einen solchen Aufstand zu machen? Es ist doch nichts passiert.«

Anne-Rose sah ihren Mann entgeistert an. »Sie ist bei uns eingebrochen. Willst du sie einfach wieder nach Hause schicken?« Sie schaute sich um. »Wo ist eigentlich der Hund? Weshalb hat er nicht angeschlagen?«

»Er ist im Stall«, sagte Henning. »Er kam mir ein wenig rammdösig vor. Ich wollte nicht, dass er ins Haus kotzt.«

»Rammdösig?« Anne-Rose runzelte die Stirn, sah mich forschend an. »Du warst heute Nachmittag hier, hast einen Zettel in den Briefkasten gesteckt. Einer der Jungen hat dich gesehen. Hast du etwa …?«

»Ich weiß, weshalb Henning die Polizei nicht holen will«, unterbrach ich sie eilig, um den Wechsel auf diesen mir unangenehmen Nebenschauplatz im Keim zu ersticken. »Die Polizisten könnten ihn auffordern, die Schublade unter der Vitrine zu öffnen.«

Anne-Roses Stirn kräuselte sich in unzählige Fältchen. Offensichtlich dachte sie nach. Sie stand zwischen Henning und mir. Sie war verwirrt, und es war ihr anzusehen, dass sie nicht wusste, wem von uns beiden sie glauben sollte. Plötzlich wandte sie sich an ihren Mann. »Dann schließ diese verdammte Lade jetzt auf!«, zischte sie ihn an. »Beweise ihr, dass du sie nicht hast, damit diese Verrückte uns in Ruhe lässt!«

Henning trat von einem Bein aufs andere. Er hatte sich immerhin die Zeit genommen, in seine Filzpantoffeln zu schlüpfen, während Anne-Roses nackte Füße mich zu interessieren begannen. Sie hielt noch immer das Gewehr in der Hand, zwar mit gesenktem Lauf, aber ich spürte, sie war noch nicht fertig. Auch sie suchte nach einer Gewissheit über etwas, das sich allerdings meiner Kenntnis entzog. Ein Misstrauen lag deutlich spürbar in der Luft, das nicht nur mir, sondern auch Henning galt.

»Es geht nicht«, hörte ich Henning zu meinem Erstaunen sagen. »Ich meine, ich kann sie nicht aufschließen. Ich weiß nicht, wo der Schlüssel ist. Vielleicht habe ich ihn verloren. Kein Wunder, so klein wie der ist. Ich habe die Lade noch nie benutzt.« Mit Nachdruck schickte er hinterher: »Da ist nichts drin.«

Anne-Roses Augen wanderten zu der Brechstange am Boden, und ich fragte mich, ob sie ihm die Story abnahm. Sie gab dem Eisen einen leichten Tritt mit dem Fuß, sodass es aus meiner Reichweite rollte. Dann drückte sie Henning das Gewehr in die Hand. »Halt sie in Schach!«, befahl sie und ging aus dem Zimmer.

Henning starrte mich an, und ich starrte zurück. Meine Kehle war auf einmal wie zugeschnürt, und ein heftiges Zittern erfasste meinen Körper. Dann brach ein hysterisches Lachen aus mir heraus. Prustend sackte ich nach unten, schlug mir auf die Oberschenkel, kicherte, johlte und kreischte. Ich grölte, bis mir die Tränen kamen. Ich hielt mir den Bauch vor Schmerzen, lachte und schluchzte.

Kurz nachdem die Wanduhr dreimal geschlagen hatte, traf die Polizei ein. Ich kauerte noch immer am Boden, war völlig aufgelöst. Eine junge Rothaarige fasste meinen Arm und zog mich hoch. Sie gefiel mir auf Anhieb, und die ruhige Bestimmtheit, mit der sie mich abführte, brachte mich wieder ins Lot. Im Polizeiwagen schlief ich sofort ein. Anne-Rose hatte wohl keinen Notarzt bestellt, oder er war nicht gekommen. Jedenfalls fuhren sie mich zuerst in ein Krankenhaus. Ich hatte mich wieder beruhigt, und der diensthabende Arzt sah keinen Grund für eine Behandlung. Ich weiß nicht, was Henning den Polizisten gesagt hatte, aber sie nahmen mich nicht mit auf die Wache. Sie fuhren mich nach Hause. Zum Glück war Tom da und machte uns auf, denn ich konnte meinen Schlüssel nicht finden. Ich war zu erschöpft, sodass mir das Versteck unter dem Blumenkübel gar nicht in den Sinn kam. Tom wirkte nicht überrascht. Später erfuhr ich, dass Henning ihn angerufen hatte. Ohne einen Kommentar brachte Tom mich zu Bett. Ich sollte mich für die Polizei am nächsten Morgen zum Verhör bereithalten.

Jene Nacht, so banal sie mir heute erscheint, brachte alles ins Rollen. Hätte ich nicht bei den Pahls eingebrochen, hätte ich weiter geschwiegen und Tom mein Geheimnis nicht preisgegeben. Und Tom wäre nicht über diesen Text gestolpert. Es lief wie beim Billard: Ein einziger Impuls verändert alles.

Auch Henning Pahl wurde allmählich nervös.

35

Staatsanwalt Uwe Donath stellte das Telefon in die Ladestation zurück. Er hatte Henning gebeten, ihn nicht mehr über das Diensttelefon anzurufen. Alle Anrufe darüber wurden in der Zentrale registriert. Besser keine unnötigen Spuren hinterlassen, entschied er. Sein Handy klingelte. Donath widerstand dem Drang, das Gespräch sofort anzunehmen. Die Leute nahmen sich einfach zu wichtig, wenn man gleich für sie lossprang. Er ließ das Mobiltelefon einige Male läuten, bevor er sich meldete.

»Dumme Sache«, murmelte Henning und führte das Gespräch an der Stelle fort, an der Donath es unterbrochen hatte. Sie hatten über den Einbruch gesprochen. »Diese Frau ist unberechenbar«, stöhnte Henning.

»Deine wohl auch«, bemühte sich Donath, der angespannten Atmosphäre etwas entgegenzusetzen.

Henning stieß ein gepresstes Lachen hervor. »Sie wird weitermachen.«

»Redest du von Anne-Rose oder von dieser … Karo?«, versuchte es der Staatsanwalt erneut auf die lockere Art. Die Hilflosigkeit des Bürgermeisters fing an, ihm Sorgen zu machen.

Henning ging nicht darauf ein. »Was soll ich jetzt tun?«

Das klang nicht gut, dachte Donath. Anfänger waren ihm ein Greuel. Und Henning Pahl war der Prototyp eines Anfängers. Auch Frank Lunau war noch nicht so weit, dass man ihn einfach machen lassen konnte. Mit echten Profis wie den Jungs von Ikarus Windsystems fühlte er sich wohler. Amtsvorsteher Zürn war ebenfalls kein Schlechter. Niels begriff wenigstens schnell und wusste, wie der Hase lief. Außerdem befolgte er zuverlässig alles, was von oben kam, so wie es sich für einen Beamten seines Dienstgrades gehörte. Niels Zürn hatte ihn vor einiger Zeit um Rat für eine Kapitalanlage bei Hess & Co gefragt. Viele seiner Kollegen hatten Altersrücklagen in der Windbranche. Donath selbst besaß Aktien in diesem Geschäft. Aber das war kein Thema für die Öffentlichkeit. Arbeitsplätze, Renten und das Schicksal so mancher Kleinanleger hingen inzwischen an diesem staatlichen Tropf. Nicht auszudenken, wenn die Subventionen einbrächen!

»Schaff erst einmal alle Beweise aus dem Haus!«, sagte Donath. Er wollte gar nicht wissen, ob Henning das Zeug noch hatte. Mit diesem Kleinkram mochte er sich nun wirklich nicht abgeben. »Vorerst keine Aktionen mehr, die dich belasten könnten!« Musste er ihm denn alles haarklein vorkauen? »Hast du verstanden?«

»Ja«, erwiderte Henning. Sein Zungenschlag klickte trocken.

Er hat Angst, dachte Donath. Aber Angst war nicht gut für das Geschäft. Er überlegte, was er Henning anbieten könnte, damit er wieder in die Spur zurückfand. Angstgestresste Leute mussten beschäftigt werden, sonst machten sie Fehler. Sie brauchten sinnvolle Anstöße zum Handeln, etwas, das der Sache nützte. Vielleicht auch nur eine Idee, die sie selbst verfolgen und in die Tat umsetzen konnten.

»Vergiss nicht! Du bist ein großmütiger Bürgermeister«, sagte Donath und drückte sein Kreuz in die biegsame Rückenlehne des neuen Bürostuhls. Die Hersteller benannten sie neuerdings nach Inseln, und er hatte sich für das Produkt ›Schwansen‹ entschieden, weil er auf der Halbinsel Aktien in einem Windpark hatte. Vermutlich waren ihnen die Inselnamen ausgegangen, sodass sie die Bezeichnung ihrer Produktpalette nun weiter onshore ausdehnten. Allein der Gedanke, sich bequem in diese stabile und gut gepolsterte Kapitalanlage zu schmiegen, verstärkte das Wohlgefühl ungemein und konnte nur gut für seinen verspannten Rücken sein. Zwar hatte Donath für diese teure und komfortable Anschaffung hart mit dem Fiskus gerungen – das Land musste sparen –, das Attest seines Orthopäden hatte am Ende jedoch den Ausschlag gegeben. »Das Beste wäre, du bohrst da nicht weiter nach«, fuhr er fort. Es war richtig, dass sie Anzeige gegen diese Karo erstattet hatten. Diese Dinge kamen oft auf den merkwürdigsten Wegen an die Öffentlichkeit und warfen ein schlechtes Licht auf denjenigen, der sich nicht wehrte. Man würde sich fragen, weshalb er diese Frau verschonte, die immerhin bei ihm eingebrochen hatte, auch wenn kein Diebstahl vorlag. Mit der Anzeige war sie für die Polizei jetzt ein Fall. Sie bekam eine Akte, und die müsste man nach und nach mit belastendem Material füllen oder diese Karo dazu verleiten, es selbst zu tun. Der Einbruch beim Bürgermeister könnte sich für sie als Bumerang erweisen, wenn Henning ihn geschickt umzulenken verstand. »Diese Frau ist doch nicht glaubwürdig, oder?«, fragte der Staatsanwalt.

»Anne-Rose?«, fragte Henning.

»Neinnn!« Donath verdrehte die Augen. »Die andere.«

Henning gab ein Grunzen von sich, das sich nicht gerade wie Zustimmung anhörte.

»Ist sie vielleicht etwas … durchgeknallt?«, fragte Donath. »Womöglich eine Fanatikerin, die, wie du schon sagst, keine Ruhe geben wird. Hat sie dir gedroht? Ich meine …« Donath brach ab. Wenn Henning es jetzt nicht kapierte, dann konnte er ihm auch nicht helfen. Donath fuhr sich mit der Hand durch das für sein Alter außergewöhnlich dichte Haar. Er war stolz auf seine Mähne. Sie ließ ihn größer und vor allem jünger erscheinen. Letzteres wurde ihm mit jedem Jahr, das er sich der 60er-Marke näherte, zunehmend wichtiger. Jedenfalls sah er nicht wie ein ausklingender 50er aus. Noch nicht. Am anderen Ende der Leitung hatte sich nachdenkliches Schweigen eingestellt. Uwe Donath spürte, wie es im Oberstübchen des Bürgermeisters knisterte.

»Ja«, tönte es plötzlich in den Hörer. Henning wirkte wie aufgeweckt. »Ich habe eine Morddrohung bekommen«, sagte er ein wenig zu fröhlich.

Donath seufzte erleichtert und ersparte sich eine weitere Lektion. »Gut«, sagte er. »Ich hoffe, du weißt, wie man das anstellt. Und bring das Beweisstück schleunigst zur Polizei! Und noch etwas.« Er überlegte kurz und entschied sich dann doch für die nächste Lektion. »Das mit Tom war für meinen Geschmack etwas zu hart. Lass ihn nicht zu sehr leiden. Der Schuss könnte nach hinten losgehen. Wie schon gesagt. Du bist ein großmütiger Bürgermeister.«

36

4. November

15 Uhr. Der Sturm fegt um mein Haus. Er heult auf, sucht verzweifelt nach einer Ritze, will sich hineinzwängen und sein Unwesen im Innern weiter treiben. Aber mein Haus hat keine Ritzen. Schon lange vermag das Rauschen des Windes nicht mehr bis ins Mark meiner Knochen zu dringen. Ich bin mit ihm aufgewachsen und weiß, dass Sturm mir nichts anhaben kann, nicht, wenn ich drinnen bin. Draußen ist das anders. Ich hatte gehofft, den Lärm der Rotoren ebenso aussperren zu können wie die Geräusche des Windes. Ich hatte es mir fest vorgenommen. Aber es ist nicht das Gleiche. Der Wind ist verblüffend wie ein Gaukler, ist mal hier mal dort, mal laut mal leise, mal ist er weg, dann wieder da. Der Schalldruck der Rotoren hingegen kommt und geht wie ein Steuerprüfer mit ausdauernder Anwesenheit, konsequent und ohne Erbarmen. Und wenn er fort ist, hast du Sorge, dass er wiederkommt.

Auch ohne Ritzen bietet mein Haus keinen Schutz vor den Geräuschen der Windkraftanlagen. Denn sie dringen durch die Wände, als wäre da nichts. Drinnen fallen sie zuweilen in einen brummenden Ton, wie Sänger es tun, um die Stimme vor einem Auftritt geschmeidig zu machen. Aber es folgt kein Gesang. Es bleibt bei dem nervtötenden Brummen. Ich habe die Gläser in der Vitrine auseinandergerückt, damit sie nicht klirren. An solchen Tagen gehen auch Jan und ich uns im Haus aus dem Weg. Draußen ist es dann oftmals erträglicher.

Im Zimmer ist es dunkel geworden. Ich ziehe am Faden der betagten Stehlampe, und ein warmer Lichtkreis taucht diesen Platz in Erinnerungen. Hier hatte meine Mutter Strümpfe gestopft. Ich habe noch nie Strümpfe gestopft. Meine Finger sind zu steif für diese Arbeit. Weshalb auch den Verschleiß aufhalten? Er kommt, wie der Windpark, so oder so. Ich betrachte Franziska, ihre glatte Haut, das feine Muskelspiel ihrer Unterarme. Ihre schlanken Finger trommeln leise auf die Armlehnen des Sessels. Sie wartet darauf, dass ich weiter erzähle. Aber noch beschäftigt mich eine andere Frage. »Die Morddrohungen gegen den Bürgermeister stehen nicht in meiner Akte?«, frage ich ungläubig.

»Wieso sollten sie?«, erwidert sie. »Die Anzeige wurde gegen Unbekannt erstattet.«

»Was die Polizei dazu veranlasste, mein Haus zu durchsuchen.« Ich erinnere mich, dass sie Schriftproben von Jan und mir verlangten. Sie fuhren auch zu Tom in die Werkstatt. Sie prüften jedes druckfähige Gerät. Sogar die mechanische Schreibmaschine, auf der mein Vater mit krummen Fingern mühselig Behördenbriefe getippt hatte. »Das Haus des Bürgermeisters wurde nach meiner Anzeige nicht durchsucht«, stelle ich spitzzüngig fest.

»Der Einbruch …«

»… legitimiert zu voreiligen Verdächtigungen?«, falle ich ihr ins Wort. »Gib es ruhig zu: Hier wurde mit zweierlei Maß gemessen.«

»Weshalb regst du dich auf? Letztendlich hat dich die Hausdurchsuchung entlastet.«

»Nur, weil die Polizei nichts bei mir fand? Das glaubst du doch selbst nicht!«, schnaube ich. »Ich wette, Henning dachte sich selbst diese Drohbriefe aus, um mich zu belasten. Man muss nur den Gerüchten lauschen. Es war ein schönes Pressespektakel. Namen wurden nicht genannt, aber jeder wusste, wer gemeint war.«

»Du warst es also nicht?«

Manchmal vergesse ich, dass sie Polizistin ist. »Morddrohungen sind nicht mein Stil«, entgegne ich kühl. »Lernt ihr denn gar nichts über Täterprofile?«

Sie zuckt die Achseln. »Weshalb sollte jemand sich selbst Morddrohungen schicken?«

Ich verdrehe die Augen.

»Ja, schon gut!«, lenkt sie ein. »Ich habe verstanden. Dennoch halte ich nichts von Verschwörungstheorien. Auch diese Sache mit der Softwaremanipulation im Testbetrieb, die weniger Lärm vortäuscht …«

»… soll einer der Hersteller bestätigt haben«, falle ich ihr ins Wort.

Sie schüttelt abwehrend den Kopf. Nachdenklich schaut sie aus dem Fenster. »Glaubst du wirklich, dass du in diesem ganzen Theater so wichtig bist?«

»Theater«, sage ich und lache bitter. »Da hast du wohl recht! Es ist ein Schurkenstreich. Wo ein Gewinner ist, muss es einen Verlierer geben. Sie haben damit erreicht, dass uns niemand mehr ernst nimmt. Was denkst du denn, weshalb sich der Staatsanwalt Hennings Akte geholt hat? Bestimmt nicht als Bettlektüre.« Ich beuge mich vor, suche ihren Blick. »Hat die Polizei schon versucht, sie zurückzubekommen?«

»Dazu gab es bisher keinen Grund«, wehrt sie ab.

Ich blicke hinaus auf das rotierende Windrad. Dieses Spektakel entlockt mir nur noch ein bitteres Staunen. Ich lehne mich in meinen Sessel zurück. »Du wolltest wissen, wie es weiterging«, sage ich. »Wir waren auf das Schlimmste gefasst. Sie hatten den Bauantrag über acht weitere Windkraftanlagen dem für die beiden ersten gleich hinterhergeschoben. Heute weiß ich, dass sie nicht pokerten. Ihre Vorgehensweise war von langer Hand mit den Behörden abgestimmt. Für die Investoren bestand kein Risiko. Sie marschierten einfach durch. Bis auf die Vögel und uns, die sich für sie einsetzten, gab es keine Hindernisse. Die Dorfbewohner waren in ihre gewohnte Lethargie zurückgefallen. Was sie nicht sahen, gab es auch nicht. Charlotte und mich hatten sie demontiert, die Naturschutzverbände gekauft – mir war zu Ohren gekommen, dass die Windbranche neuerdings Eisvogelprojekte finanziell unterstützte –, und die ohnehin auf weitestgehende Zustimmung verpflichteten Mitarbeiter der Umweltbehörden wurden mit Klagedrohungen in die Schranken gewiesen, wenn sie Auflagen für den Betrieb der Anlagen in Erwägung zogen. Es war also nur eine Frage der Zeit.« Ich stehe auf und gehe zum Regal hinüber. Ich ziehe das dicke Fotoalbum heraus und kehre zurück an den Tisch.

37

Weshalb schritt niemand ein?

Wie konnte es angehen, dass sie trotz Baustopps die Türme hochzogen?

Noch heute betrachte ich fassungslos die Fotografien, die ich in jenem Frühjahr von den Bauarbeiten in unserer Feldmark machte. Angst, Wut und Trauer steigen in mir auf, Gefühle, die ich mir damals verbot. Ich versteckte mich hinter dem Objektiv meiner Kamera. Es half mir, den Schrecken der Verwüstung von mir fernzuhalten. Mit dem nüchternen Blick der Zeitzeugin dokumentierte ich sorgfältig die Abläufe der einzelnen Bauabschnitte. Ich gab mir selbst den Auftrag dazu. Erstaunlich, was der kleine Fotoapparat zwischen mir und der Welt zu bewirken vermochte! Ich entdeckte den Zauber des Zooms noch einmal neu. Die Vögel kann ich nie nah genug an mein Auge heranholen. Der Blick durch die Kamera lässt mich zu ihnen emporsteigen, mit ihnen fliegen. Aber dieser Zauber funktioniert auch andersherum. Als in der zweiten Bauphase der Windpark auf insgesamt zehn Türme erweitert wurde, schob ich das Unfassbare mit zunehmendem Öffnungswinkel der Kameralinse von mir weg. Ich zoomte gegen die Bedrohlichkeit. Das stete Springen zwischen ganz nah nach ganz fern verzerrte meine Wahrnehmung und ließ mich für einen Moment die Wirklichkeit übersehen.

Die Arbeiten gingen überall gleichzeitig los. Jeden Tag rief Charlotte an, um zu berichten, was im Dorf passierte.

»Sie haben einen Nistkasten von einem Baum gerissen und in den Graben geworfen«, entrüstete sie sich über die Arbeiter, die die Zuwege zur Baustelle vorbereiteten. »Ich habe zu spät davon erfahren. Da waren die kleinen Meisen schon tot. Muss das sein? Du solltest dir einmal ansehen, wie sie die alten Bäume stutzen. Sie sägen und reißen an den Ästen herum, dass einem schlecht wird. Berserker sind das! Aber die Bordsteinkanten werden ordentlich mit Eisenplatten abgedeckt, damit sie nicht kaputt gehen.«

Straßenschilder wurden abgebaut, die Ortsdurchfahrt gesperrt und Gräben für die Stromleitungen gezogen, während in der Feldmark die Laster anrollten und tonnenweise Recyclingmaterial ankarrten zur Unterfütterung der Zufahrten, Fahrwege und Bauschutthügel für die Sockelplatten der Windkraftwerke. Der Plastikmüll bot mir ein ungeahntes Spektrum an Motiven für meine Makrofotografie. Noch vertrieben sie mich nicht von der Baustelle. Sie hielten sich ran, denn die Wetterlage war günstig: kaum Wind und kein Regen. Sie arbeiteten rund um die Uhr. Nachts erwachte ich von den Erschütterungen der Planierarbeiten, dem Rumpeln an- und abfahrender Lastkraftwagen. Eines Morgens stand die erste Gondel im Feld, ein haushoher Kasten, den sie mit einer Kunststoffplane abgedeckt hatten. Turmsegmente und Flügel folgten in der darauffolgenden Nacht. Ich wurde unruhig. Für Bruno & Co, unseren Feldlerchen, hatte die Setz- und Brutzeit begonnen, in der die Vögel nicht gestört werden durften. Ungeachtet dessen schritt die Erschließung des Baugebiets weiter voran.

An jenem Morgen, als das dritte Windkraftwerk Segment für Segment in den Himmel hinaufwuchs, schnappte ich mir Kamera und Fernglas und schwang mich aufs Fahrrad. Es war ein sonniger, windstiller Tag Anfang Mai, ideal für eine Feldkontrollfahrt. Eine Schranke versperrte neuerdings die Zufahrt zu den Wegen, die um das Gelände herum führten. ›Baustelle – Zutritt verboten‹, stand auf dem Schild. Ich wunderte mich, dass sie einen Bereich absperrten, in dem noch nicht gebaut werden durfte. Dort brüteten Vögel. Die Mitarbeiterin der Umweltbehörde hatte mir versichert, dass die Brut beendet sein müsste, bevor sie diese Fläche erschließen dürften. So stünde es in den Auflagen zur Baugenehmigung. Außerdem waren die Wege öffentlich. Ohne eine Sondergenehmigung konnten sie nicht einfach abgesperrt werden. Im Amtsblatt hatte jedenfalls nichts gestanden. Aber sie waren spät dran. Das schlechte Wetter der vergangenen Wochen hatte den Beginn der Bauarbeiten verzögert.

Ich schob das Rad um die Absperrung herum und fuhr weiter. In der Ferne hörte ich Maschinengeräusche, und je näher ich dem Herzstück des Geländes kam, desto lauter wurde der Lärm. Und dann sah ich die beiden Planierraupen. Sie waren dabei, eine breite Schneise durch eine Graskoppel zu schlagen. Über ihnen kreiste ein Rotmilan. Durch das Fernglas suchte ich die entfernte Umgebung ab. Ein Turmfalke rüttelte über einem Streifen mit noch unversehrter Grasnabe. Erst jetzt vernahm ich das Gezeter der Feldlerchen. Sie waren in hellem Aufruhr. Aber nicht der Greif hatte sie in Panik versetzt. Der schaute täglich auf seinem Beutezug vorbei. Die Feldlerchen flüchteten vor den Maschinen, die sich in ihre Reviere hineinfraßen und ihre Nester platt walzten. Ich fotografierte auf Teufel komm raus. Ich war so auf das Geschehen im Feld konzentriert, dass ich den Geländewagen erst bemerkte, als er mit quietschenden Reifen unmittelbar hinter mir zum Stehen kam. Zwischen meiner Kniekehle und der Stoßstange hatte kaum mehr als ein Tennisball Platz. Die Türen schwangen auf, und zwei Männer sprangen heraus. Selbstsicher bauten sie sich vor mir auf, und der Himmel verdunkelte sich angesichts dieser voluminösen, schwarz gekleideten Gestalten. Das mussten die Wachmänner sein, mit denen Charlotte vor ein paar Tagen aneinandergeraten war. Die beiden sahen aus wie geklont, so ähnlich waren sie sich. Sogar die Sonnenbrillen waren dieselben. Der eine streckte mir seine Pranke fordernd entgegen. »Kamera her«, befahl er.

Ich zögerte kurz. Dann legte ich, statt des Fotoapparates, meine Hand in diese gut gepolsterte warme Mulde. Es fühlte sich gar nicht schlecht an. »Guten Tag«, sagte ich. »Ich heiße Karo. Und wer sind Sie?«

Der Typ erstarrte für Sekunden. Nun kam seine andere Pranke nach vorn, verlangte mit einem Fingerschnippen nach dem begehrten Objekt. »Haben Sie das Verbotsschild nicht gelesen?«

Ich stellte mich dumm. »Steht da etwa, dass Fotografieren nicht erlaubt ist?«

»Das hier ist eine Großbaustelle«, meldete sich Wachmann Nummer zwei nun zu Wort. »Sie dürfen hier nicht herumlaufen.«

»Sind Sie von der Polizei?«, wollte ich wissen. »Mein Sohn ist Polizist. Er sagt immer: Mama, lass dir die Ausweise zeigen!« Ich freute mich über diese spontane Lüge, ließ die Kamera in der Tasche meines Parkas verschwinden und hielt demonstrativ die freie Hand auf. Ich verzichtete auf das Fingerschnippen. Darin war ich nicht gut.

Einen Augenblick lang standen wir Händchen haltend voreinander und starrten in dieses ungleiche Spiegelbild.

Mister Pranke senkte kurz den Blick und entzog mir seine Hand. »Sehen Sie zu, dass Sie von hier fortkommen!«, fuhr er mich an. Er gab seinem Kollegen ein Zeichen, und sie marschierten zu ihrem Jeep zurück. Meinen Rückzug eskortierten sie, bis sie sicher waren, dass ich die Schranke passiert und die Baustelle verlassen hatte. Dann bogen sie ab und hielten auf einen Bauwagen zu. Ich nahm an, dass sie dort wohnten.

Ich schickte die Bilder an die Umweltbehörde und erstattete Anzeige. Darin hatte ich inzwischen Übung. Die Behörde schickte einen Gutachter ins Feld. Der hatte jedoch nichts Besseres zu tun, als dem Bauleiter vorzuschlagen, Pfosten mit Flatterbändern aufzustellen, um die Vögel zu vergrämen. Und das mitten in der Brutsaison! Ich war entsetzt über so viel Unverstand. Solche Methoden waren, wenn überhaupt, vorher einzusetzen, um zu verhindern, dass sich Vögel dort niederließen. Die Feldlerchen von ihren Nestern zu vertreiben, verstieß gegen das Gesetz. Nur was helfen Gesetze, wenn niemand einforderte, dass sich daran gehalten wurde? Aber wir ließen nicht locker, riefen täglich beim Amt an, mal ich, mal Charlotte, und nach vier Tagen wurde endlich ein Baustopp verhängt. Die Bauarbeiten gingen trotzdem weiter. Jede Nacht trafen Schwerlasttransporter mit neuen Bauteilen ein, und mit jedem Tag wuchs eine weitere Anlage aus dem Boden. Mal zogen sie die Rotorblätter einzeln hinauf, mal wurden sie bereits unten zusammengesetzt und als Stern nach oben gehievt. Ich sah den ›Blattläusen‹ zu, so nannten sie die Männer, die hoch oben auf der Gondel die rund 70 Meter langen Flügel entgegennahmen und montierten. Sie machten den härtesten Job von allen.

An mehreren Standorten wurde gleichzeitig gebaut. Der Baustopp betraf jedoch nur das Areal, in dem die Vögel brüteten. Das Gebiet war von außen nicht einzusehen. Wir fragten uns, ob die Arbeiten dort wirklich ruhten? Vom Amt kam niemand vorbei, um zu kontrollieren, und uns ließen die Wachleute nicht rein. Mittlerweile patrouillierten drei Geländewagen die Wege der Großbaustelle. Sobald Charlotte oder ich an der Zufahrt auftauchte, brauste mindestens einer davon heran.

Da die Behörden sich nicht kümmerten, blieb uns nichts anderes übrig, als die Sache selbst in die Hand zu nehmen. Wir entschieden uns zu einer List. Eines Mittags standen Charlotte und ich an einer der Absperrungen zur Baustelle. Wir fotografierten in alle Himmelsrichtungen. Ich hatte mein Stativ aufgestellt. Wir sahen richtig professionell aus. Es dauerte nicht lange, als der erste Geländewagen anrollte. Wagen Nummer zwei traf kurze Zeit später ein. Wagen Nummer drei parkte am Bauwagen. Die Besatzung hatte wohl Mittagspause. Wir hatten sie somit alle im Blick. Wir waren inzwischen gut miteinander bekannt und wussten, dass die Jungs sich langweilten. Also machten wir Konversation, und während wir die Wachmänner ablenkten, betrat Jan von der anderen Seite her unbemerkt die Baustelle.

Seine Fotos machten viel Wirbel, denn wir schickten sie auch an die Zeitung. Das Bauunternehmen hatte die Auflagen der Behörde missachtet, sodass diese sich zu einem Bußgeld gezwungen sah. Die 10.000 Euro zahlte der Bauherr wohl aus der Portokasse und ließ ungeachtet der Auflagen weiterarbeiten. Da die Behörden das Vergehen nicht weiter verfolgten, zogen auch wir uns zurück. Was gab es da noch zu retten? Die Feldlerchen hatten das Weite gesucht. Ihre Nester waren zerstört. Nur die Greifvögel kreisten in der Hoffnung auf leichte Beute über dem aufgerissenen Land.

Wieder einmal kamen wir zu spät.

»So dürfen Sie das nicht sehen«, sagte Herr Möller.

Ich hatte ihn angerufen, um mir den Frust von der Seele zu reden.

»In der Windenergie liegen die Versäumnisse auf höherer Ebene«, ereiferte er sich. »Die Entscheidungen werden, wie übrigens schon immer im politischen Gemeinwesen, jenseits der Faktenlage getroffen. Das ist nichts Neues. Diejenigen, die von einem postfaktischen Zeitalter reden, wollen das leugnen oder haben es nicht begriffen.«

»Ich sage doch, dass wir es verpennt haben«, beharrte ich.

»Das erscheint mir zu einfach«, widersprach er. »Auch

andere, die sich rechtzeitig einmischten, sind auf der Strecke geblieben. In manchen Gemeinden ließ sich vielleicht noch etwas bewegen. In anderen war Hopfen und Malz verloren. Die Konstellationen sind von Ort zur Ort verschieden. Das Wort ›Partizipation‹ ist reine Makulatur.«

»Wurde denn irgendwo irgendetwas gerettet?«, fasste ich nach.

»In meiner Gemeinde zum Beispiel«, erklärte er nicht ohne Stolz. »Aber das liegt lange zurück.« Er dachte kurz nach. »Ich kenne noch einen Fall«, fuhr er fort. »Zunächst sah es dort völlig aussichtslos aus. Auch dort erwachten die Kritiker scheinbar zu spät. Aber die Bürger ließen nicht locker, vernetzten sich, machten Politik, ließen sich durch Rückschläge nicht beirren. Blieben einfach dran, Schritt für Schritt. Sie haben viel erreicht. Es sei ihnen zu wünschen, dass sie der gute Stern nicht verlässt, aber sicher ist nichts. Wissen Sie, die politischen Rahmenbedingungen sind nicht in Stein gemeißelt. Und dann gibt es Zufälle, und das Blatt wendet sich ganz unerwartet. Da muss man beweglich bleiben. Ich bin 80 geworden. Mir wird das inzwischen alles zu viel.«

»Aber irgendwann muss dieser Spuk doch ein Ende haben. Ich meine, dass man etwas erreicht hat.«

»Und sich darauf ausruhen kann?« Er lachte. »Nein, so läuft das nicht. Alles kann immer wieder von vorne losgehen. Geschichte wiederholt sich im Guten wie im Schlechten. Man muss stets wachsam bleiben.«

»Das ist mühsam«, stellte ich bitter fest. »Ich fürchte, mir fehlt die Kraft, einen aussichtslosen Kampf zu führen.«

Am anderen Ende der Leitung blieb es für einen Augenblick still. Ich hörte ihn atmen. Dann sagte er: »Unter Raubtieren ist Demokratie keine Selbstverständlichkeit. Es ist ein unablässiges Umeinanderstreichen, ein Kräftemessen, mal knurrend, mal schmeichelnd und ganz viel Show. Die anderen haben zwar das Geld, um sich die besten Sendezeiten zu kaufen, aber wir sind viele. Und solange du kämpfst, hast du nicht verloren.«

38

4. November

16 Uhr. »Dieser Kampf war von Anfang an verloren.« Ich klappe das Fotoalbum zu. »Niemand wollte unsere Einwände hören, geschweige denn ernst nehmen. Wir waren nur eine Störung im Betriebsablauf der Ereignisse.«

Franziska schüttelt den Kopf. »Es ist nicht nachvollziehbar, dass ein Bauleiter einen amtlich verhängten Baustopp missachtet.«

»Glaubst du mir etwa nicht?«, entrüste ich mich. »Ich gebe zu, es ist unglaublich! Aber so funktioniert Lobbykratie. Die Spinne im Aufsichtsrat des Wirtschaftsunternehmens klopft auf den richtigen Faden, und ihr Morsezeichen stellt in den Schaltstellen der Bürokratie die Weichen in die gewünschte Richtung.«

Franziska seufzt.

»Ich weiß, du hältst nichts von Verschwörungstheorien«, erwidere ich. »Eine Verschwörung ist hier auch nicht vonnöten. Fakt ist, dass die Bauherren mit potenziellen Strafzahlungen kalkulieren. Sie rechnen Geldbußen in ihr Budget mit ein. Ein Tag Bauaufschub übersteigt die Beträge für Strafen bei Weitem. Außerdem haben die Anlagen Bestandsschutz, sobald sie fertiggestellt sind. Also ziehen sie es durch.« Ich beuge mich vor und schaue sie an. »So ein Windrad ist schneller im Windpark als ein Mitarbeiter der Bauaufsichtsbehörde.« Ich sehe, sie will das nicht hören, und wechsle schnell das Thema. Ich will ihre Aufmerksamkeit nicht verlieren. »Unsere Feldlerchen hatten sie mit den Bauarbeiten vergrämt«, fahre ich fort. »Später im Sommer bargen wir unter einer Windkraftanlage einen Weißstorch mit zerschlagener Schwinge. Ich erstattete Anzeige. Allerdings war es nicht leicht, den richtigen Betreiber zu finden. Das Amt verwies uns an Ikarus Windsystems. Dort fühlte sich jedoch niemand zuständig. Der Investor hatte den Betrieb der Anlagen gleich an mehrere Unternehmen abgegeben. Die zehn Windräder waren auf fünf Betreiber verteilt. Den geschlagenen Weißstorch hatten wir genau zwischen zwei Anlagen gefunden, die von zwei verschiedenen Firmen betrieben wurden. Am Ende war niemand zuständig, und meine Anzeige wurde nicht weiter verfolgt. Bei den nächsten Schlagopfern waren wir klüger. Charlotte hatte eine Karte des Windparks angefertigt, auf der für jede Anlage der jeweils zuständige Betreiber vermerkt war. Wir gingen dazu über, die Fundorte so anzugeben, dass die Verantwortlichkeit eindeutig zuzuordnen war. Uns war egal, wen es dabei traf. Im August, zur Zeit der Bettelflüge, wurde der erste Rotmilan geschlagen, ein Jungvogel.«

»Ich erinnere mich«, wirft Franziska ein. »Die Tötungsanzeige wurde an meine Dienststelle weitergeleitet und wie die vielen anderen von dir in deine Akte gepackt.«

»Da liegt sie gut«, erwidere ich bitter. »Wieso eigentlich in meine Akte?«

»Eine rein formale Angelegenheit. Sie stehen im inhaltlichen Zusammenhang mit einer Anzeige von Henning Pahl gegen dich.«

»Rein formal!«, erzürne ich mich. »Ich kann das nicht mehr hören.« Ich weiß, worauf sie anspielt. Ich hatte mir zur Gewohnheit gemacht, die Kadaver der geschlagenen Vögel dem Bürgermeister vor die Tür zu legen. Als ich im Sommer den geköpften Seeadler zu ihm brachte, hatte er gerade eine neue Haustür bekommen. Die Jungfräulichkeit des noch rohen Türblatts verlangte nach Imprägnierung. Ich wollte ihn brandmarken. Mit dem Stumpf des Vogelhalses schmierte ich klumpiges Blut auf den drehbaren Knauf und zog ein blutiges Kreuz über das offenporige Holz. Dann erstattete ich Anzeige gegen einen der fünf Betreiber und schickte Fotos vom Opfer an die Umweltbehörde und die Zeitung. Für das Beweismaterial verwies ich an den Bürgermeister. Henning zeigte mich wegen Sachbeschädigung an. Allerdings zwangen meine Anzeigen wiederum ihn dazu, die Kadaver zu konservieren. Er war Jäger. Ich war davon überzeugt, dass seine Tiefkühltruhe mehr Leichen fasste als meine. In jener Zeit kannte ich Franziska bereits. »Ich erinnere mich, wie du damals zu mir kamst. Es war nicht das erste Mal. Du sahst recht mitgenommen aus. Du hattest dir den geschlagenen Vogel von Henning zeigen lassen.«

Franziska nickt. »Ich hatte noch nie einen Seeadler aus nächster Nähe gesehen. Ein stattliches Tier. Auch ohne Kopf.«

»Du machtest mir keine Vorhaltungen, wolltest nur wissen, was ich gesehen hatte. Ich sollte dir den Fundort zeigen. Sieben Schlagopfer innerhalb von einem Monat – die Leichen, die der Fuchs vor uns abgeräumt hatte, nicht mitgezählt –, und nichts geschah. Du warst aufgebracht über die Untätigkeit der Behörden, wolltest dich selbst dahinterklemmen. Das Umweltamt hatte den Betreibern Abschaltungen zur Erntezeit vorgeschrieben, weil Rotmilane wissen, dass hinter Mähdreschern leichte Beute zu machen ist. Sie hören den Lärm der Maschinen aus größeren Entfernungen. Aber niemand hielt sich an die Auflagen. Die Betreiber schoben es auf die Landwirte, und die reichten den Schwarzen Peter an sie zurück.«

»Jan war außer sich«, sagte Franziska.

»Du konntest ihn beruhigen.«

»Ihr ward so hilflos. Ich wollte verhindern, dass er einen dummen Fehler beging.«

»Die vielen Eintragungen in meiner Akte. Ich weiß. Eine Maßnahme der Prävention. Vorbeugen ist besser als bestrafen.«

»Heilen«, verbessert sie. »Vorbeugen ist besser als heilen. So steht es auf unserer Webseite.«

»Ich wusste nicht, dass Polizist ein Heilberuf ist«, entgegne ich.

Sie übergeht meinen Kommentar. »Eigentlich haben wir keine Zeit für solche Sondereinsätze«, erklärt sie in sachlichem Ton. »Ich hatte mit meinem Chef abgestimmt, dass ich euch von Zeit zu Zeit besuche. Es war so ein Gefühl …« Sie zögert.

»Dass hier etwas schiefgehen könnte«, führe ich ihren Gedanken zu Ende.

»Vielleicht.«

»Und dann hat auch dich die Wut gepackt«, sage ich.

»Nein«, wehrt sie ab. »Nicht Wut. Ich konnte nichts für euch tun. Ich war genauso hilflos wie ihr.«

»Bist du deshalb nicht mehr gekommen?«

Franziska antwortet nicht. Sie sieht müde aus. Unruhig wandert ihr Blick zum Mobiltelefon.

Sie ist zu jung, denke ich. Junge Menschen mit den Erkenntnissen des Alters zu konfrontieren ist aussichtslos – und unfair. Sie haben noch so viele Jahre vor sich, sollten hoffnungsfroh nach vorne schauen. Man darf sie nicht desillusionieren. Jan erlebt diese Ohnmacht zu früh. Ich kann es nicht verhindern. Das Gefühl, nichts verändern zu können, entmutigt uns alle. Seit ein paar Wochen ist er total überdreht, fast fiebrig. Jeden Tag streiten wir uns, und das oft nur wegen Lappalien. In der Zeit davor war er kaum aus dem Bett zu bekommen. Jan ist 18. Was soll ich ihm vorhalten? Als er anfing, sein Zimmer abzuschließen, wurde ich misstrauisch. Ich spionierte ihm nach. Er kam bald dahinter.

»Wo könnte Jan jetzt sein?«, höre ich Franziska murmeln.

Ich schaue zum Fenster, in dem sich das Wohnzimmer zu spiegeln beginnt. Ich stelle mir vor, wie Jan bei Kerzenschein, von würzigen Düften geschwängerter Luft umgeben, in Melanies warmer Küche sitzt und eine Schokolade schlürft. Ich möchte ihn glücklich sehen.

»Er ist viel unterwegs«, höre ich mich sagen und erschrecke, weil ich nichts sagen wollte.

Franziska sieht mich aufmerksam an.

»Die Windräder sind schuld«, flüstere ich. »Sie machen uns verrückt.«

Ich sehe mich im Fenster, erkenne mich kaum wieder. Melanie wird gut auf ihn aufpassen, denke ich. Bestimmt.

Franziskas Handy schrillt.

39

Atemschwaden überzogen die Fensterscheiben im Innern des Pickups. Die Luft war zum Schneiden. Seit fast zwei Stunden warteten sie an diesem gottverlassenen Ort auf das Zeichen zum Einsatz. Nachdem Nikko Jan von zu Hause abgeholt und am Kieler Hauptbahnhof abgesetzt hatte, hatte er sie alle nacheinander eingesammelt und war mit ihnen zur Jagdhütte gefahren. An der Straße, auf der Höhe der Hütte, hatte er kurz angehalten. Das Blockhaus war hell erleuchtet gewesen. Sie hatten Stimmen und Musik gehört. Die Party war noch im vollen Gange, und sie waren schnell weitergefahren, um in der Nähe, hinter einem Buchenwäldchen auszuharren.

Fabian saß im Fond des Wagens und ließ seine Finger gegen das Seitenfenster trommeln. »Ich muss pinkeln«, sagte er.

»Zieh deine Schuhe aus, bevor du aussteigst«, erwiderte Nikko.

»Spinnst du?«, empörte sich Fabian. »Ist das ein Einsatz oder ein Trainingslager?«

»Eben weil es ein Einsatz ist, dürfen wir keine Spuren hinterlassen«, entgegnete Nikko streng.

»Und was ist mit dem Auto?«, warf Patrick ein. »Die Reifenspuren …«

»Ich kenne einen guten Automechaniker«, unterbrach ihn Nikko. »Noch heute bekommt der Pickup einen Satz neuer Puschen.« Er schaltete das Gebläse ein.

»Mensch, stell die Heizung ab!« Julian zog den Reißverschluss seines Overalls auf und streifte die Ärmel ab. »Ich koche.«

»Wenn wir die Fenster nur einen Spaltbreit öffnen, dann wäre uns allen geholfen«, schlug Felix vor. Er kauerte zwischen Nikko und Patrick auf dem Beifahrersitz und ließ den Schaltknopf für die Zentralverriegelung nicht aus den Augen. Sie stand unter Nikkos eiserner Aufsicht.

»Witzbold«, schnaubte Fabian. »Ich pinkele dann mal eben aus dem Fensterschlitz. Ho, ho! Aber alles ohne Gewähr.«

»Mach mal das Licht an«, feixte Julian. »Die Nummer will ich sehen.«

Die Verriegelung klackte und gab die Türen frei. Fabian glitt aus dem Wagen und verschwand in der Dunkelheit. Er hatte tatsächlich seine Boots im Auto zurückgelassen.

Endlich, gegen zwei Uhr früh, ertönte ein schrilles ›Kiai‹ aus Nikkos Handy und erlöste sie aus der Enge ihres selbstgewählten Arrests. Die SMS war das Zeichen. Es konnte losgehen.

Unter den Rädern des Pickups knirschte der Kies, als Nikko den Wagen über den Vorplatz der Jagdhütte lenkte. Die Lichter darin waren verloschen. Auf dem Parkplatz davor standen vier Autos. Nikko schaltete die Scheinwerfer aus. Auf einmal war es stockdunkel. Der Himmel war bedeckt. Kein Mond. Kein Regen. Kaum Wind.

»Diese Nacht ist ideal«, sagte Nikko und griff in die Ablage unter der Armatur. Er reichte jedem ein Paar Überzieher aus Plastik. »Für die Schuhe«, sagte er und grinste Fabian an.

Fabian riss ihm das Päckchen aus der Hand. »Sadist«, zischte er.

Nikko lachte. »Ich wollte nur nicht, dass du sie nass machst.«

Sie stiegen aus. Nikko ging voraus und leuchtete den Weg. Auf der Rückseite der Hütte fanden sie, was sie suchten. Dort lagen sie abholbereit, die vier Auserwählten, in dicke Schlafsäcke gehüllt, wie Mumien nebeneinander aufgereiht und schliefen, betäubt vom Alkohol und einer ordentlichen Dosis K.-o.-Tropfen.

»Gute Arbeit«, sagte Nikko. »Die Klettergurte machen wir später.«

Diesen etwas aufwendigeren Teil der Vorbereitung hatten sie sich zur eigenen Sicherheit selbst vorbehalten. Denn trotz der Abgeschiedenheit der Jagdhütte war es zu riskant, sich an diesem Ort aufzuhalten.

Nach wenigen Minuten waren die Männer verladen. Felix war derweil ans Steuer des Pickups gerutscht. Als erstes fuhr er den Windpark hinter Jans Elternhaus an. Das nächstgelegene Windrad stand tatsächlich still. Ein Rotorflügel war genau senkrecht nach unten ausgerichtet, so wie Nikko es Jan in seiner unverwechselbar scharfen Art eingebläut hatte. Denn auf eine Kletter- oder gar Rutschpartie in rund 120 Metern Höhe konnte er getrost verzichten. Der Einsatz war gefährlich genug.

»Der Junge ist ein Genie!«, murmelte Nikko. »Wenn die anderen drei Anlagen genauso stehen, dann haben wir leichtes Spiel.«

Fabian warf Nikko einen skeptischen Blick zu. »Ich gehe mal eben pinkeln«, sagte er und zog ab. Als er zurückkehrte, war der erste Mann bereits verschnürt wie ein Spinnenwickel.

»Den übernimmst du«, sagte Nikko und drückte Fabian einen Helm und die Sicherungsgurte in die Hände.

»Ich …«, stotterte Fabian.

»Wir haben keine Zeit zu verlieren«, fiel Nikko ihm ins Wort. »Wir können nicht ständig anhalten, nur weil du dein Pinkelorgan nicht im Griff hast.« Sein Blick ging zum blinkenden Rotor hinauf. »Du kannst es ja einmal von oben versuchen.«

Patrick und Julian hatten bereits die Tür zum Turm aufgebrochen. Fabian bestieg den Korb des Aufzugs. Er nahm den verpackten Mann entgegen und lehnte ihn gegen die niedrige

Brüstung. Ohne sein Korsett aus Klettergurten wäre der reglose Körper in sich zusammengesackt.

»Gleich anklicken«, befahl Nikko. »Sonst fällt er dir noch aus dem Korb. Und jeden Griff, jeden Schritt so ausführen wie beim Training an der Kletterwand. Verstanden?«

Fabian nickte verhalten und hakte die Karabiner ein.

»Wird schon schiefgehen«, sagte Nikko und grinste.

»Hast du die Windhund-Schablone und die Sprühfarbe?«, fragte Julian.

Fabian klopfte auf seine Brusttasche.

Nikko reichte ihm den Schalter für den Aufzug. Es war nur ein Knopf mit einem Kabel daran, das zum Motor des nicht gerade vertrauenerweckenden Lifts führte.

»Na dann, auf in den Himmel!«, rief Nikko.

Fabian drückte den Schalter. Der Korb ruckelte kurz und setzte sich langsam in Bewegung.

Fabian schaute nicht nach unten. Er wollte nicht sehen, wie sie gingen. Sobald Felix alle auf ihre Einsatzorte verteilt hatte, würde er zurückkommen. Fabian musste am längsten warten, denn er war der Letzte, der abgeholt würde. Aber bis dahin gab es viel zu tun. Er durfte nicht zu weit nach vorne denken, musste aufmerksam bleiben und sich auf den nächsten Schritt konzentrieren. Er lenkte den Schein der Stirnlampe in die Höhe. Die Wände schienen auf ihn zuzukommen, und er spürte wieder seine Blase, obwohl er sie vor wenigen Minuten erst entleert hatte. Er hatte sich so sehr nach diesem Augenblick gesehnt, der ihm jetzt zunehmend unheimlich wurde. Nikko hatte sie auf den körperlichen Einsatz vorbereitet, aber nicht auf die Nässe und Kälte, nicht auf die Gerüche und die Enge. Dies hier war keine Kletterwand sondern ein Schlauch, der, je weiter man aufstieg, immer dünner wurde. Und je weiter man nach oben kam, desto mehr füllte sich die

Luft mit den ätherischen Ausdünstungen einer super starken Maschine. Jan hatte den Rotor mit einem Trick überlistet, aber Fabian traute dem Braten nicht. Er senkte den Blick und schaute in das entrückte Gesicht des Mannes vor sich, der von alldem nichts mitbekam. Dies war nicht die hässliche Fratze, die er sich vorgestellt, und in die er so oft schon seine verzweifelte Wut hineingeschrien hatte. Wegen solchen Leuten wie dem hier hatte er vor zwei Jahren alles aufgeben müssen. Seine Eltern hatten die Flucht vor den Windrädern ergriffen, waren mit ihm und seinen beiden jüngeren Geschwistern zurück in die Stadt gezogen, weil man unausgeschlafen nicht arbeiten konnte und schlechte Schulnoten mit nach Hause brachte. Sie hatten ihren Lebenstraum von einem Resthof auf dem Land kurzentschlossen in die Tonne gekloppt. Sie konnten es sich leisten, so viel Geld zu verlieren. Am meisten vermisste Fabian die Pferde, und er fragte sich, ob er in diesem Moment nicht lieber ohnmächtig wäre wie sein Gegenüber, um nichts denken zu müssen und das hier nicht mitzubekommen, überhaupt nichts mehr zu erleben. Er fragte sich kurz, wie er nach einem Absturz aus 120 Metern Höhe wohl aussehen würde. Es war die richtige Frage. Er wollte nicht so aussehen. Er wollte sein Leben zurück und die Pferde, und er wollte Leuten wie diesem hier wehtun, so wie sie ihm wehgetan hatten.

Während Patrick, mit seiner lebendigen Fracht sicher verhakt, den Turm der Windkraftanlage hinauffuhr, kehrten seine Gedanken zu Fabian zurück. Grußlos war er ihren Blicken nach oben entschwunden. Ein beklemmendes Gefühl hatte sich zwischen ihnen breit gemacht. Auf der Weiterfahrt zum nächsten Einsatzort hatten sie kaum ein Wort miteinander gewechselt. Jetzt zockelte er selbst im Schneckentempo auf sein Windrad hinauf, und die Ungeduld stieg mit jedem Meter, den dieser Trabi von einem Lift mühselig erklomm. Patrick war ein Kletterfreak und liebte Herausforderungen, besonders wenn sie ungewöhnlich waren. Das hier war ein echtes Abenteuer. Auf der Höhe der Nabe nahm er den Finger vom Bedienknopf der Steuerung. Der Aufzug stoppte mit einem Ruck. Patrick schwankte, dann fiel er nach vorn. Aber der Korb war zu eng für einen rettenden Ausfallschritt. Er prallte gegen den ohnmächtigen Mann, und beide kippten. Ein eiskalter Schauer lief Patrick über den Rücken. Er hatte vergessen, sich selbst mit dem Korb zu verhaken. Für einen Moment schwebten sie miteinander über dem niedrigen Gatter des Aufzugs. Patrick lag bäuchlings auf dem verschnürten Körper, der wie ein Surfbrett bedrohlich um seine kurze Achse pendelte. Das Licht der Stirnlampe fiel in die Tiefe, verlor sich. Da drückte Patrick sich ab, fiel nach hinten, kam auf die Füße, packte den Mann, richtete ihn auf und zog sich an ihm hoch. Ihm brach der Schweiß aus. Sein Overall klebte am ganzen Körper. Am liebsten hätte er sich den Helm vom Kopf gerissen und sich übers Gesicht gewischt. Doch er nahm sich zusammen, öffnete den Riegel der kleinen Pforte und trat mit weichen Knien, seinen unfreiwilligen Retter im Schlepp, auf die Plattform. Der Schreck über den Beinahe-Absturz steckte ihm in den Knochen und beschäftigte sein Hirn, sodass er Nikkos warnenden Hinweis vergaß. Beim nächsten Schritt rutschte er aus und stürzte. Er fand sich, auf dem Hintern sitzend, am Boden der Plattform wieder. Das schlafende ›Surfbrett‹ lag quer über seinen Beinen. Die Sicherungsgurte zwischen ihnen spannten und zogen Patricks Oberkörper nach vorn, ließen ihn diese Verkettung ihrer beider Schicksale so unmittelbar erleben, dass ihn ein heftiger Schwindel ergriff. Das Ekelgefühl, das dem folgte, verwirrte ihn. Ihn ekelte vor der Maschinenölschmiere, die hier oben alles überzog und vor dem Mann, um den er sich zwangsläufig kümmern musste. Viel lieber wäre er allein hochgestiegen, am besten noch über die Leiter an der Wand, so wie sich das für einen echten Kletterer gehörte, hätte das Azawakh-Emblem auf die Gondel gesprüht und fertig. Weshalb musste er sich auch diesen alten Sack aufbürden? Sollte der doch in diesem Siff verrecken! Ihn überkam das starke Bedürfnis, den Mann einfach loszumachen. Patrick verstand immer noch nicht, weshalb Nikko einen solchen Aufwand mit den Schlafsäcken betrieben hatte. Und das nur, um diese Arschlöcher in Watte zu packen, damit sie sich draußen zwischen Himmel und Erde nicht den Hintern abfroren? Hier oben auf der Höhe der Nabe jedenfalls, so nah am Maschinenraum, herrschte eine nahezu tropische Hitze. In seiner Verpackung würde der Mann hier mit Sicherheit an einem Herzkasper krepieren. Ist doch egal, was mit ihm geschieht, dachte Patrick. Leute, die sich keinen Kopf darum machten, weshalb ihm zu Hause oft der Schädel platzte, weil die Migräne ihn nicht mehr losließ, seit sich in der exakt nach landesüblichen Richtlinien festgelegten Entfernung von 800 Metern riesige Windräder drehten, solche Leute hatten keine Fürsorge verdient. Patrick stieß mit der Hand gegen den verschnürten Mann auf seinen Knien. Einfach losmachen und Schwups … Doch auf einmal hatte er die anderen vor Augen, blickte in ihre mitleidigen Gesichter, weil er es als Einziger nicht geschafft hatte, den Auftrag zu einem erfolgreichen Ende zu bringen. Ausgerechnet er, der Fitteste von allen, hatte versagt. Vorsichtig zog Patrick die Beine unter dem Mann weg. Er hockte sich auf die Knie und ließ das Licht seiner Stirnlampe kreisen. Es war nicht weit bis zur Luke, Nadelöhr Nummer Eins, durch das er sich mit seiner sperrigen Fracht in das Innere des Rotorflügels zwängen musste. Nur wie sollte er es auf dieser rutschigen Piste überhaupt schaffen, bis dorthin zu kommen, ohne sich dabei den Hals zu brechen? Patrick straffte den Rücken und brachte sich in Position. Auf allen Vieren robbte er, den Mann mit sich schleifend, rückwärts auf die nächste Kraftprobe zu.

Julian nahm einen tiefen Atemzug. Er hockte vor der Luke, die auf den Rotorflügel führte und schaute in die Nacht hinaus. Hier oben lässt es sich aushalten, dachte er. Der Geschmack von Maschinenöl klebte an seinem Gaumen. Die Nase hatte dicht gemacht. Die Kehle kratzte. Ihm war, als hätte sich jede einzelne seiner Körperzellen mit dem bleiernen Dunst vollgesogen. Nach diesem mineralölschwangeren Dampfbad sog er gierig die frische Nachtluft tief in seine Lungen hinein und stieß sie wieder aus. Alles muss raus, dachte er und gönnte sich eine kurze Verschnaufpause. Sein Puls schlug wie nach einem heftigen Sprint. Dabei hatte er den Mann doch nur über die Plattform und durch die erste Luke in den Bauch des Rotorflügels hinein geschleppt. Die Kunst war, ihm dabei nicht den Schädel anzuschlagen oder ihn, im schlimmsten Fall, an einer der scharfen Kanten zu spalten. Sie hatten vergessen, ihren Opfern Helme zu verpassen. Julian fragte sich, wie Fabian und Patrick das wohl geschafft hatten. Eigentlich müssten sie jetzt beim Aufsprühen des Emblems sein, womöglich waren sie damit bereits fertig. Nikko war als Letzter an der Reihe. Er wollte unbedingt den Staatsanwalt ›versorgen‹, wie er sich ausdrückte, und hatte sich dafür von Felix bis Wesselburen fahren lassen.

Julian bedauerte es, sein Smartphone nicht dabei zu haben. Immerhin hätten sie sich während der Aktion Tipps geben können. Aber Nikko war strikt dagegen gewesen. Das wäre zu gefährlich, hatte er erklärt. Nikkos Ansagen waren Gesetz. Hier ebenso wie beim Training im Dojo.

Julian schaute sich um. Er war nahezu auf Augenhöhe mit den rot blinkenden Lichtern des Windparks. Er hätte so gern ein Selfie für Miriam gemacht. Vermutlich saß sie gerade ein paar Tausend Meilen entfernt in der Sonne oder trainierte in der Sportarena der Schule, die sie sich zusammen für ein gemeinsames Schuljahr in den USA ausgesucht hatten. Aber dann hatten ihm seine Eltern einen Strich durch die Rechnung gemacht. Die Kohle, die sie für sein Auslandsjahr zurückgelegt hatten, war für Rechtsanwaltskosten, Schallgutachten und das Klageverfahren gegen die Windmühlen draufgegangen. Sie hatten es ihm erst gestanden, als alles verloren war. Miriam war ohne ihn geflogen. Sie schrieb nicht mehr so oft wie in den ersten Wochen. Auch schickte sie kaum noch Fotos. »Vergiss die Flamme,« hatte Nikko gesagt. Aber, so sehr er sich auch bemühte, es wollte ihm nicht gelingen, und so fantasielos er zuweilen auch sein mochte, sich seine Miriam in den Armen eines amerikanischen Quarterbacks vorzustellen, fiel ihm erstaunlich leicht und machte ihn vor allem rasend. Julian hatte seine Eltern verflucht, aber sie waren so verzweifelt gewesen, hatten sich bei ihm entschuldigt, dass sie ihm nur noch leid taten.

Durch die Luke schaute er in das Innere des Rotorflügels zurück. Da lag er, der an allem Schuld war. Dieser Typ war einer von denen, die diese ganze Scheiße zu verantworten hatten. Entschlossen klickte Julian den Karabiner seines Klettergurtes in die nächstgelegene Halterung auf dem Rotorblatt und trat auf die Fläche hinaus. Ein eisiger Wind blies ihm in den Rücken. Er lehnte sich gegen diese stützende Kraft, durchaus im Wissen, dass der Luftzug schnell umschlagen und ihn in die Knie zwingen konnte. Vorsichtig holte er das

Verbindungsseil ein. Der Körper des Mannes lag nun auf der Schwelle der Luke. Schnell befestigte Julian den Karabinerhaken an einer Öse. Nikko hatte nicht gelogen. Halterungen zum Absichern gab es hier oben wie Sand am Meer. Behutsam zog Julian am Seil. Der reglose Körper glitt aus der Luke auf das senkrecht stehende Rotorblatt hinab. Ein paar flinke Handgriffe, und schon hatte Julian die Sicherungsgurte eingehakt und festgezurrt.

Felix hielt die Augen starr auf das senkrecht stehende Rotorblatt der Windkraftanlage geheftet. Dort oben an der Nabe tat sich etwas. Die Lichtblitze, das musste Nikkos Stirnlampe sein. Felix drückte die Stoppuhr. Genau 16 Minuten und 27 Sekunden. Nikko hatte ihm aufgetragen, die Zeit zu stoppen. Er sah wie der Lichtkegel über das Rotorblatt huschte. Allein vom Zuschauen wurde ihm übel. Er war nicht schwindelfrei. Deshalb war er der Fahrer. Felix blickte auf die Uhr. Er hatte zwei Stunden für die Hinfahrt gebraucht. Jetzt hoffte er, dass Nikko da oben zügig fertig wurde, damit sie den Rückzug antreten konnten. Das Warten machte ihn nervös. Er holte die Sprühflasche und die Schablone für das Emblem von Azawakh aus dem Handschuhfach des Pickups und ging zur Anlage hinüber. Er wollte sich ein wenig nützlich machen, bis Nikko wieder unten war. Und er wollte schleunigst von hier wegkommen.

40

4. November

16 Uhr. Ein Geruch nach Öl und Benzin hängt in der Luft. Nikko schluckt gegen das Brennen im Hals. Sein Mund ist trocken, seine Kehle rau wie Sandpapier. Er blinzelt, öffnet langsam die Augen. Über ihm hängt ein Paneel locker von der Decke herab. Für einen Moment fehlt ihm die Orientierung. Sein Körper ist steif, fühlt sich an wie auf ein Brett gefesselt. Er rührt sich nicht. Nur seine Augen wandern durch den winzigen Raum. Der Schreibtisch mit dem Wust an Papieren darauf, die schäbige Anrichte mit der Kochplatte, daneben der ständig brummende Kühlschrank, das alles kommt ihm bekannt vor. Er blickt auf das kleine Waschbecken, darüber der Spiegel und darin die Ziffern der Wanduhr, seitenverkehrt, nicht zu entschlüsseln. Er legt den Kopf schief. Vergeblich. Sein Gehirn schafft diesen Salto mortale noch nicht. Immerhin weiß er jetzt, wo er ist, aber er hat keinen blassen Schimmer, wie er hierhergekommen ist. Toms Werkstatt ist nicht gerade ein Luxushotel. Aber ruhig ist es hier. Absolut still. Ein guter Ort, um unterzutauchen und wieder zu Kräften zu kommen. Durch die breite Fensterfront an der Wand gegenüber fällt dämmriges Licht. Daneben ist die Tür, durch die er vermutlich vor ein paar Stunden hierher auf die harte Liege gefunden hatte. Er kann sich an nichts mehr erinnern. Eine bröselige Spur aus Sand und Erde führt von der Tür in die Mitte des Büros. Dort liegen die Boots kreuz und quer, als hätte er sie von den Füßen gezogen und weggeschleudert. Allmählich kehrt die Erinnerung zurück. Nach ihrer Aktion hatten sie Jan am Kieler Bahnhof aufgegabelt und waren nach

Laboe ans Meer gedüst. Sie hatten sich in die kalte Ostsee gestürzt, und Nikko war fest davon überzeugt, dass das Wasser um sie herum gezischt hatte, so heiß war ihnen gewesen.

Nikko stützt die Unterarme auf, rappelt sich hoch. Sein Schädel ist ein Ballon. Seine Schultern schmerzen. Vorsichtig dreht er die Fußgelenke. Er winkelt erst das rechte, dann das linke Knie an, spürt den schmerzhaften Zug in Oberschenkeln und Gesäß. Er schwingt sich über die Seite ins Sitzen. Alles dreht sich. In seinem Mund sammelt sich Speichel. Hastig springt er auf, torkelt zum Waschbecken und erbricht Grünes auf weiße Keramik. Er hatte nichts gegessen, nur getrunken. Zu viel getrunken. Er dreht den Hahn auf, und der schleimige Auswurf gleitet den Abfluss hinab. Aus dem Spiegel blickt ihm ein anderer entgegen. Er fühlt sich schmutzig. Er stinkt. Seine Hände übernehmen nun die Regie, klatschen kaltes Wasser in sein Gesicht, führen es an seine trockenen Lippen. Gierig tauchen sie in den erfrischenden Strom hinein. Er saugt und schlürft wie ein Verdurstender, bis das Brennen in seiner Kehle endlich erlischt. Er öffnet die Augen und blickt erneut in den Spiegel. Das Weiß schimmert rot wie entzündet. Allmählich findet er zu sich zurück. Vorsichtig zieht er am Ärmel des T-Shirts, bis der Halsausschnitt die muskulöse Kuppe der linken Schulter freigibt. Er betrachtet den riesigen Bluterguss. Der fette lila Striemen zieht sich zwischen Hals und Schulter bis zur Brust hinab. »Der Staatsanwalt lässt grüßen!«, murmelt Nikko, und Häme grinst ihm aus dem Spiegel entgegen. Der Abdruck des Tragegurts, mit dem er den betäubten Mann in der Nacht bis hinauf zur Gondel und auf das Rotorblatt geschleppt hatte, sieht schlimm aus. Zum Glück besitzen die neueren Anlagen einen Aufzug, mussten sie nicht mit ihrem ›Gepäck‹ die elend lange Aluminiumleiter hinaufsteigen, die je weiter man nach oben kommt, von den öligen Ausdünstungen der Maschinen zunehmend schmierig und glitschig wird. Eigentlich ist es nur ein Aufzugkorb, der gerade einmal zwei Personen befördern kann. Im Schneckentempo ging es den Turm hinauf. Geschlagene zehn Minuten musste er den Bedienknopf gedrückt halten, weil der Aufzug sonst angehalten hätte. Bei der Nässe und Kälte, die in den Türmen herrscht, war das die reinste Fingerfolter! Mit zunehmender Höhe wurde es erst kälter, dann, je näher man der Gondel kam, heiß und stickig. Maschinengerüche erfüllten die Luft. Es stank nach Gummi, und der Dunst von Getriebeöl legte sich einem schwer auf die Bronchien. Die nächste Herausforderung war es, den bewusstlosen Mann durch die enge Luke auf der Höhe der Nabe ins Rotorblatt und von dort durch eine weitere Luke hinaus auf den Flügel zu bugsieren. Er hatte darauf bestanden, die Männer in Polarschlafsäcke zu stecken und mit Klettersteiggurten fest zu verschnüren, sodass sie einerseits vor Auskühlung geschützt, andererseits gut gesichert waren. Nicht alle waren mit den Schlafsäcken einverstanden gewesen und hätten Luftpolsterfolie vorgezogen, auch wegen der Kosten. Aber da sie niemanden umbringen wollten, blieb es bei gut isolierenden Schlafsäcken. Das letzte und schwierigste Kunststück bestand darin, bei Dunkelheit in zugig eiskalter Luft auf fast 120 Metern Höhe die Entführten am Rotorflügel zu fixieren und dabei selbst nicht abzurutschen. Dazu mussten sie die Karabiner der Gurte auf die Sicherungsösen drücken, die für Wartungseinsätze auf Gondel und Rotorblättern zahlreich vorhanden sind.

Als Nikkos Finger flüchtig das Schlüsselbein streifen, zuckt er zusammen. Er untersucht die andere Schulter. Sie ist genauso lädiert, das Schlüsselbein jedoch ist nicht ganz so empfindlich. Selbst schuld, denkt Nikko. Er hatte sich

Donath ausgesucht. Er wollte diesem Rechtsverdreher persönlich seine verlogene Moral austreiben.

Auf dem Schreibtisch entdeckt er das Schlüsselbund. Er muss es wohl selbst dort hingelegt haben. Vor ein paar Monaten hatte Tom ihm die Schlüssel zur Werkstatt und dem Büro überlassen. Nikko hatte sich nach dem Karatetraining darüber beklagt, dass er daheim keine Ruhe mehr fand. Sein Dorf ist mittlerweile von allen Seiten mit Windkraftanlagen umstellt. Tom ist schwer in Ordnung, denkt Nikko und horcht auf das Gluckern in seinem Bauch. Neben ihm brummt der Kühlschrank. Mal sehen, ermuntert er sich, was ein guter Karateka so an Reserven hat. Er beugt sich nach unten, öffnet die Tür. Beim Anblick der Bierflaschen wird ihm übel. Schnell schlägt er die Kühlschranktür zu und fängt an, in seinen Taschen nach dem Smartphone zu wühlen. Schwindel erfasst ihn, und er lässt sich zurück auf die Liege fallen. Er muss langsam machen. Sein Kreislauf spielt noch nicht mit. Er schließt die Augen. Wie mag es den anderen jetzt gehen?, fragt er sich. Er hatte alles bis ins letzte Detail vorbereitet. Bei einer Firma absolvierte er ein Sicherheitstraining für Wartungsarbeiten an Windkraftanlagen. Er wusste, wie es dort oben zuging, hatte seine Jungs gut darauf vorbereitet. Er besorgte die Gurte und die Schlafsäcke. Die wetterfesten Overalls, die Helme und die Handschuhe hatten sie noch von ihrer ersten Aktion im Jahr zuvor. Außerdem stellte er das Auto. Die Aktion ›Riesenrad‹ durfte nicht schiefgehen, und sie war ein voller Erfolg, ein echter Knaller. Die Idee hätte von ihm stammen können. Total nach seinem Geschmack und voll auf der Linie von Azawakh. Endlich haben die Windhunde zu ihrer heiligen Mission gefunden. Niemand kann ewig tatenlos zusehen, wie alle politischen Mittel versagen, weil sich die da oben nur für sich selbst interessieren. Er konnte es nicht mehr mit ansehen.

Die Eltern, Freunde, Nachbarn, alle fielen der Reihe nach um, gaben sich selbst auf. Es war entwürdigend. Er musste etwas unternehmen. Er rief die Besten seiner Kumpel zusammen, vier junge Männer, allesamt Kämpfer der leeren Hand und Schlagschattenkinder, entschlossen, der Ohnmacht ein Ende zu setzen. Selbstunwirksamkeit trifft es besser, denkt Nikko. Denn es geht nicht um Macht, sondern um wirksames Handeln. Sie wollen etwas bewirken, wollen Einfluss nehmen auf Geschehnisse, die ihr Leben bestimmen, wollen ihr Leben wieder selbst in die Hand nehmen können. Das Wort ›Selbstunwirksamkeit‹ war zu ihm gekommen wie eine Offenbarung. Darin fand er die Formel, die ihm den Auftrag erteilte, den Geheimbund zu gründen. Das war vor gut einem Jahr gewesen. Sie wählten den Namen Azawakh. Wie die Windhunde der Tuareg sind sie wendig, schnell und entschlossen zuzupacken, wo reden nicht hilft. Die Lobbyisten und Profiteure der Windindustrie mit ihren eigenen Mitteln zu treffen, zu verunsichern, zu erschüttern, das Gefühl von Ohnmacht erfahren zu lassen, wenn auch nur für einen kurzen Moment, darin sehen sie ihre Berufung. Der Plan ›Riesenrad‹ traf genau diesen Nerv, aber er war zu kompliziert, bis Jan als sechstes Mitglied zu ihnen stieß und mit seinem Laptop die Sache ins Rollen brachte.

Nikko schiebt die Hand zwischen Liege und Rücken, fasst den harten Gegenstand, der ihn drückt, und holt ihn hervor. Ah, da ist es, das Handy! Er schaut auf das Display. »Mist!«, ruft er aus. An das Funkloch in Toms Werkstatt hatte er nicht gedacht. Nikko springt auf, steigt in die dreckigen Boots. Nass und kalt kleben sie an seinen Füßen. Fluchend hastet er die Treppe zur Werkhalle hinunter.

Der Pickup seines Vaters, mit dem er gekommen war, ist das einzige Auto, das in der Halle steht. Prüfend umrundet

Nikko das Fahrzeug. Zum Glück hat die Karosse auf seiner Geisterfahrt hierher keinen Schaden genommen. Ansonsten wirkt die große Halle verwaist. Die Prüfstände sind an die Wände gerückt. Kein Werkzeug liegt auf dem Boden herum. Die Hebebühne ist leer. Alles an diesem Ort ist ordentlich aufgeräumt und sauber bis auf den Dreck von seinen Boots und den Autoreifen. Er wird die Spuren beseitigen müssen, bevor er geht.

Als sich das Garagentor leise surrend hebt, bläst ihm eine Wolke aus Staub und trockenen Blättern entgegen. Nikko drückt auf den Knopf, und der elektrische Hebemechanismus stoppt unmittelbar. Er bückt sich und schlüpft unter dem Tor durch nach draußen. Eine Windböe drückt ihn zurück. Er stemmt sich dagegen und richtet sich auf, lehnt sich nach hinten gegen das halb geöffnete Tor. Er starrt auf das Display des Handys. Die Kontaktanzeige zum Netz flackert auf, schwächelt, kommt zurück, baut sich auf, bricht wieder ein … Die kühle Luft spült seine Lungen frei, vertreibt den Nebel aus seinem Kopf. Der Sturm greift ihm ins Haar, und durch sein Rauschen dringt ein schrilles ›Kiai‹, das ihm den Eingang einer SMS ankündigt. Eine Nachricht von Jan.

41

4. November

16 Uhr. »Wo sind eigentlich meine Schuhe?«, fragt Jan. Er war mit seinen Gedanken woanders gewesen, hatte Melanie für einen Moment nicht zugehört. Er sieht das Befremden im Gesicht seiner Tante, und schon tut es ihm leid, so unvermittelt gefragt zu haben. Er hatte sie nicht unterbrechen wollen. Sie sitzen am Küchentisch. Draußen fegt der Sturm heulend ums Haus. Manchmal horchen sie auf, weil irgendwo ein Ast bricht, etwas scheppernd durch die Gegend fliegt.

Gegen Mittag war Jan aufgestanden. Er war ins Badezimmer gegangen, hatte lange geduscht und war in den sauberen Trainingsanzug geschlüpft, den er vorsorglich eingepackt hatte. Auf dem Weg in die Küche war ihm aufgefallen, dass seine Boots nicht mehr auf der Fußmatte standen.

Seitdem sitzen sie beisammen und reden. Meistens redet Melanie. Mal hört er ihr zu, mal ziehen seine Gedanken ihn fort. Irgendwann waren ihm wieder die Boots eingefallen.

»Sie stehen zum Trocknen an der Heizung im Keller«, sagt Melanie. »Ich habe sie sauber gemacht.«

Seine Mutter hätte jetzt Fragen gestellt. Was denn passiert wäre? Ob er das Karatetraining an den Strand verlegt hätte? Irgendeinen blöden Kommentar würde sie von sich geben. Melanie stellt keine Fragen.

»Danke«, sagt Jan. »Hätte ich später auch selbst machen können.«

»So nass wie die waren, hättest du sie nicht anziehen können.«

Es fällt ihm auf, dass sie es ohne Vorwurf sagt, nur die Fakten benennt. Genau deshalb kann er stundenlang mit ihr in ihrer gemütlichen Küche hocken und reden. Seine Finger spielen mit ihrer Mala, der Gebetskette, die sie aus Indien mitgebracht hatte. Die Berührung der schwarzen, seidig schimmernden Holzperlen beruhigt ihn, obwohl er keine Unruhe verspürt. Nur leicht elektrisiert fühlt er sich, wie nach einer durchtanzten Nacht.

»Ich könnte so nicht leben«, sagt sie. »So nah bei diesen Höllenmaschinen.«

Jan lässt die Holzperlen durch seine Finger gleiten. Er berührt jede einzelne ganz bewusst und aufmerksam, so wie er es bei seiner Tante oftmals gesehen hatte. Er weiß, der Hieb gegen die Windmühlen gilt seiner Mutter. Ihr gibt Melanie die Schuld an allem, auch daran, dass Tom ausgezogen ist. Da ist sie ganz die Schwester seines Vaters.

»Ihr hättet längst von dort wegziehen können«, fügt sie hinzu.

Auch Melanie kann vorwurfsvoll klingen, stellt er fest. Am liebsten würde er reden, ihr alles erzählen, die Erlebnisse der vergangenen Nacht zwischen ihnen auf dem Tisch ausbreiten wie einen bunten Strauß von Geschichten, all die berauschenden Eindrücke loswerden, seinem Herzen Luft machen und dem Druck der Worte nachgeben, die in seinen Eingeweiden rumoren, gesagt werden wollen. Er hätte zu gern mit seiner Tante dieses erhebende Gefühl geteilt, das ihn seit Wochen beflügelt, seitdem er weiß, dass er diese Höllenmaschinen beherrschen kann. Wie wird sie es aufnehmen?, fragt er sich unsicher und hält lieber den Mund. Außerdem musste er schwören, nicht darüber zu sprechen. Mit niemandem, hatte Nikko allen eingeschärft, bevor sie in der Frühe auseinandergegangen waren. »Auch nicht mit Tom«, hatte der Bandenführer hinzugefügt und Jan einen warnenden Blick zugeworfen. Weshalb hätte er ausgerechnet mit Tom darüber reden sollen?, fragt sich Jan. Sein Vater würde ihn dafür in die Mangel nehmen, dessen ist er sich sicher.

»Du kannst hier einziehen, wenn du willst«, dringt Melanies Stimme zu ihm durch.

Er lacht und antwortet mit dem üblichen Satz. »Aber erst, wenn du dir einen Internetanschluss zugelegt hast.« Melanies altmodische Ablehnung digitaler Errungenschaften ist das Einzige, was Jan an ihr auszusetzen hat. Das Angebot kommt nicht zum ersten Mal, und Jan nutzt das übliche Geplänkel zwischen ihnen, nur um nicht den wahren Grund nennen zu müssen. Er kann ihr verlockendes Angebot nicht annehmen, weil er Karo nicht allein in dieser Hölle zurücklassen will. Sein Blick geht zum Handy. Es liegt griffbereit auf dem Tisch. Er hatte beim ersten Aufwachen früh am Morgen zum Glück daran gedacht, seiner Mutter, wie versprochen, eine kurze Nachricht zu schicken, damit sie weiß, wo er ist und nicht herumspioniert. Ihre Antwort darauf hatte er erst später gelesen. Er hatte sich gefragt, was die Polizei schon wieder bei ihr wollte? Auf die Idee, dass es mit der Aktion zu tun haben könnte, war er nicht gekommen. Später war er doch ein wenig unruhig geworden und hatte versucht, sie zurückzurufen. ›Der Teilnehmer ist vorübergehend nicht erreichbar‹, tönte ihm jedes Mal die automatische Ansage ins Ohr. ›Bitte versuchen Sie es zu einem späteren Zeitpunkt.‹

Bestimmt ist es wegen der toten Vögel, denkt Jan. Um was sonst sollte es gehen? Er hatte die Windkraftanlage vor dem Haus seiner Eltern auf Stillstand programmiert, weil Nikko es so gewollt hatte. Jetzt bei dem Orkan würde sie sowieso stillstehen, sodass die Manipulation erst dann auffiele, wenn der Sturm vorbei und die Anlagen im Windpark ihren normalen Betrieb wieder aufnähmen. Jans Frage, weshalb es ausgerechnet diese Anlage sein sollte, hatte der Bandenführer barsch abgewiesen. »Entweder du machst mit, oder du bist draußen!«

Die Antwort hatte Jan verstört. Aber er kennt Nikko nicht gut genug, um ihn richtig einzuschätzen, und die anderen hatten ihn beruhigt, er sollte es nicht persönlich nehmen, könnte ihm vertrauen. Sie waren sich bei einem Karate-Workshop in Kiel zum ersten Mal begegnet. Danach waren sie sich bei Veranstaltungen, die überregional in den Dojos der Vereine regelmäßig abgehalten werden, öfter über den Weg gelaufen. Nikko war der Kopf einer Clique, und Jan hatte sofort gespürt, dass diese Jungs besonders waren. Ihre Art miteinander zu kämpfen hatte ihn fasziniert. Vor ein paar Wochen erfüllte sich für Jan endlich ein lang gehegter Wunsch: Sie nahmen ihn beim Training in ihren Kreis auf. Sie trafen sich oft privat, und bald war klar, welches Leid sie alle miteinander teilten. Als Jan ihnen offenbarte, dass er ihnen womöglich helfen und mit etwas Glück auch in ihren gepeinigten Dörfern die Windkraftplage zumindest ein wenig erträglicher machen könnte, zogen sie ihn ins Vertrauen. Er vermochte es kaum zu fassen: Er war zu Azawakh gestoßen! Im Zuge der Vorbereitungen für die Aktion erhielt sein Höhenflug über dieses ungeahnte Glück jedoch einen Dämpfer. Nikko ließ ihn spüren, dass er der Neue war. Er hatte sich als würdig zu erweisen, eine Mutprobe zu bestehen, um festes Mitglied des geheimen Bundes zu werden. Jan wusste nicht, was geschehen würde, wenn es schiefging. Es durfte nicht schiefgehen. Drei weitere Windkraftwerke in drei anderen Windparks sollten, wie das hinter dem Haus seiner Eltern, in der Nacht vom 3. auf den 4. November abgestellt werden. Jan hatte den Plan schließlich so verstanden, dass die Rotoren ausgebremst werden müssten, damit Nikko, Fabian, Patrick und Julian, die vier sportlichsten Mitglieder der Bande, wie die ›Blattläuse‹

der Baumannschaften ungehindert auf die Gondeln klettern konnten, um das Emblem von Azawakh, weithin sichtbar, darauf zu sprühen. Danach wollten sie eine Internetbotschaft verbreiten, die auf die Situation der Anwohner von Windparks aufmerksam machen sollte. Felix sollte den Wagen fahren, derweil Jan in einem Coffee Shop im Kieler Hauptbahnhof säße, um von seinem Laptop aus die Anlagen der Reihe nach anzusteuern und sie für die Kletter- und Sprayaktion auf Stillstand zu programmieren. Jan hatte sich zwar gefragt, weshalb Nikko genau dieses Datum für die Aktion bestimmt hatte, aber sich nach dem ersten Anschiss nicht mehr getraut, ihn darauf anzusprechen. Als für den 4. November ein Orkan angekündigt wurde, hatte Nikko kurzerhand die Aktion ›Riesenrad‹ um die Aktion ›Turmfeuer‹ erweitert. Er meinte, was in die eine Richtung funktionierte, müsste auch in die andere gehen. Wenn Jan die Anlagen ausbremsen könnte, müsste er auch in der Lage sein, ihr Bremssystem zu blockieren. Jan hatte das noch nie versucht. Für ihn war es stets wichtig gewesen, sie in ihrem Betrieb zu drosseln, um seine Ruhe zu haben. Aber weshalb sollte es nicht gelingen? Bei den beiden ersten Windrädern, die dem Haus seiner Eltern am nächsten stehen, hatte er sich online über den Wartungs-Port-Zugang in deren Steuerung eingehackt. Der Betreiber der beiden Anlagen, die Firma Hess & Co, hatte diesen Zugang nicht gesichert. Jan drosselte den Betrieb der Anlagen nur im äußersten Notfall, nur wenn er sich nicht mehr anders zu helfen wusste. Vermutlich ist es deshalb noch nicht aufgefallen. Auch scheint der Betreiber die EDV-Kontrollen recht locker zu nehmen. Jan hatte sich eine Zeit lang intensiv mit der Virus-Struktur von Stuxnet befasst, dem Computerwurm, mit dem das Atomprogramm des Iran sabotiert worden war. Für Stuxnet musste der Zugang zum System über einen USB-Stick in einem Computer der Betriebszentrale hergestellt werden. Foxnet, so nannte er seinen Wurm, benötigt keinen Helfer vor Ort. Foxnet erlaubt ihm, sich online in die Überwachungszentralen von Windkraftanlagen einzuhacken. Jan war sich keineswegs sicher, ob ihm der Zugriff auch in anderen Windparks mit anderen Anlagentypen gelänge. Einige Betreiber sichern ihre Wartungs-Ports ab, und es war ihm klar, dass er sich jedes Mal einen neuen ungesicherten Zugang würde suchen müssen. Er begann, die neuen Netzwerke zu scannen, und war überrascht, dass er fast immer eine undichte Stelle fand, und wenn es nur ein Drucker war, der ihm eine Hintertür in die Schaltzentrale öffnete.

Mit der Aktion ›Turmfeuer‹ wollte sich Nikko den aufziehenden Sturm zunutze machen. Er würde die ungebremsten Rotoren antreiben, bis sie heiß liefen und womöglich Feuer fingen. »Wie Fackeln im Sturm«, hatte er mit leuchtenden Augen gesagt. Nikko wollte sie brennen sehen. Genau deshalb hatte Jan sich geweigert, eine solche Manipulation in dem Windpark neben seinem Elternhaus vorzunehmen. Nikko hatte schließlich klein beigegeben, denn ohne Jan hätte er die Aktion ›Riesenrad‹ abblasen müssen. Nikkos Kompromisslosigkeit hatte Jan von Anfang an nicht behagt. Aber er war froh gewesen, endlich eine Clique Gleichgesinnter gefunden zu haben, wo er sich für seine Meinung nicht rechtfertigen musste. Im Gegenteil. Hier konnte er endlich dem Wahnsinn etwas entgegensetzen. Jan hatte schnell begriffen, dass er der Schlüssel zur Aktion ›Riesenrad‹ war. Deshalb hatte er an die Aktion ›Turmfeuer‹ eine Bedingung geknüpft: Menschen dürften dabei nicht zu Schaden kommen. Ein Sturm würde die Flammen weit hinaustragen und brennende Flügelteile fortschleudern. Deshalb hatte Jan Standorte ausgewählt, die weit genug von den Häusern entfernt lagen, damit das Feuer nicht darauf übergreifen konnte. Aber auch dort würde niemand sofort bemerken, dass etwas mit den Windkraftanlagen nicht stimmt, selbst wenn sie Feuer fingen. Bei einem Orkan fahren die Leute nicht in der Gegend herum, sondern bleiben zu Hause.

Jan nimmt das Mobiltelefon in die Hand. »Immer noch kein Netz!«, murmelt er und legt es zurück auf den Tisch.

»Vermutlich der Sturm«, sagt Melanie. Sie schaltet das Radio ein. »Erwartest du einen Anruf?«

Er schüttelt den Kopf. »Nur so eine Gewohnheit.«

»Noch einen Kakao?«, fragt sie.

Jan lächelt, reicht ihr die Tasse. »Immer gerne.«

Im Radio laufen die Halb-fünf-Nachrichten. Ein zartes Ping-Ping lässt Jan erneut zum Handy greifen. Das Display meldet mehrere vergebliche Anrufe von ›Mama‹. Jan drückt auf Rückruf, während der Nachrichtensprecher gerade eine Sondermeldung ankündigt.

»Jan, sind Sie es?« Aus dem Handy tönt die Stimme eines Mannes.

Erschrocken blickt Jan auf und sieht in das besorgte Gesicht seiner Tante.

»Ist was passiert?«, flüstert Melanie.

Jan nimmt kurz das Smartphone vom Ohr. Ungläubig prüft er das Display. Kein Zweifel. Er ist mit Karos Handy verbunden. »Ist was passiert?«, fragt er mit zitternder Stimme.

»Hauptkommissar Sand hier, Kripo Kiel«, sagt der Fremde. »Seit vier Stunden versuche ich, Sie zu erreichen.« Der Mann klingt aufgebracht.

»Wo ist meine Mutter?«, fragt Jan.

»Ihre Mutter?«, schnaubt der Kommissar. »Die ist zu Hause. Aber wo stecken Sie, Junge? Wir brauchen …«

Jan drückt das Gespräch weg.

»Alles in Ordnung?«, fragt Melanie.

Er antwortet nicht.

Unter Kontakte findet er die Nummer von Nikko. »Der Teilnehmer ist vorübergehend nicht erreich…«

»Mist.« Jan schleudert das Handy auf den Tisch und springt auf.

»Hör mal!«, ruft Melanie. Sie steht neben dem Radio und lauscht. Sie ist kreidebleich. »Wie schrecklich«, flüstert sie.

Gebannt lauscht Jan der Stimme, die aus dem Radio kommt. Er kann nicht glauben, was er da hört. Das ist nicht wahr, denkt er und weiß doch, dass es stimmt. Er hat wieder die Gesichter der Jungs vor Augen, blass und erschöpft, hört sie im Suff reden, versteht jedoch nichts, weil er selbst zu betrunken ist. Erneut greift er zum Handy. Noch einmal drückt er die Nummer von Nikko. Die übliche Ansage. Er kriegt ihn nicht zu fassen. Eine heiße Wut steigt in ihm hoch. Mit zittrigen Fingern tippt er ins Telefon, verwirft den Text, schreibt ihn noch einmal: ›Das wirst du mir büßen!‹ Dann drückt er auf Senden. Er schaut auf und blickt in Melanies weit aufgerissene Augen.

»Sie suchen … dich«, ruft sie.

Jan windet sich kurz, will etwas antworten. Die Gedanken rasen. Er hatte das Windrad auf Stillstand programmiert. Ganz sicher. Er muss sich selbst von dem überzeugen, was er soeben gehört hat. Aber ohne Netzanbindung kann er von hier aus nichts tun. Jan nimmt das Handy und stürzt aus der Küche zurück in sein Zimmer. Er packt den Rucksack mit dem Computer. Wieder im Flur greift er das Etui mit Melanies Autoschlüssel von der Konsole und rennt aus dem Haus zum Carport hinüber. Der Sturm bläst ihm kalt durch die dünnen Klamotten, drängt ihn aus der eingeschlagenen Bahn. Jan stemmt sich dagegen. Durch das Brausen des Windes dringt Melanies Stimme so dünn wie ein Faden.

»Jan, komm zurück! Das kannst du nicht machen. Das ist zu gefährlich.«

Schnell schließt er die Autotür auf. Der alte Passat müsste fahrtüchtig sein. Tom hatte den Wagen erst neulich dazwischengenommen. Jan zündet, und der Motor springt an. Beim Kuppeln bemerkt er, dass er keine Schuhe anhat. Etwas zu schwungvoll setzt er zurück. Im Rückspiegel sieht er Melanie. Er tritt auf die Bremse. Sie steht immer noch da, ganz dicht hinter dem Auto, die Arme fest um die Brust geschlungen, als könnte der Wind ihr die Flügel abreißen.

Ihn überkommt ein schlechtes Gewissen. Er schüttelt den Kopf. Er muss das allein durchziehen! Jan tritt aufs Gaspedal. Der Wagen macht einen Satz nach vorn und braust mit quietschenden Reifen vom Hof.

42

4. November

16.30 Uhr. Hauptkommissar Peter Sand hält das Smartphone zwischen Schulter und Ohr eingeklemmt. Nachdenklich betrachtet er die kleine Box aus weißem Plastik, die der Kollege von der Spurensuche soeben vor ihn auf den Tisch gestellt hat. Die Genehmigung für die Hausdurchsuchung hatte eine Weile gebraucht. Sand wollte nicht warten, bis die Ehefrau und die Söhne des Bürgermeisters von Mallorca zurück waren. Sein Antrag war zwischen zwei Ressorts der Kieler Justiz hängengeblieben, und es hatte mehrerer Anläufe seiner Chefin bedurft, die Zustimmung dort loszueisen. Zum Glück hat Karin Angeloh einen guten Draht ins Justizministerium. Sand hatte auf einen Zugang zum Pahlschen Anwesen bestanden, denn nicht selten offenbart der Lebensraum des Opfers die entscheidende Spur zum Täter. Die nächste Hürde war der alte Großvater gewesen. Hinnerk Pahl hatte sich, wenig beeindruckt von der richterlichen Anordnung, mit seinem Luftgewehr vor der Haustür seines Enkels postiert. Erst als ihm dessen Ehefrau per Fernverbindung bedeutete, er müsse die Polizei ins Haus lassen, damit sie ihre Arbeit machen könne, räumte er knurrend den Posten.

Peter Sand horcht noch immer ins Handy, obwohl die Verbindung unterbrochen ist. Er ärgert sich über sich selbst. Er hatte das Gespräch mit Jan falsch angefangen. Der Anruf hatte ihn kalt erwischt, und er hatte in dem Moment keinen Plan gehabt, hatte einfach nur reagiert. Ungeduldig wie meistens, wenn er nicht nachdenkt. Was wird der Junge jetzt tun?, fragt er sich. Jan scheint sich mehr Sorgen um seine Mutter zu machen als um sich selbst. Die Tatsache, dass nicht seine Mutter, sondern er, Sand, am Handy war, hat ihn offenbar in Aufruhr versetzt.

Sand legt das Mobiltelefon beiseite und streift sich die Handschuhe über. Der Kollege hatte sie ihm vorsorglich neben die Plastikbox gelegt. Sie erinnert ihn an die Brotdosen, die seine Frau den Töchtern in die Schule mitgibt. Nur was macht eine Brotdose zwischen der Unterwäsche von Anne-Rose Pahl? Dort hatte der Kollege sie gefunden. Sand nimmt die Box zwischen beide Hände, hebt sie an. Sie ist leicht. Er stellt sie zurück auf den Tisch, lässt sie jedoch nicht los. Behutsam schieben seine Daumen den Schnappverschluss hoch. Ein Knäuel aus

Plastik und Papier quillt heraus. Nur Verpackungsmaterial, registriert Sand. Er nimmt es weg und legt es neben die Box auf den Tisch. Konzentriert betrachtet er jeden einzelnen Gegenstand, der nun zum Vorschein kommt. Er zählt drei Spritzen und drei Kanülen, dazu aufgebrochene Ampullen ohne Aufschrift. Drei darunter sind aus dunkelbraun getöntem Glas, drei weitere sind durchsichtig. Weshalb immer drei?, fragt sich Sand. Hinzu kommen drei Schlauchstücke mit Verbindungsstücken und drei Plastikröhrchen, deren Bestimmung sich ihm nicht auf Anhieb erschließt. Auch erkennt er Spuren von etwas, das nach verkrustetem Blut aussieht, und Haare, die von einem Tier stammen könnten. Er weiß, wenn er die Gegenstände lange genug fixiert, verschwimmen ihre Konturen, und sein Verstand löst sich vom banalen Objekt, gleitet in die dahinter liegenden Wahrheiten. Diesen Tipp hatte ihm einmal ein Zeichner gegeben. Was macht diese Ansammlung von Sondermüll zwischen der Unterwäsche einer Frau?, wundert sich Sand. Er schürzt die Lippen, schmunzelt. Die Vorstellung gefällt ihm. In dieser Kombination entbehrt dieser Fund nicht einer gewissen Brisanz. Weshalb muss er jetzt an Doping denken? Ihn, den eingefleischten Olympia-Fan, hat diese Geschichte mit der Stepanowa mächtig verunsichert. Schwarze Schafe gibt es überall, sagt er sich. Auch unter den Landwirten. Hat der Bürgermeister seine Kühe womöglich auf Höchstleistung gespritzt? Das Ende der Milchquote muss auch ihn hart getroffen haben. Nur wie geraten die Überreste der Utensilien zum Doping von Milchkühen zwischen die Dessous einer Bäuerin? Er schüttelt den Kopf über die Abwege seiner Kombinationen. Es sei denn … Sands Blick geht zum Fenster und auf den Hof hinaus. Dort spielt eine Katze mit einer Maus, schleudert sie hoch in die Luft, fängt sie auf, packt sie. Ist Anne-Rose Pahl ihrem Ehemann vielleicht auf die Schliche gekommen?

Sand schiebt das Verpackungsmaterial in die Box zurück und drückt den Verschluss zu. »Das muss ins Labor«, ruft er zum Kollegen hinüber.

Aus seinem Handy ertönt ein Bellen. Seine Töchter hatten ihm diesen Klingelton vermacht, damit er nicht vergisst, dass sie sich einen Hund wünschen. ›Chefin‹ steht auf dem Display.

»Die Windmühlen sind gehackt!«, sagt Karin Angeloh. »Die Techniker haben einen Virus gefunden. Jemand hat von außen in die Steuerung der Generatoren eingegriffen und sie manipuliert. Was ganz Neues, sagen sie. Nicht leicht zu beheben. Ich verstehe leider zu wenig davon.«

»Das geht?«, fragt Sand ungläubig. »Ich meine, Windmühlen hacken?«

»Offensichtlich«, erwidert die Kommissarin.

»Und was ist mit Jan?«, will er wissen.

»Da kamen wir leider zu spät. Der ist mit dem Auto seiner Tante abgehauen. Wir erreichen ihn nicht. Hat wohl sein Handy ausgeschaltet. Die Fahndung ist raus. Aber wir haben Funkzellenkontakte auswerten können. Nach seinem Anruf bei dir, konnten wir ihn orten. Er hat sofort versucht, diesen Nikko Steiner zu erreichen. Der hat daraufhin telefoniert. Er ist ganz in deiner Nähe. Wir konnten seinen Standort feststellen.«

»Über Funkzellen?«, wundert sich Sand. »Hier auf dem Land? Sag, bloß nicht …«

»Du hast es erraten!« Karin Angeloh lacht. »Ich kann mich doch auf dich verlassen?«

Peter Sand stöhnt. »Du weißt, das ist wie die Stecknadel im Misthaufen suchen.«

»Nicht ganz«, erwidert Karin Angeloh. »Durch die zeitliche Verzögerung, die Steiners Handy braucht, um sich mit der Basisstation auf dem Handymasten zu verbinden, wissen wir, dass er sich nicht weit davon entfernt aufhält. Ich schicke dir die Koordinaten vom Funkmasten. In seiner näheren Umgebung gibt es nur ein großes Gehöft und eine Autowerkstatt.«

»Und was sagt dir dein Bauch, wo ich anfangen soll?«, fragt Sand.

»Du wirst es nicht glauben«, entgegnet die Kommissarin. »Die Werkstatt gehört Jans Vater.«

Sand grinst. »Dann fahre ich zu diesem Gehöft.«

»Mach, was du willst!«

»Oh«, freut sich Sand. »Das wäre doch ein guter Satz für deinen Anrufbeantworter.«

Sie lacht. »Und? Was kann ich noch für dich tun, mein Freund?«

»Auch ein guter Satz«, bemerkt Sand. »Ich brauche für den Einsatz eine weitere Streife.«

»Wie heißt das Zauberwort?«

»Keine Ursache«, erwidert er.

»Tut mir leid«, sagt Karin Angeloh. »Ich kann hier niemanden entbehren. Diese Windhunde telefonieren sich gerade den Wolf. Es ist wie beim Pingpong. Drei von ihnen sitzen in Kiel. Wir waren noch nie so dicht an Azawakh dran.«

»Also keine Profis«, sagt Sand.

»Sieht nicht danach aus«, erwidert die Kommissarin. »Aber sportlich und wehrhaft sind sie alle. Nimm dir bitte einen Kollegen mit zu Steiner. Er macht Karate. Wie wäre es mit der kleinen Schutzpolizistin? Diese Franziska Wilde kann doch Karate, oder?«

»Du traust mir wohl nichts mehr zu.«

»Glaubst du wirklich, ich habe nicht mitbekommen, dass du seit Monaten den Polizeisport schwänzt?«

Peter Sand grinst. Ohne sich zu verabschieden, beendet er das Gespräch. Im Anwahlspeicher findet er die Nummer. »Da ist sie ja, die kleine Wilde«, murmelt er.

Franziska ist sofort am Apparat.

»Es geht los«, sagt Sand. »Jan könnte in Kürze bei Ihnen auftauchen. Nur so ein Gefühl … Aber sagen Sie seiner Mutter nichts davon.«

»Aha.«

»Ich verstehe, Sie können nicht offen sprechen. Macht nichts! Ich muss noch eine Sache erledigen, dann bin ich bei Ihnen. Ich kann Ihnen leider keine Verstärkung schicken. Ich halte es auch für besser, wenn sich im Moment kein Polizeiauto im Umkreis seines Elternhauses aufhält. Es könnte ihn in die Flucht schlagen. Ist das okay für Sie?«

»Okay!«

»Sie können doch Karate?«

»Ja, ja«, sagt sie.

Ihre knappen Antworten irritieren ihn. »Übrigens, es ist ein Virusangriff auf die Betriebssysteme der Windkraftanlagen«, redet er weiter, um ihr Schweigen zu überbrücken. Er wartet ein paar Sekunden. Als nichts mehr von ihr kommt, sagt er: »Viel Glück!« Sand steckt das Handy weg. Im Flur fällt sein Blick auf das Schlüsselbrett. Das Etikett eines einzelnen Schlüssels springt ihm ins Auge. ›Scheune‹, steht in fetten Druckbuchstaben darauf. Er nimmt den Schlüssel vom Haken, wendet sich kurz zurück. Soll er den Kollegen bitten? Dann überlegt er es sich anders, steckt den Schlüssel ein und verlässt das Haus. Es dämmert bereits, als er auf den Hof tritt. Der Wind reißt ihm die Kappe vom Kopf. Er springt hinterher, fängt sie gerade noch auf. Er rutscht geschwind hinters Steuerrad und zieht die Autotür hinter sich zu. »Na, das kann heiter werden«, schnaubt er und macht sich auf den Weg zur Autowerkstatt. Er braucht keine Koordinaten. Er weiß, wo er hin muss.

43

4. November

16.30 Uhr. Jan biegt auf die Fahrstraße ein. Das lange Heck des Passats bricht aus, und der Wagen schlingert über die schmale Straße. Erschrocken nimmt Jan den Fuß vom Gaspedal und reißt das Lenkrad herum. Als er endlich wieder Kontrolle über das Fahrzeug hat, gibt er Gas. Er spürt den Widerstand des Windes, dennoch beschleunigt er weiter. Er darf keine Zeit verlieren. Eine Sturmböe packt den Passat, drängt ihn auf die Gegenfahrbahn. Jan nimmt das Gas weg und steuert gegen den Druck, zieht den Wagen zurück nach rechts. Doch der Wind dreht, bläst jetzt von vorn, schlingt seine flattrigen Arme um das Fahrzeug herum, hält es einen Augenblick lang gefangen, lässt wieder los, und der Wagen bricht aus, saust auf die rechte Böschung zu. Das Vorderrad rutscht über den Asphaltrand auf den glitschigen Seitenstreifen. Kurz vor dem Graben kommt der Wagen zum Stehen. Jan schaut sich um. Zunächst sieht er nichts. Nur Laub und Zweige. Der Sturm wirbelt sie durch die Luft, bläst sie gegen die Scheiben. Sie kratzen über die Karosse, peitschen auf sie ein. Jan fühlt diese Haut aus Blech nahezu körperlich wie eine Rüstung, auf die der Sturm seine Hiebe erbarmungslos niedergehen lässt. Im verlöschenden Licht des Tages erschließen sich ihm allmählich die Konturen der Landschaft. Die Welt um ihn herum tanzt in Ekstase. Aber er will sich nicht in diesen Wahnsinn hineinziehen lassen, will sich konzentrieren, muss Ordnung in das Chaos bringen, mit dem sein Verstand gerade ringt. Was ist geschehen? Er hatte das Windrad vor dem Haus seiner Eltern auf Stillstand programmiert.

Immer wieder dieselbe Frage: Weshalb dreht es sich dennoch? Erneut steigt diese beunruhigende Wut in ihm hoch, und er stemmt sich gegen das berauschende Gefühl wie gegen den Sog des Orkans. Was er jetzt braucht, ist einen klaren Kopf. Er muss an den Mann denken, der am Rotorblatt hängt, und sofort wird er wütend. Nikko, das Schwein, hat ihn hereingelegt. Alle haben ihn betrogen. Alle bis auf ihn kannten den wirklichen Plan. Cool down, ermahnt Jan sich selbst. Er muss nachdenken. Es kommt ihm alles so unglaublich vor. Vielleicht ist es doch eine Falle der Polizei? Aber die Meldung im Radio war überzeugend echt rübergekommen. Und dann dieser Polizist am Telefon seiner Mutter. Jan schlägt auf das Lenkrad, kämpft gegen die Tränen des Zorns, der ihn wie ein heißer Sandsturm bedrängt. Und dann fließen sie doch, die Perlen der Wut und der Verzweiflung. Jan greift sich unter die linke Achsel, reißt das Pflaster vom frischen Tattoo. Er ist noch immer ein Windhund, aber von einer anderen Sorte als diese Verräter, diese schäbigen Straßenköter, und er wird es schaffen, nach Hause zu kommen. Er will sich selbst überzeugen, und wenn es so ist, wie sie sagen, wird er das rasende Windrad schon stoppen.

Langsam fährt er an, lenkt das Auto auf die Straße zurück. Ein Laster kommt auf ihn zu, drängt ihn mit Lichthupe auf den Randstreifen zurück. Erst jetzt bemerkt Jan, dass es fast dunkel ist und er vergessen hatte, das Licht einzuschalten. Mit dem Handrücken wischt er die Tränen aus dem Gesicht und fährt wieder an. Er ist jetzt ruhiger. Die Strecke ist ihm vertraut. Er kann sie blind fahren, wenn es sein muss. Da ist die sich weit nach rechts ziehende Kurve. Noch wenige Kilometer, dann würde der Redder kommen, der Abschnitt, in dem die Straße an beiden Seiten von einer hohen Wallhecke gesäumt wird. Wenn Jan an den seltenen richtig heißen Sommertagen mit dem

Fahrrad von der Schule heimkehrt, und selbst der Fahrtwind kaum noch Kühlung verschafft, dann sehnt er sich stets nach dem Moment, in diesen grünen Tunnel hineinzutauchen wie in ein erfrischendes Bad. Gleich würde der Redder ihm Windschutz bieten. Dahinter liegt die Kreuzung, an der er nach links abbiegen muss. Dann sind es nur noch wenige Minuten nach Hause. Linkerhand sieht er bereits die roten Lichter des Windparks, nächtliche Signale, die Flugzeuge davor warnen sollen, dass hier etwas weit in den Himmel hinaufragt. Zwei rote Ringstrahler blinken an jedem Turm und zwei weitere rote Lichter auf jeder Gondel. Die Lichtblitze der einzelnen Anlagen kommen in einem wechselnden Muster, mal blinken sie alle miteinander, und schon geben sie den gemeinsamen Rhythmus wieder auf. Dann sieht es aus wie auf einem Rummelplatz. Von Zeit zu Zeit entstehen zwei im Wechsel blinkende Gruppen. Für Jan sind es zwei Mannschaften, und er stellt sich vor, dass sie gleich aufeinander losgehen werden wie bei einem Rugby-Spiel zwischen den Calgary Mavericks und den Ottawa Harlequins. Und wie bei einem Wettkampf zwischen zwei Mannschaften löst sich das geordnete Muster der Lichtblitze im Nu wieder auf, und in dem blinkenden Durcheinander verliert Jan den Überblick und die Hoffnung auf ein Armageddon, in dem sich diese Höllenmaschinen gegenseitig vernichten. Er stellt fest, dass die Rotoren der meisten Windkraftwerke, an denen er vorbeifährt, sich ganz langsam bewegen. Nur wenige stehen völlig still. Jan kann jedoch nicht alle Windräder sehen. Das andere Ende des Areals, wo das Haus seiner Mutter steht, ist zu weit weg.

Kurz vor dem Redder geht es nicht weiter. Ein dicker Stamm liegt quer über der Straße. Unter den Rädern des Wagens knackt abgebrochenes Astwerk. Etwas Hartes poltert von unten gegen die Karosse. Jan hält an. Was soll er jetzt tun?

Vermutlich war der Baum unmittelbar hinter dem Laster, der ihm vorhin entgegengekommen war, auf die Straße gekracht. Oder der Fahrer hatte gewendet und ihm mit der Lichthupe signalisieren wollen, dass die Strecke blockiert ist. Es bleibt ihm nichts anderes übrig. Er muss umkehren und die Abkürzung durch den Windpark nehmen.

Als er wieder auf der Höhe der Blinklichter ist, fällt er ins Schritttempo, um den Abzweig nicht zu verpassen. Durch diese Zufahrt hatte er sich einmal heimlich in das Baugebiet geschlichen, um ein paar Fotos zu schießen. Damals war der Weg abgesperrt gewesen. Die Schranke ist inzwischen entfernt. Die Wachmannschaft ist abgezogen. Jetzt weisen nur noch Schilder darauf hin, dass das Betreten des Geländes verboten ist. Er erkennt das gelbe Warnschild mit dem schwarzen Rotor darauf. Dort biegt er ab. Der schnurgerade Weg führt direkt in das Herz des Industriegebietes hinein. Unter den Reifen knirscht feiner Schotter. Der Sturm rüttelt an der Karosse. Jans Hände umklammern das Steuerrad. Bloß nicht vom Weg drängen lassen! Ein lauter Knall gegen die Beifahrertür lässt ihn zusammenfahren. Was war das? Ängstlich schaut er sich um. Nur Blinklichter. Jetzt hört er es wieder. Ein leises Sirren hängt in der Luft, als würde der Wind die Masten zum Schwingen bringen. Langsam fährt er weiter. Da ist er wieder, der hohe Ton, noch deutlicher, und je weiter er vorankommt, desto lauter wird das Geräusch, bis er den Ort des Ursprungs erkennt. Noch nie zuvor hat er ein Windrad sich derart schnell drehen sehen. Es ist zu dunkel, um Details auszumachen. Haben sie den Mann inzwischen heruntergeholt? Er kneift die Augen zusammen. Aber so sehr er sich auch bemüht, er sieht nichts. Die Bewegung lässt die Flügel zu einer rasenden Scheibe verschmelzen. Da! Was ist das? Ein Funken dort oben auf der Höhe der Gondel! Dann sieht er ihn wieder den hellgelben Blitz wie … Nein, kein Blinklicht! Und schon züngelt es wieder hervor. Verdammt! Eine Stichflamme. Die Gondel brennt! »Neiiin«, brüllt Jan und gibt Gas. Hinter dem Knick tauchen die vertrauten Umrisse des Hofgebäudes auf. Im Wohnzimmerfenster brennt Licht. Jan hält darauf zu. Was er jetzt braucht, ist einen kühlen Kopf und einen Zugang zum Internet.

44

4. November

16.30 Uhr. Nikko Steiner drückt auf ›Löschen‹, und die Nachricht von Jan verschwindet so unvermittelt, wie sie auf seinem Display erschienen war. Er hatte kurz daran gedacht, ihm zu antworten. Aber dann hatte er es sich anders überlegt. Jan hatte wohl nicht begriffen, dass Azawakh keine halben Sachen machte. Was würden schon ein paar brennende Windräder ausrichten können? Ein aufgeknüpfter Staatsanwalt ist eine ganz andere Nummer. Die da oben müssen am eigenen Leib spüren, was sie uns hier unten zumuten. Hoffentlich macht Jan keinen Mist. Er muss unbedingt die anderen warnen, bevor sein Netz wieder einbricht. Sie hatten eine Telefonkette vereinbart. Nikko würde den Anfang machen und sich zu passender Zeit bei Felix melden. Der sollte bei Fabian anrufen, und so weiter und so fort.

»Endlich«, ruft Felix sogleich. »Mensch, seit Stunden warte ich auf ein Signal von dir. Wo steckst du?«

»Oss«, erwidert Nikko kühl. So viel Zeit sollte sich ein Karateka nehmen, den anderen mit Respekt zu begrüßen.

Aber Felix erwidert den traditionellen Gruß nicht.

»Es geht weiter nach Plan«, fährt Nikko schließlich fort. »Ich hoffe nur, dass unser Kleiner keinen Quatsch macht.«

»Auf welchen Planeten hat es dich denn verschlagen?«, brüllt Felix. »Hast du keine Nachrichten gehört?«

»Ich stecke in einem Funkloch. Habe jetzt gerade mal Netz«, sagt Nikko und wundert sich, wie stabil die Verbindung hier draußen vor Toms Werkstatt auf einmal ist.

»Oh, Mann«, hört er Felix stöhnen.

»Jetzt mach's nicht so spannend und sag mir, was los ist!«

»Der Bürgermeister …«, stammelt Felix. »Das Windrad, es steht nicht. Es dreht sich. Alle anderen haben sie befreien können, weil die Anlagen wie geplant stillstanden. Nur den Bürgermeister nicht. Mensch, Nikko, Fabian ist kurz davor durchzudrehen. Er war es, der den Mann dort hochgeschleppt hat.«

»Was, ihr hattet Kontakt?«, fährt Nikko ihn an. »So war das nicht abgemacht! Ihr solltet warten, bis ich anrufe.«

»Der Orkan treibt das Windrad weiter an.« Felix' Stimme zittert. »Niemand kann sagen, ob der Mann noch lebt.«

Für einen Augenblick kann Nikko keinen klaren Gedanken fassen. Sein Hirn ist wie leergefegt.

»Bist du noch da?«, tönt ihm Felix ins Ohr, als stünde er neben ihm.

»Scheiße!«, sagt Nikko.

»Ja«, sagt Felix matt, und seine Stimme ist auf einmal weit weg. »Und wir hängen alle mit drin.«

»Der kleine Scheißer hat es vermasselt«, schnaubt Nikko. Ihm wird heiß. Er kann nichts sagen, zu viele Gedanken stürmen auf ihn ein, und auf einmal ist ihm alles klar. Vermasselt? Nein, betrogen hat er mich! Weshalb trifft es ausgerechnet den Bürgermeister? Ganz klar: Jan hasst diesen Mann. Und dieses Geschwafel, Menschen dürften nicht zu Schaden kommen, ist doch nur Tarnung. Die SMS? Ebenfalls Tarnung. Nikko spuckt wütend aus. »Abgefuckte Mistkacke!«, brüllt er.

»Mehr fällt dir nicht ein?«, fährt Felix ihn an.

Aber Nikko hört nicht mehr hin. Fieberhaft sucht er nach einer Erklärung. Dann trifft er eine Entscheidung. Er muss zu Tom.

»Hallo, Nikko?« Da ist sie wieder: Felix' zittrige Mädchenstimme.

»Ich kann dich kaum noch hören«, lügt Nikko. »Die Verbindung ist schlecht. Ich melde mich, sobald ich wieder ein stabiles Netz habe.« Nikko unterbricht den Kontakt. Er wendet sich nach rechts, geht ein paar Schritte bis an das Ende der Halle und schaut um die Ecke. Da sieht er den Handymasten. Seine roten Lichter leuchten in die Dunkelheit hinein. Der ist gar nicht weit weg, denkt Nikko überrascht. Daher also die gute Verbindung hier draußen. Und schon fühlt er sich gar nicht mehr sicher. Mist!, flucht er im Stillen. Mit dem Anruf bei Felix hat er ein Funksignal gesetzt, das die Polizei orten kann. Womöglich sind sie bereits dabei, die Funkzellen in der Umgebung auszuwerten. Vielleicht schon unterwegs zu ihm … Er überlegt kurz, ob er die anderen warnen soll. Da sieht er die Scheinwerfer, die jetzt noch weit entfernt in der Landschaft flackern. Mal tauchen sie auf, mal verschwinden sie wieder hinter den Bäumen und Büschen am Straßenrand. Kein Zweifel, es ist ein Auto, und es kommt näher. Welcher Idiot fährt bei Sturm in dieser öden Gegend herum?, fragt sich Nikko. Er blickt kurz zum Funkmasten und stößt einen weiteren Fluch aus. Nikko hechtet zur Werkstatt zurück. Er bückt sich, gleitet unter dem Tor durch und spurtet zum Büro hinauf. Hastig schnappt er sich seine Sachen, stürzt wieder die Treppe hinunter, stolpert über die offenen Schnürsenkel, fängt sich wieder und eilt an den Schaltkasten für das Garagentor. Als es hoch fährt, weht ein Schwall von Ästchen und Laub in die Werkstatt hinein. Nikko schwingt sich hinter das Steuer des Pickups, startet den Motor und fährt in die Sturmnacht hinaus.

Als er aus dem Stichweg auf die Fahrstraße einbiegen will, sieht er weiter hinten die Scheinwerfer wieder. Sie kommen von links, also wendet sich Nikko nach rechts und beschleunigt den Wagen. Er weiß nicht, wohin er fährt, kann sich nicht erinnern, wie er zu Toms Werkstatt gekommen war. Er wundert sich, dass er überhaupt in dieser Einöde dorthin gefunden hatte. Vermutlich war er nach Navi gefahren. Eine Hand gleitet vom Lenkrad hinunter zu den Schaltknöpfen des Navigationssystems, das in die Fahrzeugkonsole eingelassen ist. Er nimmt kurz den Blick von der Straße, schaut auf das erleuchtete Feld mit der Karte. Der Sturm rüttelt an der Karosse. Nikko schaut wieder auf. Die beiden Lichtreflexe am Knickrand sieht er zu spät. Schon wechselt der Damhirsch über die Straße. Nikko reißt das Lenkrad herum, will den Fuß auf das Bremspedal ziehen. Es geht nicht. Der Fuß hängt fest. Nikko zerrt, greift mit der Hand nach unten, fasst den Schnürsenkel und reißt ihn mit einem Ruck durch. Er macht eine Vollbremsung. Der Pick-up schlingert, bricht aus und saust auf eine Böschung zu. Zum Glück ist es kein Baum, denkt Nikko. Da sieht er den Graben. Der Wagen kippt nach vorn, stoppt jäh ab und stürzt seitwärts. Nikko spürt ein Reißen im Nacken, und dann steht die Zeit still, wendet sich um und läuft rückwärts, entfernt sich ganz langsam, und wie ein Ballon steigt sein Kopf auf und schwebt hinterher, lässt ihn einfach zurück, treibt am Wagen vorbei, ist nicht aufzuhalten, fliegt auf und davon, immer weiter und in die Lichter hinein. Sie sind überall, oben, unten, vorne und hinten, weiße und blaue und dazwischen zwei Lichtreflexe starren ihn an und verlöschen.

45

4. November

17 Uhr. »Lösch bitte das Licht!«, sagt Franziska und schiebt das Gesicht so nah ans Fenster heran, dass ihre Nasenspitze das kühle Glas berührt. Sie hebt die Hände an die Schläfen, um die Reflexe in der Scheibe abzuschirmen. Ihre wachsende Unruhe nach dem Telefonat mit dem Hauptkommissar ist mir nicht entgangen.

Ich tue, was sie sagt, und ziehe an der Schnur der Stehlampe. Im Zimmer wird es dunkel. Die Spiegelungen auf der Fensterscheibe sind verschwunden. Früher saß ich stundenlang an diesem Platz und lauschte der Landschaft im langsam verlöschenden Tageslicht. Im Norden wirft die Abenddämmerung mit einem langen Seufzer die Last des Tages ab und zieht das Gewebe des Lichts in die Länge, bis es in all seine Farben zerfranst. Sie endet wie eine Gute-Nacht-Geschichte. Zum Schluss finden alle wieder zueinander und kommen zur Ruhe. Hinter meinem Haus gibt es keine Gute-Nacht-Geschichten mehr. Ihre Protagonisten sind in die Rotoren der

Windräder geraten. Geschändet und zerstückelt wurden sie in den Wind geschlagen, und auf ihren Himmelsgräbern blinken rote Lichter wie Mahnmale, die der Landschaft den wohltuenden Frieden des ausklingenden Tages rauben.

Ich stelle mich neben Franziska ans Fenster. Ein Rauschen wie tosendes Meer erfüllt die Luft. Mal brandet es wütend heran, mal zieht es sich lauernd zurück. Dazwischen hält der Sturm seinen gewaltigen Atem an. In diesen nahezu stillen Momenten ist das Sirren deutlich zu hören. Es kommt von dem Windrad gleich nebenan. Und dann sehe auch ich die hellgelbe Flamme. Frech züngelt sie aus der Gondel hervor.

Es ist Franziska, die alles Notwendige einleitet. Sie ruft die Feuerwehr, bestellt den Rettungswagen. Ich tue nichts, fühle mich kraftlos. Ich stehe da, wundere mich, dass ich nicht einfach in mich zusammensacke wie eine Puppe aus Stroh.

»Das kann dauern«, sagt Franziska. »Alle Kräfte sind im Einsatz.«

»Was wollen sie auch hier noch retten?«, rutscht es mir heraus.

»Hast du überhaupt keine Gefühle?«, fährt sie mich an. »Vielleicht lebt der Mann noch. Außerdem …«, sie schaut wieder hinaus, »könnte das Feuer auf dein Haus übergreifen.«

Ich frage mich, ob die Brandschutzversicherung den Schaden erstatten würde? Hätte ich vielleicht nach der Errichtung des Windparks eine Zusatzrisikoversicherung abschließen sollen? Geht das überhaupt, sich gegen Schäden durch einen Windpark zu versichern? Bisher habe ich mir keine Gedanken darüber gemacht. Auf jeden Fall würde die Versicherung den durch die Nähe zum Windindustriegebiet geminderten Wert meines Anwesens den Entschädigungszahlungen zugrunde legen. Ich wette sogar ziemlich genau in diesem Wortlaut.

»Das Haus ist doch sowieso nichts mehr wert«, sage ich bitter.

Da fällt die Haustür krachend ins Schloss. Erschrocken schauen wir uns an, horchen in die plötzliche Stille hinein. Ich sehe, wie Franziska zur Zimmertür huscht. Vorsichtig drückt sie die Klinke herunter. Ein Lichtschein fällt durch den schmalen Türspalt. Sie späht hinaus. »Hast du im Flur das Licht angelassen?«, fragt sie leise.

»Nein, nicht dass ich wüsste«, stimme ich in ihren Flüsterton ein.

Sie geht hinaus. Ich folge ihr. Die Tür zu Jans Zimmer ist geschlossen. Von drinnen kommen Geräusche. Ich befolge Franziskas stumme Handzeichen, lasse meine Fingerknöchel leicht gegen das Türblatt trommeln. »Jan, bist du es?« Ich gebe mir Mühe, ruhig zu klingen.

Hinter der Tür wird es still.

Vorsichtig drücke ich die Klinke. »Abgeschlossen«, murmele ich und wende mich um, sehe, wie Franziska einen Finger an die Lippen hebt, mir bedeutet, mich wieder der Tür zuzuwenden. Ich betrachte die helle Fläche mit den rötlichen Linien und den dunklen Augen, die mich noch immer verstören. Ich hätte lieber Eiche genommen, aber Tom hatte auf Kiefer bestanden, wegen des Preises. Jetzt, wo das Haus sowieso keinen Wert mehr hat, ist das für mich in Ordnung. Vielleicht sollte ich das Inventar in Einzelteilen bei Ebay verkaufen, alles ausschlachten, bevor es andere tun.

»Ich will nur sicher sein, dass es kein Einbrecher ist«, rufe ich gegen die verschlossene Tür und komme mir dumm dabei vor.

»Lass mich in Ruhe!«, kommt es schroff zurück. »Ich muss mich konzentrieren.«

Ich schiebe Franziska ins Wohnzimmer zurück. »Jan versucht, das Windrad zum Stillstand zu bringen«, flüstere ich.

Franziska fasst meinen Arm. »Er versucht was?«

Ich nicke bedeutungsvoll.

Sie sieht mich fassungslos an. »Dann ist Jan der Hacker?«

»Welcher Hacker?«, frage ich irritiert.

Die Tür schwingt auf, und er steht auf der Schwelle. Ein großer Junge, blass und mit müden, dunkel umrandeten Augen. Seine Lippen beben. Mein Blick fällt auf seine nackten Füße, und ich unterdrücke den Impuls, ihm Socken zu holen.

»Ich komme nicht rein«, sagt Jan. »Der Zugang ist blockiert.« Kaltes Misstrauen schlägt mir entgegen. »Weshalb …?« Er hält inne und seine Augen wandern zu Franziska hinüber.

Sie steht kerzengerade, das Gesicht wie versteinert.

Weshalb? Hätte ich ihn rufen und der Polizei ausliefern sollen? Ihn trifft keine Schuld. »Hier war von Anfang an nichts zu retten«, sage ich und zucke die Achseln.

Da hebt er den Arm, springt auf mich zu. Ich habe es gewusst. Irgendwann wird er mich schlagen. Ich spüre einen Stoß in die Seite, stolpere und stürze. Als ich aufschaue, steht Franziska zwischen uns. Sie stößt einen Schrei aus, dann schnellt ihr Fuß vor, tritt ihn voll in den Magen. Jan krümmt sich. Sein Oberkörper beugt sich vor, und sie packt ihn hinter dem Kopf an den Schultern, zieht ihn runter. Ihr Arm schnellt hoch. Jan stöhnt. Da hält sie inne, steht, den Arm hoch erhoben, wie eine Statue. Dann sinkt ihr Arm langsam nach unten. Sie löst den Griff und wendet sich zu mir um. Ich sehe, wie Jan sich hinter ihr aufrichtet. Es geht zu schnell. Ich kann sie nicht warnen. Er packt Franziska von hinten, hält sie umschlungen. Sie ringt nach Luft. Aber Jan drückt erbarmungslos zu, als wollte er ihr den Brustkorb zerquetschen.

»Willst du sie umbringen?«, schreie ich ihn an. »Lass sie los!«

46

Noch heute wirft Jan mir vor, ich hätte ›Willst du sie auch noch umbringen?‹ geschrien. Aber so habe ich das nicht gesagt. Ich bin davon überzeugt, dass sein schuldfähiges Gehirn ihm einen Streich spielte und mir diese zwei zusätzlichen Wörter mal eben in den Mund legte. Das Ego ist ein Überlebenskünstler. Es erfindet immer wieder neue Wege, die Wut von sich abzulenken. Und Jan ist wütend. Zu recht, wie ich finde. Er ist so wütend, dass ich es nicht sein muss. Er hat die gesamte verfügbare Wut an sich gerissen, sodass weder für Tom noch für mich etwas übrig bleibt. Vielleicht sollte ich ein Stück von seiner Wut für mich beanspruchen. Es könnte ihn entlasten. Noch fehlt mir die Kraft dafür. Nun ist Jan nicht nur wütend auf mich, weil ich das so gesagt haben soll, wie er behauptet. Er wirft mir vor, dass, wenn ich ihn rechtzeitig zu Hilfe gerufen hätte, Henning Pahl nicht hätte sterben müssen. Ich glaube das nicht. In diesem Punkt spielt mir womöglich mein Ego einen selbstrettenden Streich. Nun heiße ich nicht Melanie, besitze keine Gebetskette und muss nicht meditieren, um wieder runterzukommen. Ich bin Holsteinerin, und ich halte mich an die Fakten. Aber ich kann nicht über jene tragischen Momente des 4. November schreiben, als würden sie gerade geschehen. Ich muss mich in die Deckung der sicheren Rückschau begeben.

Während also mein Sohn Franziska im, nach meinem Dafürhalten, lebensbedrohlichen Klammergriff festhielt, brach draußen der erste Rotorflügel ab und stürzte lodernd in die Tiefe. Es war zu dunkel, um zu erkennen, ob es der Flügel war, auf dem Henning Pahl festgebunden war. Eine Sturmböe erfasste das fast 70 Meter lange Geschoss und schleuderte den Flügel in den Windpark hinaus. Zum Glück. Die Gondel stand in Flammen, und kurz darauf zerbrach der zweite Flügel, und seine Spitze stach wie ein Messer senkrecht in den Acker hinein. Das war der Moment, in dem Jan Franziska losließ und die Flucht ergriff. Sie sackte zu Boden und blieb liegen. Sie hustete. Ich kniete mich neben sie, klopfte ihr den Rücken, was man so tut, wenn man es nicht besser weiß. Sie schrie auf, hustete noch mehr. Sie versuchte, sich aufzurichten, aber der Schmerz drückte sie wieder nach unten. Sie stammelte etwas von Fehler und dass sie versagt hätte, weil sie Jan nicht hätte verletzen können. Sie weinte. Ich legte mich zu ihr, um sie zu trösten. Und wie ich zu diesem hilflosen Bündel Mensch am Boden hinabglitt, öffnete sich eine Schleuse in mir. Mit der Erinnerung kam die Scham, überrollte mich wie eine Flutwelle. Und ich redete …

Sie waren zu dritt. Ich hatte mich zum Pinkeln hinter einen Busch gehockt und war gerade dabei gewesen, mein bestes Sommerkleid glattzustreichen. Da packten sie mich. Es war gegen Mitternacht und das Dorffest im vollen Gange. Meine Schreie verhallten ungehört vor dem alles betäubenden Dröhnen der lauten Musik. Sie stülpten mir einen Sack über den Kopf. Aber ich hatte kräftige Arme und Beine, strampelte und zerrte. Mit 15 war ich kein Kind mehr. Da ich nichts sah, traf mich der Fußtritt so unvermittelt hart in den Bauch, dass ich das Bewusstsein verlor. Als ich wieder zu mir kam, lag ich am Boden. Es roch nach Stroh und Maschinenöl. Meine Hände waren mir auf den Rücken gebunden. Ein Knebel steckte in meinem Mund. Sie hatten mir den Sack abgenommen, und ich sah einen fahlen Lichtschein, der sich in der Weite des Raums verlor. Er kam von einer Lampe, irgendwoher. Der Ort war mir nicht fremd. Es war eine Scheune, vermutlich nicht weit vom Festplatz entfernt. Die Musik war deutlich zu hören. In der Nähe gab es mehrere Höfe, und ich überlegte fieberhaft, welcher es sein könnte. Ich zog die Beine an, wollte aufstehen. Es ging nicht. Jemand stützte sich auf meine Fesseln. Erst da bemerkte ich, dass sie noch da waren.

»Sie ist wach«, rief der Junge, der meine Füße festhielt. »Es kann losgehen.« Ich kannte ihn. Es war der kleine Zürn aus dem Nachbardorf. Ich zog die Knie an und trat nach ihm, aber da waren schon die beiden anderen zur Stelle, hielten mich fest und hoben mich hoch. Sie stellten mich auf die Füße. Sie waren schon etwas älter. Ich hatte sie noch nie gesehen. Dann ging alles ganz schnell. Einer griff mir ins Haar, zog meinen Kopf nach hinten. Zwei hielten mich fest. Aus dem Dunkeln des Raums trat eine Gestalt. Langsam kam sie auf mich zu.

Ich erkannte ihn erst, als er vor mir stand. Ein Hänfling. Aus weiten Augen starrte Henning mich an. Sogleich griff er mir in den Ausschnitt, und der leichte Kleiderstoff zerriss von oben bis unten. Ein heftiger Schüttelfrost erfasste mich. Ganz dicht stand er vor mir, und ich roch den Schweinestall, aus dem er kam. Er fasste mir hart an die Brust. Dann trat er einen Schritt zurück, betrachtete mich, beugte sich vor und riss mir die Unterhose herunter. Ich spürte, wie sie kurz an meinen Knien hängen blieb und mir auf die Füße fiel. Ein letzter Tropfen Urin glitt über die Innenseite meines Oberschenkels hinter ihr her. Henning öffnete seinen Gürtel und zog ihn mit einem Ruck aus den Schlaufen der Hose heraus. Er fing an, mit dem schmalen Lederband zu spielen, rollte es um eine Hand, entrollte es wieder, faltete es zusammen und ließ es wie eine Peitsche zischend durch die Luft sausen. Er schien seine Kunststückchen geübt zu haben, denn es sah nicht ungeschickt aus. Mir war klar, dass er mir Angst machen wollte. Der Abschuss des Seeadlers hatte ihm zu Hause mächtig Ärger eingebrockt. Ich hatte es meinem Vater erzählt, und der hatte den Vogelkadaver zu Hennings Großvater getragen. Bestimmt hatte Henning ordentlich Prügel bezogen. Wer weiß, was sein Großvater noch mit ihm angestellt hatte? Geschieht ihm recht, dachte ich und spürte, wie der Luftzug des geschmeidigen Leders bedrohlich nah an meinem Bauch vorbeizog. Hennings Blick hatte sich entfernt. Zorn und Schmerz mischten sich darin zu einem gefährlichen Zündstoff. Da begriff ich. Hier ging es nicht um Einschüchterung. Ich sollte so leiden wie er. Er wollte mich schlagen.

Ich wand mich, zerrte verzweifelt, versuchte, mich loszureißen. Aber seine Komplizen verstärkten ihren Griff. Meine Kopfhaut brannte wie Feuer. Tränen schossen mir in die Augen, nahmen mir die Sicht. Ich schloss kurz die Lider, um mir das Wasser aus den Augen zu pressen. Als ich sie wieder öffnete, bemerkte ich eine Bewegung. Sie kam von weiter hinten und verschwamm wieder vor meinem feuchten zu Schlitzen verengten Blick. Mein Herz raste. War es Rettung, Untergang, oder bildete ich es mir ein? Und auf einmal lockerte sich der Griff in meinem Nacken, und auch der Druck auf Arme und Beine ließ nach, obwohl sie mich immer noch festhielten, und da wusste ich, dass es keine Einbildung gewesen war. Wir alle sahen ihn kommen. Nur Henning, der mit dem Rücken zu ihm stand, sah nichts. Er war so selbstverliebt mit seinem Gürtel beschäftigt, dass er nicht einmal die Unruhe in den Gesichtern seiner Komplizen bemerkte.

Just in dem Moment, als Henning ausholte, um den ersten verletzenden Schlag zu platzieren, fasste Hinnerk Pahl den erhobenen Arm seines Enkels und hielt ihn fest. »Raus«, donnerte der Alte. Mehr sagte er nicht.

Sofort ließen die drei von mir ab und suchten das Weite. Auch Henning verschwand. Und ich? Am liebsten wäre ich umgefallen, hätte mich im hintersten Winkel der Scheune verkrochen. Aber meine Beine gaben nicht nach, ließen mich stehen, starr vor Schreck und Scham. Ich schaute zu Boden, wimmerte. Hinnerk löste den Knebel aus meinem Mund und schnitt die Handfesseln auf. Ich fiel auf die Knie und verbarg mein Gesicht.

»Steh auf!«, befahl er.

Zitternd stand ich vor ihm.

»Zieh das an!«, sagte er und hielt mir seinen Stallkittel hin. Dabei blickte er an mir vorbei, als redete er mit jemandem hinter mir.

Schnell schlüpfte ich in den muffigen Fetzen, raffte mein Kleid und meine Schuhe zusammen und wollte gerade Danke sagen, da kam er mir zuvor.

»Du kannst von Glück reden, dass ich das Licht gesehen habe«, sagte er. »Pass künftig besser auf dich auf!«

Ohne ein weiteres Wort zu verlieren, lief ich nach Hause. Ich war froh, dass niemand daheim war.

47

4. November

17.30 Uhr. Immer noch halte ich die Augen geschlossen, sehe mich zu Hause in meinem Zimmer stehen, das zerstörte Kleid in den Händen, unschlüssig, was ich damit anfangen sollte. Hastig stopfte ich es unter die Matratze. Trotz der lauen Sommernacht zitterte ich vor Kälte. Ich hätte so gerne ein Vollbad genommen. Aber ich traute mich nicht, erschrak bei jedem Geräusch, weil die Eltern jederzeit heimkommen konnten. …

Wie still es doch ist!, denke ich und öffne die Augen. Mein Gesicht gleitet zur Seite. Neben mir am Boden liegt Franziska. Sie liegt, so wie ich, flach auf dem Rücken. Ihre Wimpern zucken leicht, dann blinzelt sie. Eine Träne löst sich aus ihrem Augenwinkel und kullert die Schläfe hinab.

»Keine schöne Geschichte«, sage ich.

»Nein«, sagt sie.

In der Ferne tönt Sirenengeheul. »Ich glaube, der Wind flaut ab«, sage ich und setze mich auf, schaue Franziska an.

Sie stöhnt. »Ich denke, es ist besser, wenn ich mich nicht bewege«, sagt sie.

»Ja, besser nicht bewegen! Der Krankenwagen müsste gleich hier sein.«

Erschrocken blicke ich auf. Tom lehnt an der Wand neben der Tür. Er hält die Arme verschränkt, irgendwie abwartend. Wie lange steht er schon da?, frage ich mich. Er schaut auf uns herab, kommt mir nicht so geschockt vor, wie in jener Nacht, als ich ihm von meinem Erlebnis damals in der Pahlschen Scheune erzählte. Für mich war es das erste Mal gewesen, dass ich mit jemandem darüber sprach. Nach meinem Einbruch bei den Pahls war ich fix und fertig gewesen und froh, nicht allein zu sein. Es war ein glücklicher Zufall gewesen, dass Tom in jener Nacht zu Hause war. Damals kam er nur noch selten vorbei.

Tom sieht zum Sofa hinüber. Dort, fest in die Decke gewickelt, sitzt unser Sohn. Immer wieder wandern Jans Augen angstvoll zu Franziska hinunter. Mich sieht er nicht an.

»Ich konnte ihn dazu überreden, mit mir ins Haus zu kommen«, sagt Tom.

Jans abfälliges Schnaufen erklärt mir alles. Tom hatte wohl statt Worten seine Muskeln benutzt. Vermutlich ist er gerade besser in Form als sein Sohn. Ich bin erleichtert, dass Jan, wenn auch unfreiwillig, wieder hier ist. Und dennoch beunruhigt mich der Gedanke, dass er alles mitangehört hat. »Seit wann seid ihr hier?«, will ich wissen.

»Schon eine Weile«, erwidert Tom. »Melanie hat mich angerufen.« Und als hätte er den Grund meiner Frage durchschaut, fügt er hinzu: »Jetzt kennt auch Jan deine Geschichte.« Sein Blick geht zum Biedermeiertischchen und weiter zum Fenster hinaus.

Ich wende den Kopf, sehe die farbigen Lichter draußen im Feld, rot, weiß und dazwischen blinkt es kornblumenblau wie ein zerfließendes Gemälde, eine schwindende Reminiszenz an ein längst verlorenes Landschaftsbild. Die Gondel brennt immer noch.

»Wie lange löschen sie schon?«, frage ich.

»Die Feuerwehr ist gleichzeitig mit mir eingetroffen«, sagt Tom. »Sie konzentrieren sich auf die brennenden Teile am Boden. Die Gondel ist zu hoch. An die kommen sie mit ihrer Ausrüstung nicht ran.«

»Was ist mit Pahl?« Franziska versucht, sich aufzurichten.

»Ich weiß es nicht«, entgegnet Tom und bedeutet ihr, sich wieder flach auf den Boden zu legen. Er zeigt auf das verhüllte Bündel in der Sofaecke. »Ich hatte genug mit dem da zu tun.«

Ich höre Stimmen im Flur, und schon fliegt die Tür auf. Hauptkommissar Sand zieht einen Schwall kühler Luft hinter sich her. Zwei Sanitäter huschen an ihm vorbei ins Zimmer hinein.

»Was für eine düstere Gesellschaft!«, ruft Sand und drückt auf den Lichtschalter. Er sieht Franziska am Boden liegen, und seine Augen werden zu Schlitzen, wandern zwischen Tom und mir hin und her. »Wer war das?«

Mit einem gellenden Schrei wirft Jan die Decke ab, springt von der Couch und prescht zur Tür. Aber Tom hält ihn fest, versucht, ihm den Arm auf den Rücken zu drehen. Flink wie ein Wiesel entschlüpft Jan dem Griff seines Vaters. Noch bevor er zur Tür hinausstürmen kann, wird ihm der Weg von zwei Polizisten versperrt. Ich halte die Luft an. Was wird er tun? Nicht schlagen!, flehe ich innerlich.

Da lässt er die Schultern sinken, und alle Spannung fällt von ihm ab. Er dreht sich um, schaut Franziska an. »Es tut mir leid«, stammelt er.

»Ich weiß.« Franziskas Stimme klingt belegt. Sie räuspert sich, hustet. Ich höre das Klacken von Handschellen. »Ist das nötig?«, frage ich und sehe zu meinem Erstaunen, dass sie auch Tom die Fesseln anlegen. »Weshalb?«, frage ich verwirrt.

Peter Sand wirft mir einen kühlen Blick zu. Er beugt sich zu Franziska herab. »Schlimm?«, fragt er leise. Ich sitze noch immer am Boden dicht neben ihr.

»Zwei, drei Rippen hat's wohl gekostet«, höre ich sie flüstern. Ihr Lächeln verrutscht. Sie fasst Sand am Ärmel. »Was ist mit Pahl?«

»Er ist gleich mit dem ersten Flügel heruntergekommen«, sagt Sand. »Da war es vermutlich schon zu spät. Wir müssen die Obduktion abwarten.« Er steht auf und stellt sich vor Tom. »Ich muss Sie mitnehmen«, sagt er bestimmt. »Sie stehen unter Verdacht, an der Entführung von Niels Zürn, Frank Lunau und Staatsanwalt Uwe Donath sowie Henning Pahl beteiligt gewesen zu sein und dessen Tod mitverschuldet zu haben.«

Er wendet sich ab und stellt sich vor Jan. »Für Sie, Jan, gilt das Gleiche.«

Jan steht da wie im Schock. Entgeistert starrt er seinen Vater an.

»Hören Sie mir überhaupt zu?«, fragt Sand barsch. »Die Kollegen in Kiel waren fleißig. Alle Windhunde sind im Zwinger – und sie heulen. Nikko Steiner hat sich auf der Flucht leider den Hals verrenkt, aber er kommt schon wieder auf die Beine.« Abrupt wendet er sich an Tom. »Was macht der Steiner eigentlich in Ihrer Werkstatt?«

Aber Tom antwortet nicht. Fassungslos blickt er zu Jan hinüber. »Du hast da … mitgemacht?«

Jan senkt den Blick. Ein Beben erfasst seine kräftige Gestalt.

Ich habe Mühe aufzustehen, fühle mich steif und unbeholfen. Ich will immer noch nicht begreifen. »Was für Windhunde?«, frage ich.

»Azawakh«, sagt der Hauptkommissar.

Ich stelle mich vor ihn, schaue auf ihn herab. »Das glaube ich nicht!«

»Zu Ihnen komme ich noch«, sagt Sand. »Sie wissen mehr, als Sie zugeben.«

Er weicht einen Schritt zurück, um die Sanitäter durchzulassen. Sie tragen Franziska hinaus. Ich blicke ihr nach, hoffe, dass es nicht mehr ist als zwei, drei Rippen.

Hauptkommissar Sand gibt das Zeichen zum Aufbruch.

Tom sucht meinen Blick. »Ich habe nicht gewusst, dass Jan bei Azawakh ist«, sagt er zum Abschied. »Das musst du mir glauben.«

Jan wendet sich ab.

Ich bleibe allein zurück. Die Feuergefahr für mein Haus ist behoben. Ich lösche das Licht und setze mich. Ein starker Regen hat eingesetzt. Er klatscht gegen das Fenster, und ich sehe nichts als diesen rot blinkenden Vorhang aus Tropfen und weiß, es wird eine lange Nacht ohne Schlaf.

48

4. November

18 Uhr. Der Automotor tuckert leise im Leerlauf. Peter Sand legt die Hände auf dem Steuerrad ab und lauscht den Sturzbächen, die auf das Dach der Karosse prasseln. Ein fulminantes Finale, denkt Sand und gestattet sich einen Moment, den Ereignissen nachzuspüren. Sie hatten die Täter gefasst, und das innerhalb von zehn Stunden. Ein Rekord! Den Wettlauf mit der Zeit hatten sie dennoch verloren. Ein Mensch musste sterben. Sand hatte fest daran geglaubt, Henning Pahl doch noch zu retten. Was hätte er auch anderes tun sollen? Nur dieser Glaube, es schaffen zu können, gibt ihm immer wieder die Kraft, hinauszugehen, es durchzuziehen, anstatt die Brocken hinzuschmeißen und sich in irgendeinem Loch zu vergraben. Jedes Mal ist es dasselbe. Am Ende fühlt er sich total ausgelutscht. Er seufzt. Niemand hat ihm versprochen, dass es eine Freude ist, Verbrecher zu jagen. Das Aufspüren und Kombinieren, die Suche nach den wahren Begebenheiten und mit etwas Glück am Ende, die eigene Logik bestätigt zu finden, das ist es, was ihn immer wieder in diesen Morast hineinzieht. Ja, es ist ein Morast! Nachdenklich betrachtet er seine Hände. Sie taugen zu nichts. Das hatte schon sein Vater bemerkt. Aber seine Nase ist die eines Spürhundes. Man könnte auch Instinkt dazu sagen. Er hat den sechsten Sinn. Im Moment jedoch wäre er lieber ein Maulwurf. Er schnaubt, nimmt wahr, wie sich der Frust in ihm hochschaukelt. Nicht jeder beherrscht so wie er die Kunst, das Negative auszukosten, es sich auf der Zunge zergehen zu lassen wie eine süßsaure

Speise. Auf die Zubereitung kommt es an, und Sand weiß, wie er seinem verletzten Ego einheizen muss, um es in Stimmung zu bringen. Wie einen Hund haben sie mich auf diesen Dreck konditioniert, denkt er und sagt: »Dreck. Dreck. Dreck.« Er muss das Wort dreimal wiederholen, um den Zustand tief zu verinnerlichen. Schicken mich immer wieder hinunter in die Abgründe menschlicher Irrungen, und am Ende klopfen sie mir auf die Schulter, und das war's. Hat er alles richtig gemacht, kommt das Selbstmitleid wie ein warmer Regen: Ich bin eben ein Junkie, und das nutzen sie aus. »Wer ist hier eigentlich das Opfer?«, entfährt es ihm laut. Sein Handy bellt. Peter Sand grinst. So hat jeder seinen Hund, denkt er und nimmt den Anruf an.

»Na, wo hängst du denn herum?«, tönt ihm die Stimme seiner Chefin ins Ohr.

Er wirft einen Blick auf das Display. »Die Nummer kenne ich noch nicht«, sagt er erstaunt.

»Von meinem Sohn ausgeborgt«, sagt Karin Angeloh. »Mein Akku ist leer.«

»Meiner auch.«

»Keine Sorge«, sagt sie. »Ich will nichts von dir. Für heute kannst du Schluss machen. Die Familie des Bürgermeisters übernehme ich. In einer Stunde landet ihre Maschine. Bin schon auf dem Weg nach Fuhlsbüttel, um sie abzuholen.«

»Danke«, sagt Sand. »Wer übernimmt das Verhör?«

»Lass gut sein, Piet! Morgen ist auch noch ein Tag.«

»Dann haben sie sich ausgeruht.«

»Wir auch.«

»Ich fürchte, dass der Vater versuchen wird, seinen Sohn zu entlasten«, wendet er ein. »In einer schlaflosen Nacht lässt sich so manches zusammenreimen. Sie wussten nichts voneinander. Zumindest sah es für mich danach aus.«

»Das bestätigen auch die Aussagen der anderen Bandenmitglieder«, sagt Karin Angeloh. »Wir konnten inzwischen alle verhören. Jan wusste nichts von den Entführungen, auch nicht, dass sein Vater der verdeckte Auftraggeber war. Die Entführung war dessen Idee, und Azawakh führte sie aus. Er bestimmte die Opfer und, als die vier Männer in der Hubertusnacht am Ende der Festveranstaltung betrunken waren, betäubte er sie mit K.-o.-Tropfen, steckte sie in warme Schlafsäcke und legte sie abholbereit hinter der Jagdhütte ab. Die Jungs übernahmen den Rest. Jan soll von alldem nichts gewusst haben. Er hat aus der Ferne online auf die Überwachungssender der Anlagen zugegriffen. Er ist der Hacker. Für weitere Details müssen wir abwarten, bis wir mit Nikko Steiner sprechen können. Die Feinabstimmungen sollen zwischen Nikko und Tom gelaufen sein.«

Das metallische Klacken des Autoblinkers dringt durch das Telefon. »Toms Motiv ist mir jedoch nicht klar«, fährt sie fort. »Immerhin sind es seine Jagdkollegen«, sie zögert, »… gewesen. Ich nehme an, dass es etwas mit den Windmühlen hinter seinem Haus zu tun hat. Da gab es wohl Streit zwischen ihm und dem Bürgermeister. Ich versuche gerade, an die Akte zu kommen. Irgendjemand in der Staatsanwaltschaft stellt sich mal wieder quer.«

»Also Feierabend?«, fragt Sand.

»Ja, Feierabend«, sagt sie. »Und Peter …« Wieder klackt der Blinker.

»Was noch?«, fragt er.

»Schmeiß sofort das Selbstmitleid aus deinem Auto!«

»Es regnet!«

»Es ist wasserfest.«

»Bist du sicher?«

»Keine Sorge. Es wird zurückkommen. Aber jetzt, raus damit!« Sie lacht. »Ich muss Schluss machen. Bis morgen.«

Sand startet den Motor. Eigentlich sollten Chefs einen nicht so gut kennen, denkt er und lässt den Wagen vom Hof rollen. Er muss an die Kollegin denken, die jetzt auf dem Weg ins Krankenhaus ist. Die kleine Wilde hat gute Arbeit gemacht. Er würde ihrem Gesuch auf einen Wechsel zur Kripo sofort zustimmen. Aber Karin Angeloh trägt ihr die alte Sache mit Bunsloh immer noch nach. Vielleicht kann er bei seiner Chefin ein gutes Wort für sie einlegen. Hoffentlich kommt sie schnell auf die Beine. Er fühlt sich schuldig. Er hatte die Situation falsch eingeschätzt.

»Von wegen Spürhund!«, schnaubt er und schlägt auf das Lenkrad. Er lässt das Fenster herunter und spuckt einmal kräftig hinaus. »Hau endlich ab, du jammernder Köter!«, ruft er in die Nacht hinein. Kalter Regen klatscht ihm ins Gesicht. Schnell fährt er das Fenster hoch. Erst jetzt spürt er, dass er durstig ist. Er hatte den ganzen Tag weder gegessen noch getrunken. Sein Mund ist trocken. Sand greift in die Jacke, wühlt nach dem Bonbon, das ihm seine Jüngste am Morgen zugesteckt hatte. Was ist das?, wundert er sich und zieht die Hand aus der Tasche. Zwischen seinen Fingern baumelt ein Schlüssel. Ein Schild hängt daran. Er kann es sogar im dämmerigen Auto lesen, so deutlich ist es beschriftet. ›Scheune‹, steht darauf geschrieben. Sand stöhnt. Das hatte er völlig vergessen. Schon fängt seine Nase an zu jucken. Das ist die Sucht, sagt er sich. An der nächsten Kreuzung biegt er rechts ab. Nur noch einen Absacker zum Ausklang des Tages, denkt er und lenkt den Wagen zum Hof des Bürgermeisters.

Als er die beiden Linden passiert, die die Hofeinfahrt säumen, geht das Licht an. Der starke Scheinwerfer leuchtet ihm voll ins Gesicht, und für Sekunden kann er nichts sehen. Peter Sand kneift die Augen zusammen und klappt die Sonnenblende herunter. Dann steuert er den Wagen direkt vor das

Scheunentor. Er greift in die Ablage unter der Konsole. Dort liegt die Taschenlampe, und irgendwo ist auch die Tüte mit den Einweghandschuhen. Als er alles beisammen hat, steigt er aus. Ein Hund schlägt an. Das Bellen ist gedämpft, kommt von weit her. Verfolgt er mich jetzt? Sand schmunzelt, freut sich, dass er nach einem solchen Tag noch über sich lachen kann. Er spürt die aufziehende Hochstimmung. Ein Kribbeln durchströmt seinen Körper. Er genießt diesen Nervenkitzel jedes Mal, bevor er endlich seine Nase auf die Spur setzen darf. Er streift sich die Handschuhe über und steckt den Schlüssel in das Vorhängeschloss. Er drückt gegen das schwere Scheunentor. Es gleitet erstaunlich leicht zur Seite. Sand huscht ins Innere des Gebäudes hinein und zieht das Schiebetor hinter sich zu. Er steht im Dunkeln und wartet. Eine eigenartige Mischung aus Stall- und Werkstattgerüchen hängt in der Luft. Er ist davon überzeugt, dass das Sehen die Intensität des ersten Eindrucks stört. Gerüche hingegen wecken den Instinkt. Urgefühle wie Angst, Ekel, Wut, Lust, Trauer, Freude und Hass stehen plötzlich im Raum und erzählen eine ganze Geschichte, die weit über den Tathergang hinausgeht. Nicht selten hat er auf diese Weise das Tatmotiv ergründet. Eine seltsame Unruhe erfasst ihn. Er knipst die Taschenlampe an. An der Wand neben dem Tor entdeckt er einen Lichtschalter und drückt ihn. Hoch oben an einem Balken flackert eine Leuchtstoffröhre. Ihr spärliches Licht verliert sich in der Weite des Raums.

Er sieht das Auto und weiß sofort, dass es ein Opel Kadett ist. Das waren heiße Zeiten!, freut sich Sand. Könnte fast schon ein Oldtimer sein. Er will darauf zugehen, aber ein Rascheln in seinem Rücken lässt ihn erstarren. Er lauscht. Da ist es wieder, jedoch hört es sich eher wie ein Kratzen an. Abrupt wendet er sich um. Im Kegel der Taschenlampe funkeln zwei Augenpaare hinter einem Netz aus feinem Maschendraht. Sand atmet aus. Ein Kaninchenstall, denkt er erleichtert und lässt das Licht der Lampe weiter durch die Scheune wandern. Da ist ein Schrank, ein Tisch, nein, kein gewöhnlicher Tisch sondern ein ausgedienter Schreibtisch, darüber hängt eine Werkzeugwand, weiter geht es zu einem Stapel Autoreifen – Halt! Zurück! Da war noch was. Der Lichtschein gleitet zu den Werkzeugen zurück. Hängt dort nicht ein Schlagstock? Er geht darauf zu. Es ist tatsächlich ein langer Einsatzstab, so wie die Polizei ihn bei Großeinsätzen verwendet. Die Schreibtischplatte darunter ist voller Flecken. Sand fährt mit der Hand die Kante entlang, ertastet die Schublade und zieht sie auf. Er leuchtet in das Innere der Lade hinein und holt ein Stück Stoff hervor. Erst als er es in den Händen hält, erkennt er, dass es ein Rollbeutel ist. Vorsichtig öffnet er das Band, das ihn zusammenhält. Sand stößt einen kurzen Pfeifton aus, als er den Inhalt erblickt. Eine Weile betrachtet er die feinen Instrumente des Präparierbestecks. Zwischen den Pinzetten, Scheren und Sonden entdeckt er einen Schlüssel. Nachdenklich dreht er ihn zwischen den Fingern. Es ist ein gewöhnlicher Schlüssel mit einem einfachen Schlüsselbart wie für … Sand sieht sich um, und sein Blick fällt auf den Schrank.

Sand erinnert sich nicht, wie lange er schon all die Kartons, Fläschchen und Schläuche anstarrt. Eine kleine Pumpe ist auch darunter. Er hatte den Schrank komplett ausgeräumt und alles auf den Tisch gepackt, weil er sich einfach keinen Reim darauf machen konnte. Er kann es immer noch nicht, weiß nur, dass die Box, die sein Kollege zwischen der Unterwäsche der Hausdame gefunden hatte, aus diesem Depot stammt. Denn hier gibt es noch ein paar mehr von der Sorte.

Er hebt eine der Ampullen ins Licht seiner Lampe, aber ihr klarer Inhalt will sich ihm nicht erklären. Nirgendwo gibt es eine Beschriftung, nicht einmal auf der Verpackung. Er macht einen Schritt weg vom Tisch, um das Sammelsurium aus mehr Abstand zu betrachten. Er holt das Handy hervor und macht ein paar Fotos. Es ändert nichts. Bis auf die steril verpackten Spritzen und Kanülen und die Flasche mit Kochsalzlösung sagt ihm das alles nichts. Medizin ist eben nicht sein Metier. Sein Blick fällt auf den großen Fleck am Boden unmittelbar neben seinen Füßen. Er war auf seinem Hin und Her zwischen Schrank und Tisch stets drum herum gelaufen, hatte es für einen Ölfleck gehalten und ihm keine Bedeutung beigemessen. Nun bückt er sich, streicht mit dem Finger über die dunkle Stelle. Kleine, schwarze Krümel bleiben am Handschuh hängen, zerbröseln trocken zwischen den Fingern. Also doch kein Öl!, denkt er noch. Da rumpelt es hinter ihm. Peter Sand fährt herum. Das Scheunentor gleitet zur Seite, und im grellen Schein des Hoflichtes steht Hinnerk Pahl.

Er hebt den Lauf seiner Flinte. »Hann hoch!«, brüllt er. »Mook fuurts de Poten hoch!«

Peter Sand hebt die Hände. »Kriminalhauptkommissar Sand, mein Name«, sagt er so gelassen wie möglich, auch um sich selbst zu beruhigen. »Wir kennen uns, Herr Pahl.«

Der Alte kneift die Augen zusammen und kommt auf ihn zu, die Flinte im Anschlag. Unmittelbar vor Sand bleibt er stehen. »Düvel noch!«, ruft er und nimmt das Gewehr herunter. Er stiert auf den Tisch. »Dat is jo wie bien Dokter!«

Sand lässt die Hände sinken. »Ist das Ihre Scheune?«

Hinnerk Pahl schüttelt den Kopf. »Nö.«

»Und der Kadett?«, hakt Sand weiter nach. »Wem gehört der?«

Der Alte kratzt sich, schweigt.

Sand lässt nicht locker. »Und wer werkelt hier an diesem Tisch herum?«

Hinnerk Pahl reibt sich das unrasierte Kinn, zieht eine Schnute, antwortet nicht.

Sand gibt es auf. »Morgen kommt ein Kollege und holt das alles ab. Bis dahin darf niemand die Scheune betreten. Ich werde das Tor gleich versiegeln.«

»Und was ist mit den Karnickeln?« Hinnerk Pahl zeigt auf den Stall. »Die brauchen ihr Futter.«

»Dann geben Sie ihnen jetzt was zu fressen!«, sagt Sand und geht. Als er auf den Hof hinaustritt, weiß er, dass er dabei ist, einen Fehler zu machen. Sand setzt sich ins Auto, um nachzudenken. Ein Kriminaltechniker muss kommen, um den Ort auf Spuren und Fingerabdrücke zu untersuchen. Und was, wenn das Zeug morgen weg ist? Dem alten Pahl traut er alles zu. Kurz entschlossen schickt er eine Nachricht an Karin Angeloh. Inzwischen müsste der Flieger gelandet und sie auf dem Weg hierher sein. Er braucht sie als Zeugin. Außerdem kann sie ihm beim Verpacken für die Spurensicherung helfen. Alles muss mit. Noch heute Nacht.

Es klopft an die Scheibe. Sand lässt das Seitenfenster herunter. Das Gesicht von Hinnerk Pahl taucht darin auf. In der Hand hält er eine Pistole.

Er schiebt sie durch die Öffnung. »Da!«, sagt er und wirft sie Sand in den Schoß. »Die lag unter der Futterkiste.« Dann dreht er sich weg und geht zum Haus zurück. Peter Sand hebt die Waffe hoch. Es ist schon erstaunlich, wie verblüffend ähnlich sie einer echten Pistole sieht, denkt er und knipst das Innenlicht an. Neugierig betrachtet er den Jet Protector. Da fällt sein Blick auf die Gravur.

EPILOG

Ich kann nicht schlafen, wälze mich in meinem Bett umher, zerwühle das Laken, tanze mit ihm, schiebe es im Takt meiner Unruhe über das Parkett der Matratze: hin und her, vor und zurück. Eine verzweifelte Drehung, und schon stolpern wir übereinander. Im Liegen kannst du nicht fallen!, denke ich. Da entgleitet sie mir, meine Decke, Tanzpartnerin, treue Beischläferin, stürzt aus meiner Umschlingung über die Bettkante … hinab. Im Festhalten bin ich nicht gut. Eine Ausnahme: meine Erinnerungen. Ich kann sie abrufen, jede Einzelheit, kann seine Haut immer noch riechen. In dieser lauen Sommernacht ist das Empfinden körperlich, nahezu schmerzhaft. Ich spüre unsere Beine ineinander verschlungen, lang und schlank wie die dunklen Äste der Eichen dieser Allee, von der ich immerzu träumte. Tom ist fort, aber die Allee habe ich gefunden. So wie in meinem Traum beginnt sie unmittelbar hinter einer Biegung der Straße. Ich tauche in den Schatten des hohen Gewölbes uralter Eichen und bin eine andere. Hier gibt es nichts, das mich zurückschauen lässt. Jetzt im Sommer blitzt die Sonne nur spärlich durch das dunkelgrün belaubte Blätterdach. Ich verfolge das Spiel der Flecken aus Licht und Schatten. Sie huschen über den Weg, hüpfen Eichkätzchen gleich die runzelige Borke der Stämme hinauf und hinab, streifen zart meine Haut. So schreite ich eine Weile aus. Ganz allmählich rückt der helle Lichtfleck weiter vorne näher heran und weckt meine Aufmerksamkeit. Unscharf, wie im bewegten Spiegel eines Sees, zeichnen sich darin die ersten Umrisse ab. Ich erkenne das kleine Haus mit dem reetgedeckten Dach und den niedrigen Fenstern. Vor ein paar Wochen habe ich dort ein Zimmer gemietet. Von allen verlassen, finde ich auf meinem Aussiedlerhof keine Ruhe. Die Pferde sind auch nicht mehr da, und das Wummern der Windkraftanlagen treibt mich immerzu fort. Was will ich an einem Ort, der mich längst ausgestoßen hat? An der Haustür meines neuen Domizils blühen Stockrosen. So ist es im Sommer. Den Winter kenne ich noch nicht.

Am Boden ertaste ich die kühle Seide, hole sie zurück zu mir ins Bett. Ohne mein Laken fühle ich mich nackt, verletzlich. Es gab eine Zeit, in der ich meine Decke in jeder Nacht bestimmt zwanzigmal abstreifte wie eine lästige Haut, unter der ich glühte, und sie ebenso oft zu mir zurückholte, weil ich fror. Wann hatte ich das letzte Mal eine Hitzewelle verspürt? War es vor oder nachdem Tom gegangen war? Ich weiß es nicht mehr. Noch in der Nacht seiner Festnahme hatte er ein Geständnis abgelegt. Er hatte gehofft, dadurch Jan zu entlasten. Er hatte seine Tat mit seiner Enttäuschung begründet, nachdem Pahl, Zürn, Donath und Lunau ihn fallen gelassen hatten, und er war wütend auf Henning, nachdem der seine Drohung wahr gemacht und ihm die beste Kundschaft verprellt hatte. Die Idee zu der Entführung war ihm in der Nacht nach meinem Einbruch bei den Pahls gekommen. Nachdem ich ihm mein Geheimnis offenbart und von dem Erlebnis mit Henning in der Scheune erzählt hatte, war er ziellos durchs Haus gewandert. Irgendwann hatte er sich an meinen Schreibtisch gesetzt, wo er auf den Text von Botho Strauß gestoßen war. Herr Möller hatte ihn mir geschickt. Ich hatte die Zeilen ausgedruckt und an die Wand gepinnt. Es tat mir gut, sie zu lesen. Ich bin nicht gläubig. Dennoch gaben sie mir das Gefühl, mit meinem Empfinden nicht allein zu sein, und sie entlasteten mich, denn sie erlaubten mir, die Bestrafung der Heuchler in eine andere Zeit zu verschieben. Ich habe den Text immer noch.

Tom kannte Nikko Steiner vom Karate. Das mit Azawakh erfuhr er rein zufällig, als er ein Gespräch zwischen Nikko und den anderen Bandenmitgliedern belauschte. Und so zog Tom Nikko ins Vertrauen, und der war sofort Feuer und Flamme. Tom wollte seinen abtrünnigen Kunden und Jagdkollegen ›nur‹ einen Denkzettel verpassen. Aber dann war die Sache aus dem Ruder gelaufen. Tom wusste nicht, dass sein Sohn der Hacker war. Das hatten sie ihm verheimlicht. Er wusste auch nicht, dass Jan in die Steuerung der Windkraftanlagen eingreifen konnte. Jan hatte damals seine Entdeckung nur mir verraten, weil er befürchtete, dass sein Vater ihm die Manipulation an den Anlagen verbieten würde. Es war unser Geheimnis.

Ich streife das Laken wieder ab, werfe mich auf den Rücken. Nein, die Hormone sind es nicht. Der Backstein des Hauses strahlt die Hitze des vergangenen Tages ab. Sie legt sich auf meine Brust, drückt mich auf mein Lager, treibt mir den Schweiß aus den Poren, lähmt mich. In Schleswig-Holstein lassen sich diese nahezu mediterran anmutenden Sommernächte an einer Hand abzählen. Dies ist die dritte in diesem Jahr. Viel mehr wird es nicht geben. In solchen Nächten sehne ich mich nach Gesellschaft. So viele Bilder, Gedanken und Erinnerungen gehen mir durch den Kopf. Ich will davon erzählen, will alles aufschreiben. Ach, Jan! Mein großer kleiner Junge! Wachst du gerade so wie ich? Ich will nicht daran denken, endlich schlafen. Es geht nicht.

Dann eben nicht, denke ich. Dann ist es Zeit für ein Zwiegespräch. Ich setze mich auf, schiebe mir das Kissen in den Rücken. Seit ich hier, am Ende meiner Allee, dieses Zimmer bewohne, zelebriere ich ein Ritual. Im ersten Dämmerlicht des jungen Tages erfülle ich mir einen Wunsch. Meistens lade ich mir jemanden ein. Neulich ließ ich Charlotte kommen.

Ich sah sie, mir gegenüber am anderen Ende des Bettes sitzen. Ich sprach mit ihr über die Vögel. Aber das Befremden zwischen uns hat den Streit überdauert. In Wirklichkeit war es kein Streit gewesen. Es war ein Bruch, den sie still und heimlich vollzog. Das nehme ich ihr heute noch übel. Als sie neulich auf meiner Bettkante saß, da ging sie nicht gleich, sondern hörte mich an. Was sollte sie auch anderes tun? Schließlich entsprang sie nur meiner Vorstellung. Unsere Begegnung war ein Konstrukt meiner Fantasie. Ich wünschte mir, ihr sagen zu können, wie sehr ich unsere gemeinsamen Stunden bei den Vögeln vermisste. Deshalb ließ ich sie nicht gehen. Aber ich musste mich sputen, denn mit jedem Quäntchen Licht, das der junge Tag an Kraft gewann, würde ihre Gestalt verblassen und schließlich verschwinden.

Ich erinnere mich an unsere letzte reale Begegnung. Wir saßen am Biedermeiertischchen, und sie zeigte mir die Nachricht aus Göttingen. Der Befund der Giftanalyse war negativ. Kurz darauf rief sie mich noch einmal an. Die Kripo Kiel war bei ihr gewesen und hatte nach dem zweiten Probensatz gefragt, den die Tierärztin aus der Obduktion des toten Hundes und des Kaninchenkadavers einbehalten hatte. Charlotte hatte ihnen gleich noch die Büschel von Tierhaaren mitgegeben, die wir damals am Rupfplatz des Uhus gefunden hatten. Das Ergebnis teilten sie uns nicht mit. Irgendwann stand es in der Zeitung. Die Polizei hatte größere Mengen eines Pflanzengiftes in der Pahlschen Scheune sichergestellt, dasselbe Gift, das später in der Nachuntersuchung auch bei dem verendeten Hund und dem Kaninchen nachgewiesen wurde. Es fällt nicht unter die Standardgiftanalyse der zuständigen Labors. Der Fund in der Scheune hatte den entscheidenden Hinweis gegeben. Auf Nachfrage hatte die Polizei Charlotte bestätigt, dass die Haarbüschel beim Uhunest ebenfalls von einem Stallhasen stammten. Für uns war es keine Überraschung, denn wir wussten, dass Henning Pahl kein Heiliger war. Im Dorf sprach niemand darüber, angeblich, um die Angehörigen des toten Bürgermeisters zu schonen. Dabei war Anne-Rose Pahl kein Unschuldsengel. Sie gab an, die Box, welche die Polizei zwischen ihrer Unterwäsche sichergestellt hatte, aus einem gelben Sack gezogen zu haben. Sie hätte den Fund ihrem Mann nicht mehr zeigen können. Ich will das so stehen lassen, auch wenn es mir schwerfällt, es zu glauben.

Jedenfalls nahmen Charlotte und Hans dies zum Anlass, dem Dorf den Rücken zu kehren. Sie verkauften ihr Haus an Leute, die die Nähe zum Windpark nicht scheuten. Es war der zweite Bruch, den sie vollzogen. Sie ließen auch mich zurück, ohne ein Wort des Abschieds, ohne eine Adresse. Als Charlotte hier am Fußende meines Bettes saß, konnte ich ihr sagen, dass mich das sehr verletzte, auch dass ich ihre Enttäuschung verstand. Dann ließ ich sie ziehen.

Heute habe ich Jan zu mir gebeten. Er kauert auf der Bettkante, sieht mich nicht an. Er will nicht mit mir reden. Das sagt er seinem Anwalt und allen anderen, die zu vermitteln versuchen. Wenn mein Sohn nicht mit mir redet, muss ich es wohl tun. Ich spreche nicht laut, sondern denke mir meine Worte, um den Vermieter nicht zu verstören. Manchmal geschieht genau das Gegenteil von dem, was wir beabsichtigen, denke ich mir, dass ich meinem Sohn sage. Ich wollte dich schützen und habe dich ausgeliefert. Das kann ich mir nicht verzeihen. Ich sehe, meine Worte erreichen ihn nicht. Er hätte das Windrad stoppen können, wenn ich ihn rechtzeitig gerufen hätte. Das ließ er mir durch seinen Anwalt ausrichten. Verstockt hockt er da am Ende meines Bettes, als wollte er gleich wieder gehen. Es tut mir leid, stammele ich. Ich wollte das nicht. Das Schluchzen lässt sich nicht mehr zurückhalten. Hier muss ich mich nicht zusammenreißen, kann meinen Gefühlen freien Lauf lassen. Auch deshalb bin ich hierhergezogen. Herausfordernd schaue ich ihn an. Ich weiß, ich habe alles kaputt gemacht. Ich schade der Bewegung. Das wirfst du mir doch vor! Und dein Vater? Schließt du ihn ebenso wie mich aus deinem Leben aus? Und was heißt hier ›der Bewegung schaden‹? Meinst du wirklich, dass euer Abfackeln und Aufknüpfen auch nur ein einziges Molekül in den vernagelten Köpfen der da oben ins Zittern gebracht hätte? Ihre Philosophie sieht Bauernopfer vor. Ihre Ökonomie rechnet sogar damit. Und dann überraschen sie mich, Jans letzte Worte schwappen mit der Wucht einer tosenden Woge über mich hinweg, bitterböse Worte, die er gegen mich ausstieß, bevor er von der Polizei abgeführt wurde. Damals hatte ich mich taub gestellt. Es war zu beschämend gewesen. Aber in diesem Moment spritzen sie aus der Brandung meiner Erinnerungen empor und spucken mir ihren beißenden Schaum ins Gesicht. ›Du bist nicht besser als all die anderen, die du mit deiner Kritik überziehst. Du bist wie die Schreier und dreimalklugen Weltenerklärer, die ihre hirnlosen Auswürfe in diese asozialen Netzwerke speien. Schaust auch nur auf deinen eigenen Bauchnabel und übersiehst den Dreck, der tief in seinen Falten klebt.‹ Genau das hatte mein Sohn zu mir gesagt.

Ich weiß, Jan hatte sich für einen anderen Weg entschieden. Mit seinen heimlichen Hackerangriffen wollte er nicht nur sich und andere vor dem zermürbenden Lärm der Windräder schützen. Er wollte das System untergraben, ihm seine Verwundbarkeit aufzeigen. In solchen Momenten überwand er seine eigene Ohnmacht. Menschenopfer waren in seinem Plan nicht vorgesehen. Niemand kann sagen, weshalb das Windrad, an dem Henning Pahl starb, nicht stillstand so wie die anderen drei Anlagen. Niemand kann mir eine Antwort darauf geben, ob Jan es tatsächlich noch hätte stoppen können, wenn er eingegriffen hätte, bevor es in Brand geriet. Auch in elektronischen Datennetzen sind die Wege oft unergründlich. Henning Pahl starb noch in der Luft, einige Stunden bevor er mit dem Rotorflügel abstürzte. Hätte er überlebt, wenn ich Jan gleich am Morgen gerufen hätte? Hätte ich Jan überhaupt erreicht? Diese Fragen stelle ich mir, weil sie meinen Sohn beschäftigen, denn im Unterschied zu ihm geht mir der Tod Henning Pahls nicht ans Gemüt. Ich will ehrlich sein: Es lässt mich kalt. Allein die Tatsache, dass dieses Ereignis meine kleine Familie gesprengt hat, macht mir zu schaffen. Ich ahne, dass ich Schuld daran habe. Dennoch braucht die Erkenntnis Zeit zum Reifen. Irgendwann werde ich auch Anne-Rose zu mir einladen. Noch bin ich nicht so weit.

Im Zimmer ist es heller geworden, und ich bin wieder allein. Ich schaue auf die Uhr. Gegen Mittag will Marianne vorbeikommen. Sie besucht mich regelmäßig. Sie ist die Einzige, die mich im wirklichen Leben nicht meidet.

Ich kenne einen idyllischen Platz am See. Dort fahren wir hin. In Dersau biegen wir rechts in eine Seitenstraße ein. Sie windet sich durch sanft hügeliges Grünland bis zu dem Dorf. Am Feuerwehrhaus halten wir an. Ein roter Feuerwehrhelm beschirmt die Lampe über dem Tor. Wir laufen durchs Dorf zum Steg hinunter. Vor unseren Augen erstreckt sich spiegelglatt der See. Kein Lüftchen weht. Auf der anderen Uferseite, von hier aus nicht sichtbar, liegt die Stadt Plön. Dazwischen Inseln, kleine bewaldete Hügel im Wasser. Davor treiben, verschwommen in der flirrenden Luft, Matten von Wasservögeln. Immer wieder brechen sie auf, und Schwärme von Graugänsen erheben sich laut schnatternd zu einem kurzen Flug, um nicht weit davon entfernt wieder niederzugehen.

Wir sprechen über Franziska.

»Sie war bei Jan in der Haftanstalt«, sagt Marianne. »Sie hat ihm erklärt, dass du geschwiegen hast, um ihn zu schützen. Sie sagte ihm, dass Entscheidungen, egal zu was sie führten, immer mit Verlusten einhergingen, und dass er sich gut überlegen müsste, welchen Verlust er besser verkraften könnte.«

Ich bin gerührt und blinzele mir die Tränen aus den Augen. »Geht es ihr gut?«, frage ich.

»Die Rippenbrüche sind verheilt. Sie geht schon wieder ins Karate«, sagt Marianne und lächelt. »Seit dieser Sache mit Jan ist sie zugänglicher geworden.« Marianne überlegt kurz, so als ob sie nicht weiß, ob sie darüber sprechen darf. »Franziska hat uns ein Geheimnis anvertraut«, sagt sie zögerlich. »Du erinnerst dich vielleicht noch an den Toten im Klärwerk. Sie hatte damals mit dem Fall beruflich zu tun. Aber es gab auch eine persönliche Verstrickung, die sie bisher niemandem offengelegt hat.«

»Na, dann hat es wenigstens euch geholfen«, bemerke ich bitter.

»Hab ein wenig Geduld, Karo! Nichts ist festgeschrieben. Unsere Gemeinde ist ein gutes Beispiel dafür. Der neue Regionalplan für Windenergie sieht nun auch bei uns Vorrangflächen vor. Aber der Bürgermeister will auf einmal keine Windmühlen mehr. Ihm ist der Frieden im Dorf wichtiger. Zumindest begründet er es so.«

Neulich am Telefon hatte Herr Möller zu mir gesagt: ›Was wir jetzt erleben, erleben müssen, durchleiden und durchkämpfen müssen, ist eine schlimme und auch lange Prüfung für unser Land, aber nicht dessen Ende.‹

»Es ist eine Prüfung für jeden Einzelnen von uns«, sage ich und sehe Marianne zustimmend nicken. Weiß sie überhaupt, wovon ich rede?

Hoch oben über unseren Köpfen segeln Möwen. Sie schweben umeinander wie im Strudel, sinken, steigen auf, bewegen sich kreisend weiter. Manchmal blitzt ein heller Bauch silbrig auf und erlischt im mitreißenden Sog des kreischenden Schwarms.

»Noch spärlicher an der Zahl als stille Leser sind diejenigen, die sich vor Schmerz krümmen, wenn sie sehen, wie mitten im Frieden Landschaft verheert wird, so gemein und hochmütig, so um sich greifend und im Unmaß aufragend, Horizonte sperrend, rücksichtsloser als Feuersbrunst, Rodung, Industrialisierung zusammen … Zum Glück zeigt sich die Unterwelt aufgeschlossen gegenüber neuen Sorten ewiger Büßer und stellt frische Marterqualen bereit: jene nämlich, die mit Windkraft moralische und unmoralische Geschäfte machten, Schänder der Landschaftsseele, sieht man jeden einzeln auf ein Rotorblatt gefesselt und bis auf den Jüngsten Tag im Höllensturm sich drehen.«

aus Botho Strauß: Lichter des Toren

DANK

Der Lektorin, Claudia Senghaas, danke ich für die verbindliche, geduldige und engagierte Begleitung im turbulenten Umfeld meines Themas, und dem gesamten Gmeiner-Team danke ich für die professionelle und vorausschauende Umsetzung des Buchvorhabens.

Dieses Buch wäre nicht entstanden, wenn das Schicksal mich und meinen Ehemann, Heinz Fehrenbach, im Jahr 2011 nicht in die Holsteinische Schweiz verschlagen hätte, wo wir uns sehr bald und unmittelbar mit den Plänen für ein großes Windindustriegebiet konfrontiert sahen. Ohne diese Entwicklungen und die damit verbundenen Ereignisse wären mir wertvolle Begegnungen und lieb gewordene Freundschaften entgangen.

Ursula Berger danke ich für die vielen gemeinsamen Stunden bei den Vögeln in der Feldmark und auch darüber hinaus, und für ihre sachkundigen Ergänzungen und das Rezept für das Holsteiner Rübenmus.

Stefanie Winter danke ich für die freundschaftliche Unterstützung bei den ersten Schritten zu diesem Buch und Ullrich S. Schwarz (1947–2015) für seine immerwährende Loyalität.

Jutta Reichardt, Marco Bernardi sowie Hans-Ulrich Schroeder möchte ich danken, denn sie wurden niemals müde, mir mit Rat und Tat aus ihrem profunden Wissen und ihrer langjährigen Erfahrung zum Thema Windkraft zur Seite zu stehen.

Mein Dank gilt Frank Dreves und Susanne Kirchhof für die vielen Informationen am Rande und dass sie mich über die aktuellen Ereignisse in Schleswig-Holstein auf dem Laufenden halten.

Elke Deffert danke ich für die Übersetzungen ins Plattdeutsche, Sven Johannsen für die technische Beratung, Lars Lunding für die informativen Details zum Innenleben von Windkraftanlagen und Thomas Köster für seine Unterstützung bei der Entwicklung der Karateszene.

Meinem Ehemann danke ich dafür, dass er den Weg von der ersten Stunde der Konfrontation mit dem Thema bis hierher mit mir gemeinsam gegangen ist und er meine oft leidenschaftliche Auseinandersetzung damit noch immer erträgt.

Die in diesem Buch geschilderte Handlung ist fiktiv. Die Personen sind erfunden. Als Ort des Geschehens habe ich die Holsteinische Schweiz gewählt, weil mir diese Region vertraut ist. Die im Buch beschriebenen Ereignisse wird man so dort nicht wiederfinden. Vielmehr sind sie durch die Vorkommnisse der vergangenen fünf Jahre in ganz Schleswig-Holstein und darüber hinaus inspiriert. Ich habe mich im Zuge meiner Recherchen und deren schriftstellerischer Aufarbeitung dazu entschlossen, einiges davon an einem erfundenen Ort geschehen zu lassen, sozusagen einen »worst case« zu erschaffen. Nicht alle Aspekte ließen sich dabei berücksichtigen. Ich bitte insbesondere die von Windkraftanlagen betroffenen Leserinnen und Leser, mir dies nachzusehen und hoffe auf ihr Verständnis.

QUELLEN UND ZITATE

Seite 7: Leonora Carrington, Die Windsbraut – Bizarre Geschichten, Edition Nautilus, Kleine Bücherei für Hand und Kopf, Band 61, 2. Auflage 2010

Seite 7: Elena Poniatowska, Frau des Windes, Insel Verlag, 2012

Seite 27: »Mögen Sie rohe Zwiebeln?«, aus Leïla Marouane, Die Bestrafung der Heuchler, Roman / Haymon (2005)

Seite 39: … das Einzige, was ein Dolmetscher nicht darf, unter keinen Umständen, ist verstummen, aus María Sonia Cristoff, Lasst mich da raus, Roman / Berenberg (2015)

Seite 59: Déformation éolienne, in Anspielung auf den französischen Begriff *Déformation professionnelle* – i. S. v. Berufsblindheit, Arbeit formt den Charakter; éolienne *franz.* = Windrad

Seite 85: EEG = Erneuerbare-Energien-Gesetz

Seite 123: … auch der Bau des Panamakanals verlangte Opfer, siehe dazu Juan Gabriel Vásquez, Die geheime Geschichte Costaguanas, Schöffling & Co. (2011)

Seite 136: Röven un Wutteln = Rüben (gemeint sind Steckrüben) und Wurzeln (gemeint sind Karotten)

Seite 158: »Die Gegenwart war schon immer angereichert mit der Vergangenheit«, aus: Aleida Assmann, Geschichte im Gedächtnis, München 2007

Weitere Krimis finden Sie auf den folgenden Seiten und im Internet:

WWW.GMEINER-SPANNUNG.DE

S. GREGG / P. SCHENKE
Blutvilla

978-3-8392-2119-8 (Paperback)
978-3-8392-5481-3 (pdf)
978-3-8392-5480-6 (epub)

EXPLOSIVE MISCHUNG Die Millionärin Johanna Krogmann wird erschlagen in ihrer Villa nahe Kiel aufgefunden. Feinde hatte sie mehr als genug. Die halbe Gemeinde Flintbek war der skrupellosen Fabrikbesitzerin gegenüber feindlich gesinnt. Hauptkommissar Sven Fricke, der in dem Fall ermittelt, stößt schnell an seine Grenzen. Doch nicht nur die Suche nach dem Täter gestaltet sich äußerst schwierig, auch die Zusammenarbeit mit der attraktiven Staatsanwältin Elena Karinoglous stellt die Geduld des Ermittlers auf eine harte Probe und sorgt für gewaltigen Zündstoff …

Das Neueste aus der Gmeiner-Bibliothek

Unser Lesermagazin

Bestellen Sie das kostenlose Krimi-Journal in Ihrer Buchhandlung oder unter www.gmeiner-verlag.de

Informieren Sie sich ...

www ... auf unserer Homepage:
www.gmeiner-verlag.de

@ ... über unseren Newsletter:
Melden Sie sich für unseren Newsletter an unter www.gmeiner-verlag.de/newsletter

f ... werden Sie Fan auf Facebook:
www.facebook.com/gmeiner.verlag

Mitmachen und gewinnen!

Schicken Sie uns Ihre Meinung zu unseren Büchern per Mail an gewinnspiel@gmeiner-verlag.de und nehmen Sie automatisch an unserem Jahresgewinnspiel mit »mörderisch guten« Preisen teil!